UN DUCA DA SCEGLIERE

(IL CLUB DEL 1797 LIBRO 2)

JESS MICHAELS

Traduzione di
ISABELLA NANNI

Un duca da scegliere
(titolo originale: Her Favorite Duke)
(IL CLUB DEL 1797 LIBRO 2)
1797Club.com

Un ringraziamento speciale a Mackenzie Walton per tutto l'aiuto e il supporto extra che mi ha dato per questo libro. Un buon editor vale tanto oro quanto pesa. Tu sei di platino.

E a Michael che è e sarà sempre il mio duca preferito, la persona che più ammiro e il mio migliore amico.

PROLOGO

1803

Margaret Rylon era in camera sua, vestita di nero, un simbolo di lutto. E avrebbe dovuto essere in lutto, perché suo padre era stato sotterrato solo poche ore prima.

Eppure, mentre si guardava allo specchio, non vedeva tristezza nei suoi occhi. Neanche la provava. Per quanto la sua morte dovesse rattristarla, in cuore non sentiva nulla per il defunto Duca di Abernathe. Perché avrebbe dovuto? Suo padre non le aveva nemmeno rivolto la parola negli ultimi tre anni, nonostante vivessero sotto lo stesso tetto. Per lui non era stata niente, solo un tentativo andato male di procurarsi un erede di scorta.

Per lei era stato un crudele bastardo. A essere onesti, era felice che fosse morto. Suo fratello James era duca adesso. E lei adorava James con tutto il cuore.

Erano sempre stati loro due contro il mondo, letteralmente. Contro un padre che li disprezzava, contro una madre che si aggrappava alla bottiglia per sfuggire al fatto che suo marito la detestava. In quel momento Meg era certa che la duchessa fosse completamente ubriaca e stordita persa, e probabilmente sarebbe rimasta così per settimane, usando la morte di un marito che non amava come scusa per precipitare nell'oscurità.

Meg sospirò quando distolse lo sguardo dal proprio riflesso e si avvicinò alla finestra. In cortile vide i servi che conducevano due cavalli alle scuderie: le palpitò il cuore e respinse in un istante i suoi pensieri tormentati. Quei destrieri potevano significare solo una cosa: erano arrivati Simon e Graham.

Erano passati sei anni da quando aveva incontrato i migliori amici di James, durante una vacanza da scuola quando gli era stato permesso di portarli a casa per un breve soggiorno. Sebbene James avesse un intero club di amici, passava la maggior parte del tempo con Graham e Simon. Erano i migliori amici di suo fratello e a lei piacevano entrambi.

Ma non aveva pensato a tutti e due quando aveva sorriso vedendo i domestici che portavano via i cavalli. No, solo uno di quei due uomini le faceva davvero battere il cuore. E cioè Simon Greene.

Chiuse gli occhi ed evocò un'immagine di lui senza nemmeno provarci. Era bello da star male, con un viso meravigliosamente spigoloso, folti capelli scuri e occhi azzurri luminosi ed espressivi. Sorrideva sempre. Anche quando non sorrideva, conservava l'ombra di quell'espressione. Come se stesse sempre pensando a una storiella segreta.

Quando la guardava, le venivano le palpitazioni. E la guardava spesso. Da un capo all'altro delle sale, da un capo all'altro dei tavoli, quando passeggiavano. Anche se aveva solo sedici anni, Meg sapeva quando piaceva a un uomo.

Un fatto positivo, dato che aveva accettato di essere innamorata di *lui* un anno prima. Ma non spettava a una signora fare il primo passo. Sua madre non le dava quasi mai consigli, ma aveva sbiascicato questa perla di saggezza una sera in cui aveva sorpreso Meg a fissare Simon. La duchessa non aveva torto. Stava a un gentiluomo iniziare il corteggiamento. Un giorno lo avrebbe fatto. Avevano tempo, dopotutto. Non aveva nemmeno ancora fatto il suo debutto in società. Lui stesso aveva solo diciannove anni. Avevano tutto il tempo del mondo.

Si lisciò le gonne e andò alla porta. Percorse il corridoio e le scale, sorridendo quando incontrò il maggiordomo, Grimble, nell'ingresso.

«Buon pomeriggio. Dove sono mio fratello e i suoi amici?»

Grimble inclinò la testa e raddrizzò leggermente la fascia nera del lutto. «Sua Grazia è nel suo ufficio con il Duca di Northfield. Il Marchese di Whitehall è nel salotto occidentale, Lady Margaret.»

Margaret sussultò quando si rese conto che Grimble si era riferito a suo *fratello* chiamandolo Sua Grazia. Ci sarebbe voluto un po' per abituarsi. Naturalmente, un giorno si sarebbero rivolti anche a Simon chiamandolo "Vostra Grazia". Sarebbe diventato il Duca di Crestwood.

E per lei sarebbe sempre stato Simon.

Sorrise al maggiordomo. «Grazie, Grimble. In qualità di padrona di casa, andrò dal marchese in attesa che mio fratello termini i suoi affari con Northfield. »

A Grimble non sembrava importare gran che, ma fece un secco cenno del capo quando Margaret si allontanò. Iniziò a batterle forte il cuore quando aprì la porta del salotto dell'ala ovest. Simone non la sentì quando entrò, ma rimase al suo posto accanto al fuoco. Aveva uno stivale sul focolare, il braccio appoggiato sulla mensola del camino. Per un momento Meg non riuscì a vedere cosa stesse guardando così attentamente, ma quando Simon mosse la testa, le mancò il respiro.

Sulla mensola del camino c'era il ritratto in miniatura che le avevano fatto e lui lo stava guardando. Le venne un capogiro e si schiarì la gola dolcemente per attirare l'attenzione del giovane.

Simon si voltò verso di lei e si illuminò in viso. «Meg!» disse.

«Ciao, Simon» gli disse, precipitandosi nella stanza. Gli tese le mani mentre si avvicinava e lui le prese entrambe, stringendole delicatamente. Non indossava i guanti, come lei, e Meg sussultò per la scossa di consapevolezza che arrivava sempre quando lui la toccava.

«Scusa se non ho potuto parlare con te al funerale di tuo padre» disse Simon mentre la guidava verso una poltrona davanti al fuoco. «E mi dispiace moltissimo per la tua perdita.»

Meg chinò la testa. «Sai com'era Abernathe... il precedente Abernathe ora, suppongo. So che dovrei essere triste, ma come faccio, Simon, quando non gli importava niente di me?»

Simon allungò un braccio e le toccò leggermente la mano. «Allora mi dispiace per questo, Meg.»

Sorrise alla sua gentilezza. «Mio padre sarà l'argomento della maggior parte delle mie conversazioni nelle prossime settimane. Quindi discutiamo di qualcos'altro io e te, ti va?»

Lui annuì. «Scegliete l'argomento, milady, e cercherò di disquisirne con arguzia.»

Meg rise alla sua battuta. «Perché mio fratello ha un incontro segreto con Graham? Pensavo che voi tre foste inseparabili.»

Per un istante, sul viso di Simon passò un'ombra e si accigliò. «Ad essere onesto, non so di cosa stiano discutendo. Appena siamo arrivati, James ha chiesto a Graham di parlargli in privato e io non sono stato invitato.»

Lei aggrottò la fronte alla sua espressione. «Strano.»

«Non così strano come pensi» le rispose a bassa voce.

Lei scosse la testa. «Sono certa che non è niente. Forse stanno organizzando una sorpresa per il tuo compleanno. Mancano ancora alcuni mesi, ma non si pianifica mai con sufficiente anticipo.»

Simon ridacchiò, le nuvole tempestose scomparvero dal suo viso. «E tu come fai a sapere quando è il mio compleanno, Meg?»

«Ricordo tutto di te, Simon» ammise lei dopo un attimo di esitazione.

Lui ansimò e rimase in silenzio. Lentamente si voltò verso di lei e a Meg venne un nodo in gola. All'improvviso sembrava molto serio e molto concentrato su di lei. Aprì la bocca come per parlare e lei gli si avvicinò, con le mani che le tremavano.

Ma prima che potesse dire una sola parola, Grimble si schiarì la voce alla porta e disse: «Lady Margaret, Sua Grazia richiede la vostra presenza nel suo ufficio.»

Fu subito strappata dall'incantesimo che le aveva fatto Simon.

Scambiò uno sguardo con lui e poi si alzò in piedi, con Simon dietro di lei. «Molto bene, andrò da loro all'istante.»

Il maggiordomo se ne andò e lei guardò Simon. «Vieni con me?»

«Non sono stato invitato» le ricordò.

Meg scrollò le spalle. «Ti ho invitato *io*.»

Le fece cenno di fare strada, e lei ubbidì. Si recarono insieme in silenzio all'ufficio di James, ma non era il loro solito silenzio amichevole. Tutto quello a cui Meg riusciva a pensare era quello che Simon avrebbe potuto dire prima di essere interrotti in salotto.

La porta dell'ufficio di James era chiusa quando lei la raggiunse e bussò leggermente prima di aprirla per consentire loro di entrare. Meg trattenne il respiro quando entrò. Questo era stato l'ufficio di suo padre prima, naturalmente, e conservava lo stesso aspetto che aveva connotato il suo padrone. Freddo. Maschile. Inospitale. Non era adatto a James, questo era certo. Non vedeva l'ora di aiutarlo a risistemarlo, spogliandolo di tutte le cose che appartenevano al passato per dare il benvenuto a un nuovo futuro per entrambi.

Suo fratello era in piedi davanti all'enorme vetrata con Graham, e si voltarono insieme quando Simon e Meg entrarono. James stava sorridendo, ma Graham sembrava più riservato. Inclinò leggermente la testa verso di lei.

«Entra, Meg» disse James, facendole segno di andare avanti. «E Simon, bene, ci sei anche tu. Ottimo.»

«Sì» disse Meg. «Buon pomeriggio, Graham. È così bello vederti.»

«Lady Margaret» disse Graham, formale come sempre nonostante la loro lunga conoscenza. Oggi aveva una voce tesa e si agitò leggermente. Quasi come se fosse a disagio.

«Ti ho chiesto di venire, Meg, perché ho una notizia per te» disse James prendendola per un braccio per avvicinarla. «Una notizia molto bella, come spero concorderai.»

Meg sorrise. «Abbiamo tutti bisogno di belle notizie oggi. Che cos'è?»

James la guardò in faccia. L'espressione di suo fratello era intensa e seria e il respiro le si bloccò prima ancora che lui parlasse di nuovo. «Ho combinato il tuo matrimonio, Meg.»

Le svanì il sorriso mentre lo fissava. «Ma... matrimonio?» ripeté, certa di aver capito male.

Lui si affrettò ad annuire e l'eccitazione nel suo tono aumentò. «Mi rendo conto di non avertene parlato prima, ma non penso ad altro da settimane, da quando nostro padre si è ammalato.»

Meg cercò di riprendere fiato mentre da sopra la spalla osservava Simon che se ne stava fermo a fissare James, senza guardarla. La sua espressione era del tutto indecifrabile.

«Volevo essere certo che qualcuno si sarebbe preso cura di te, Meg» continuò James. «Nel caso in cui mi trovassi in una posizione in cui non potrei farlo.»

«James...» cominciò lei.

«Ed è con un amico» continuò lui, ignorando l'interruzione di sua sorella. «Qualcuno che piace a entrambi. Qualcuno che so che avrà a cuore solo il tuo interesse.»

A questo punto le balzò il cuore in petto. Stava forse parlando di Simon? Aveva voluto dirle qualcosa in salotto. Poteva essere stato il desiderio di condividere la notizia in privato, e tutti i suoi discorsi sul non conoscere l'argomento della conversazione di James con Graham erano una messinscena?

«Chi?» chiese senza fiato, sperando, pregando...

James la scortò finché non si trovò davanti a Graham e all'improvviso tutto divenne chiaro. Le si strinse il cuore, le si gelò il sangue e all'improvviso sembrò che il tempo rallentasse.

«Graham e io abbiamo appena finito di prendere gli accordi, Margaret. Sei fidanzata con il Duca di Northfield.»

Meg schiuse le labbra mentre guardava Graham. Gli occhi azzurri del duca erano fissi nei suoi, ma non c'era gioia. Le sue labbra erano una sottile linea risoluta. Non sembrava infelice, ma non c'era eccitazione o emozione nella sua espressione rigida.

Graham allungò un braccio e all'improvviso la mano di Meg fu nella sua. A differenza di quando l'aveva presa Simon, non sentì nessuna scintilla al contatto. Lui si schiarì la voce e disse: «Cercherò di renderti felice, Margaret.»

Si portò la mano alle labbra con cui le sfiorò dolcemente la pelle. Mentre lo faceva, Meg guardò di nuovo Simon. Ora stava guardando il pavimento, apparentemente annoiato da questo scambio. Quando alzò lo sguardo e incrociò il suo, le sorrise.

«Congratulazioni, Margaret» disse. «Graham.»

Fece un passo avanti e i tre uomini iniziarono a stringersi la mano e a darsi pacche sulle spalle. Lei rimase a fissarli ammutolita per lo shock. Aveva sempre pensato che l'attrazione che provava per Simon fosse ricambiata, ma lui non aveva fatto alcuno sforzo per protestare contro questo fidanzamento. In effetti, non sembrava nemmeno che la cosa significasse gran che per lui.

Possibile che lo avesse frainteso così tanto?

«Sei felice?» le chiese James mentre si chinava per darle un bacio sulla guancia.

Alzò il viso e guardò suo fratello maggiore dritto negli occhi. In qualità di nuovo duca si era appena fatto carico di un pesante fardello. Questa era la prima volta da quando loro padre si era ammalato che sembrava un po' felice.

Poi lanciò un'occhiata a Graham. Non si poteva dire che non fosse bello. Ed erano stati amici in passato. Se Simon non la voleva, le sarebbe potuto andare peggio. E avrebbe avuto molti anni per abituarsi al fidanzamento prima di sposarsi.

Annuì e si costrinse a sorridere. «Certo, James. Sono... sono molto felice.»

Suo fratello sembrò accettare quella risposta e l'abbracciò prima di precipitarsi alla credenza per versare da bere a tutti. Lei deglutì e si voltò a guardare il giardino dietro la casa fuori dalla finestra.

Avrebbe dimenticato Simon e la sua sciocca idea che ci tenesse a lei. Doveva dimenticarlo. Sembrava inevitabile.

CAPITOLO UNO

Sette anni dopo

Simon Green, Duca di Crestwood, se ne stava in piedi al centro della sala da ballo a fissare le coppie che ballavano. Be', non era *del tutto* vero. In realtà stava fissando solo una coppia che ballava. Lady Margaret, sorella di uno dei suoi amici più cari, e il suo fidanzato, Graham Everly, Duca di Northfield. Era una cosa rara vederli insieme, perché Graham evitava sempre questo impegno. Non gli piaceva ballare.

A Meg invece sì. Ed era anche brava. Simon lo sapeva perché veniva spesso da lui per ballare quando il suo fidanzato si negava. Era così facile prenderla tra le braccia e farla volteggiare sulla pista da ballo mentre lei lo fissava negli occhi e gli parlava di tutto e niente. Poteva quasi sentirla tra le braccia in quel momento. Calda e morbida e sua.

Sbatté le palpebre e scosse la testa. Doveva smetterla. Ma in fondo, si era detto la stessa cosa per anni, e non lo faceva mai. Semmai, diventava sempre peggio.

«Sono sorpreso che tu non stia ballando, Crestwood.»

Simon si voltò, con un sorriso sulle labbra all'avvicinarsi del Duca e della Duchessa di Abernathe e del Conte di Idlewood. James e Christopher, che molti chiamavano Kit, erano due dei suoi più cari amici, ed Emma era la nuova sposa di James. Gli uomini appartenevano tutti al Club del 1797, una piccola parte dei loro amici più cari che erano diventati tutti duchi negli ultimi dieci anni. Be', eccetto Kit. Non aveva ancora acquisito il titolo, non che lui o chiunque altro fosse triste per questo fatto. Suo padre era un uomo eccezionale, il migliore di tutti.

«Non ho trovato una compagna adatta per la quadriglia» spiegò.

Emma guardò la folla. «Sì, effettivamente la stanza scarseggia di partner» lo canzonò con gentilezza indicando la stanza piena per metà di belle donne.

Simon si voltò appena verso di lei e le fece l'occhiolino. «Immagino che *voi* non vogliate fare un giro, Vostra Grazia?»

Emma arrossì e rise del suo scherzoso flirt, e James se la tirò un po' più vicino con uno sguardo altrettanto scherzoso rivolto a Simon. «Vacci piano. Siamo sposi novelli e io sono terribilmente geloso. Trovatela *tu* una compagna.»

Il sorriso di Simon si affievolì leggermente e guardò di nuovo Meg. Adesso stava ridendo per qualcosa che aveva detto Graham, i suoi occhi marroni si erano illuminati, aveva inclinato la testa all'indietro e ciuffi sciolti di capelli castano scuro le danzavano sulle spalle.

Sembrava felice.

Simon sospirò. Sapeva che l'analisi della situazione che aveva fatto James era corretta. A un certo punto, Simon avrebbe dovuto dimenticare i sentimenti che nutriva per la fidanzata del suo amico e andare avanti con la sua vita.

«Cercherò di fare come dici» disse Simon.

«Sembra che da quando James e Sua Grazia hanno fatto il grande passo, probabilmente li seguiremo tutti» disse Kit con un sospiro appena impercettibile. «Il nostro piccolo gruppo ha una certa età ormai.»

«Meg e Graham saranno i prossimi, ne sono certo» disse James, guardando sua sorella e il loro amico con un barlume di felicità negli occhi.

Simon sussultò all'idea. Erano passati sette anni da quando si era trovato in una stanza in quella stessa casa e aveva sentito James dichiarare di aver combinato il matrimonio di Margaret con Graham. Simon ricordava bene quell'orribile momento in cui quelle parole erano uscite dalle labbra del suo amico. Come avevano echeggiato nella stanza intorno a loro. Come avevano cominciato a rimbombargli nelle orecchie, dando l'impressione che ogni parola provenisse da lontano o da sott'acqua.

Ricordava bene come Meg si era avvicinata a Graham, allontanandosi da lui, e il modo in cui gli era bruciato il petto per la rabbia, la gelosia e il senso di perdita. E poi aveva guardato James in viso. James, che era suo fratello in tutto tranne che di sangue.

E James era sembrato così maledettamente felice. Così certo di stare facendo la cosa giusta. Così contento di fare qualcosa per Meg. Per Graham.

Simon non era stato in grado di distruggere i progetti del suo amico in quel momento. E più tardi, dopo che il fidanzamento era stato felicemente annunciato in ogni giornale e sala da ballo del paese, non aveva potuto distruggere quei piani per paura di distruggere Meg insieme a loro.

Così aveva tenuto per sé i suoi sentimenti. Li aveva sepolti nel profondo dove non potevano fare a pezzi il mondo. E aveva aspettato che Meg e Graham si sposassero.

Solo che non si erano sposati. Non ancora. E ora osservò James, che stava sussurrando qualcosa all'orecchio di Emma. Vide l'amore che il suo amico provava per la sua nuova sposa, e quella gelosia, rabbia e dolore arsero di nuovo con forza. Voleva anche lui quello che avevano loro.

Lo voleva con Margaret. Lo voleva da quando aveva diciannove anni.

«...un valzer» stava dicendo ora James, e quelle parole distolsero Simon dai suoi pensieri pericolosi. «E io e mia moglie lo balleremo. Anche tu e Simon dovreste trovarvi delle compagne, Idlewood.»

Sorrise prendendo la mano di Emma e la condusse sulla pista da ballo. Dopo che se ne furono andati, Simon emise un lungo sospiro. Non solo perché era sopravvissuto a una conversazione molto scomoda, ma perché Meg e Graham avevano lasciato la pista da ballo e si erano immediatamente separati. Meg era andata a parlare con alcune amiche, Graham si era diretto verso la terrazza. Almeno Simon non avrebbe dovuto vederli muoversi insieme in un valzer, un ballo infinitamente più intimo.

«La stai fissando» disse Kit accanto a lui.

Simon sussultò. «Chi?»

Idlewood si voltò verso di lui, a braccia conserte. «Margaret.»

Simon si bloccò, fissò il suo amico e cercò di capire quello che sapeva. Ma il volto di Kit era imperscrutabile in quel momento.

«Be', è mia amica da molto tempo, no?» chiese, tornando alla stessa spiegazione che dava ogni volta che qualcuno gli chiedeva di Margaret. Non era una bugia. Dopo il fidanzamento con Graham, lui e Meg si erano avvicinati. Erano diventati amici.

Avrebbe osato dire, sebbene mai ad alta voce, che era la sua migliore amica.

Kit inclinò leggermente la testa, con un'espressione piena di pericolosa incredulità. «Ti conosco da molto tempo. Anche *Meg* la conosco da molto tempo. E... è più di questo, non è vero?»

«Non so di cosa parli» disse Simon, serrando la mascella mentre accennava ad allontanarsi. Kit si affrettò ad allungare una mano e lo afferrò per il braccio.

«Non lo direi a nessuno, maledizione» disse piano. «Sei mio amico ed è chiaro dal tuo atteggiamento, dal modo in cui ti agiti e non riesci a toglierle gli occhi di dosso, che sei in difficoltà. Di che si tratta? Dimmelo e giuro su quanto ho di più caro che non ne farò mai parola con nessuno. *Nessuno.*»

Simon chiuse gli occhi per un attimo. Christopher gli stava offrendo un vero toccasana, perché non aveva nessun altro con cui parlarne. Non poteva di certo parlarne con James o con Graham. Nemmeno con il resto del loro ristretto gruppo di amici, perché avevano tutti promesso di essere leali l'uno con l'altro. Non era certo che non sarebbe stato emarginato se avesse ammesso di desiderare quello che aveva Graham.

Sospirò. «Potresti non avere torto» disse con prudenza, guardando il viso di Kit e aspettandosi di vedervi un lampo di giudizio e orrore. Non ne vide. «Ma non ci posso fare niente, no? Meg è stata promessa molto tempo fa a un uomo che considero al pari di un consanguineo, e da un altro che mi è altrettanto caro. Perseguire o persino ammettere ciò che sento... distruggerebbe tutto e tutti quelli che amo. Compresa lei.»

L'espressione di Kit si addolcì. «Da quanto tempo nutri questi sentimenti?»

«Da sempre» sussurrò lui. «Sette o otto anni.»

«Ma... andavi a puttane in giro per Londra insieme a Roseford all'epoca, siete quasi venuti alle mani per le donne con cui andavate a letto.»

Simon sussultò. «Me la sono spassata, è vero. Non ero pronto a sistemarmi. E... ho perso la mia occasione. O forse non ne ho mai avuta una. Anche se fossi stato un chierichetto, forse James avrebbe comunque scelto Graham per Margaret. Perché sono più amici tra loro.»

Guardò James ed Emma, ben stretti, gli occhi fissi l'uno sull'altra mentre volteggiavano. Sembravano beati. Simon li amava e li odiava per questo.

«Mi dispiace» disse Kit ed era chiaramente sincero. «Non faccio fatica a credere quanto sarebbe doloroso vedere la donna che amo sposare qualcun altro. Soprattutto un amico.»

Simon scrollò le spalle. Gli aveva procurato un po' di sollievo parlarne ad alta voce. Ma non cambiava niente.

«In fondo, James ha ragione» sospirò. «Dobbiamo iniziare tutti a fare il nostro dovere. Sposarci e mettere al mondo gli eredi che prenderanno il nostro posto. Quindi suppongo che la cosa migliore che posso fare sia dimenticare questa stupidaggine con Meg e darmi da fare.»

«Quindi dovresti ballare» disse Kit gentilmente.

«Sì» convenne Simon, dando una pacca sulla spalla al suo amico. «Dovrei ballare.»

Ma mentre scrutava la folla alla ricerca della dama con cui avrebbe danzato, gli si strinse il cuore. Quando parlava del futuro, non avrebbe mai potuto immaginare nessuno a parte Meg al suo fianco.

Ed era il posto in cui non sarebbe mai, mai stata.

Margaret odiava Sarah Carlton. Oh, non l'aveva mai odiata prima. Non la conosceva abbastanza bene da provare un qualsiasi sentimento nei suoi confronti. Ma ora, mentre l'altra giovane donna ballava tra le braccia di Simon, avvicinandosi a lui per sovrastare il suono della musica e farsi sentire, Meg la odiava.

E odiava ancora di più se stessa per la forte avversione che provava per la giovane. Per colpa di Simon.

Si voltò a guardare l'uomo che le stava al fianco. Graham Everly, Duca di Northridge, era tutto ciò che una donna poteva desiderare. Tranne lei, nonostante fosse bello da morire, con capelli biondi appena un po' troppo lunghi, occhi azzurri e un sorriso che illuminava una stanza. Be', quando sorrideva, cosa che negli ultimi tempi faceva sempre meno di frequente.

Anche ora, quando la sorprese a fissarlo, si agitò a disagio sotto la sua attenzione piuttosto che sembrarne soddisfatto.

«Ti serve qualcosa?» le chiese, sempre premuroso. Le sue amiche erano molto gelose delle sue attenzioni. «Qualcosa da bere? Un po' d'aria?»

Meg sospirò e guardò di nuovo Simon con la coda dell'occhio. Stava ridendo e lei aveva una gran voglia di prendere la sua bella compagna di ballo a sberle. «Sì» rispose. «Aria, mi farebbe bene, credo.»

Lui annuì, la prese per un braccio e la scortò tra la folla e fuori sulla terrazza. La lasciò andare immediatamente e lei si avvicinò alla balaustra della terrazza e fece dei bei respiri per calmare i nervi.

Poi si voltò verso il suo fidanzato. Non la stava guardando, stava tirando un filo allentato sull'orlo della manica. Meg colse l'occasione per osservarlo davvero. Una tempo Graham le era piaciuto moltissimo. Lo aveva considerato un amico e, dopo essersi rassegnata al loro fidanzamento, aveva sperato di vederlo come qualcosa di più un giorno.

Ma erano passati sette anni e delle due si erano solo allontanati sempre di più. Parlavano solo superficialmente della maggior parte degli argomenti. Non ridevano. E di certo non aveva mai tentato di toccarla o di baciarla.

Quando era a letto di notte, non era lui a farle visita in sogno. Era Simon. Ancora, ogni volta e per sempre. Si odiava per questo, più di quanto odiava qualsiasi donna a cui Simon avesse prestato attenzione per più di pochi istanti. Si odiava perché sapeva che i suoi sentimenti per Simon erano sbagliati.

Si schiarì la gola e si avvicinò al suo fidanzato. «James ed Emma sembrano molto felici» disse.

Lui sollevò lo sguardo e inclinò le labbra in un lieve sorriso. Un sorriso sincero, e il cuore di Meg si addolcì un po'. Graham aveva sempre amato suo fratello. *Quel* sentimento lo apprezzava più di ogni altra cosa.

«È vero» disse lui, e da sopra la spalla diede un occhio alla sala da ballo, dove James stava ballando ancora una volta con sua moglie. «Nonostante le circostanze melodrammatiche che hanno portato al loro matrimonio, non riesco a immaginare che avrebbe mai potuto trovare una compagna migliore di quella che ha in lei.»

«Sai che sono d'accordo. Adoro Emma, sono così contenta di averla per sorella. E sono i primi nel nostro gruppo a sposarsi, e la loro felicità genuina è un buon esempio per tutti noi.»

Graham le diede una breve occhiata, poi volse di nuovo lo sguardo verso la sala da ballo. «Dà da pensare in effetti» commentò.

Lei gli si mise di fronte. «Pensare a cosa?»

Lui strinse le labbra e la mano gli tremò al fianco, come se stesse pensando di prenderle la sua, ma poi cambiò idea. «James vuole che ci sposiamo.»

Meg annuì. «Sì. Per questo ha combinato il matrimonio.»

Lui si agitò, la sua espressione all'improvviso era carica di frustrazione. «No, voglio dire, me ne ha parlato un paio di volte da quando si è sposato. Da quando si è sistemato sembra che sia aumentato il suo desiderio di vedere il *nostro* fidanzamento giungere alla sua conclusione.»

Meg trattenne il fiato. Aveva solo sedici anni quando era stato firmato il contratto tra lei e Graham. Nessuno si aspettava che si sposassero immediatamente. Ma gli anni erano passati e in qualche modo si era lasciata cullare dalla sicurezza che il matrimonio non sarebbe mai arrivato.

Ora sembrava che Graham stesse per cambiare la situazione.

«Siamo fidanzati da molto tempo, Meg» le disse.

Lei riusciva a malapena a respirare, ma in qualche modo riuscì a dire con voce strozzata: «Sette anni.»

Graham si schiarì la gola e si costrinse a guardarla negli occhi. «Natale.»

Lei sbatté le palpebre. «Prego?»

«Che ne dici di sposarci a Natale? Nella mia tenuta, alla presenza dei nostri amici e parenti?»

Meg schiuse le labbra. La maggior parte delle donne nella sua posizione sarebbero state entusiaste all'idea di sposare finalmente il loro duca. La maggior parte di loro sarebbero state ancora più felici che volesse una data di lì a pochi mesi.

Ma per lei, quelle parole assomigliavano a un cappio. Ineludibile. Inevitabile.

«Sì» riuscì a dire a dispetto del nodo che aveva in gola, mentre le lacrime le bruciavano gli occhi. «Sarebbe bellissimo e mi dà abbastanza tempo per pianificare. Inoltre, sarà prima che arrivi il bambino di Emma, così lei e James dovrebbero essere ancora in grado di viaggiare.»

Graham la fissò a lungo, quasi come se la vedesse per la prima volta. Poi chinò la testa e ogni tentativo di entrare in sintonia con lei svanì. «Va bene. Torno dentro e ne parlo con James. Vuoi venire con me?»

Lei scosse la testa. «No, mi... mi piacerebbe stare un po' di più all'aria aperta. Torno presto.»

«Molto bene» disse lui, poi le voltò le spalle ed entrò nella sala da ballo, lasciandola sola sulla terrazza.

Meg sgattaiolò via dall'area principale, girò dietro l'angolo della casa e si rifugiò in un cantuccio buio davanti a un salottino inutilizzato. C'erano un tavolino e le sue sedie. Si lasciò cadere su una sedia e appoggiò le braccia sul tavolo. Poi chinò la testa e cominciò a piangere.

Simon chiuse la porta della terrazza dietro di sé, poi inspirò una bella boccata d'aria fresca. Dopo la sua conversazione con Christopher, aveva sentito questo peso opprimente che lo schiacciava. Ricordava appena gli ultimi venti minuti. Ricordava appena le danze o con chi aveva ballato.

Non ricordava nulla a parte il martellante ritornello che gli echeggiava nella testa. *Margaret. Margaret. Margaret.*

Meritava di essere sfidato a duello per la sua ossessione. Meritava di essere abbandonato. Eppure non riusciva a trattenersi dal pensare a lei.

«Dovrei andarmene» mormorò. «Per qualche mese o qualche anno.»

Ci aveva pensato spesso, ma non aveva mai portato a termine il piano. Forse era ora di fare la cosa giusta. Chinò la testa e si guardò le mani che stringevano la balaustra di pietra della terrazza. Avrebbe dovuto trovare una buona scusa per andare. Di certo non poteva dire a Graham e James che era disperatamente innamorato di Margaret.

Stava ancora riflettendo su quell'idea quando sentì un debole suono echeggiare da un angolo buio della terrazza. Si voltò, guardandosi intorno. Era solo qui fuori, o almeno aveva pensato di esserlo. Ma ora che ci faceva caso, sentiva altri suoni. Suoni di... pianto.

Fece qualche passo in avanti, verso la parte in ombra della terrazza, lontana dalle finestre e dalle porte, lontana da dove si potesse trovare una persona.

«C'è qualcuno?» chiese ad alta voce entrando nel cono d'ombra dove si fermò per permettere ai suoi occhi di adattarsi all'oscurità ora che la luce non filtrava più dalla casa. Quando tornò a vedere, rimase a bocca aperta.

C'era una donna seduta a un tavolo all'ombra della casa, aveva la testa appoggiata sulle braccia e piangeva.

Si precipitò verso di lei. «Ehi, state bene?»

Per la prima volta, la dama sconosciuta sembrò avere sentore della sua presenza. Alzò di scatto la testa, voltò il viso verso di lui e Simon si arrestò di colpo.

«Meg?» sussurrò.

Lei non si alzò, ma si limitò a fissarlo, i suoi occhi illeggibili nella semioscurità. «Tu... chi altri poteva essere» disse lei, con la voce piena di lacrime prima di abbassare la testa.

Avrebbe dovuto andarsene. Avrebbe dovuto entrare a cercare suo fratello o il suo fidanzato e lasciare che uno di loro la confortasse com'era opportuno.

Ma Meg era sempre stata sua amica, oltre che la sua ossessione. E non l'avrebbe lasciata sola nel momento del bisogno.

Si sedette al tavolo, avvicinando la sedia tanto che le loro gambe si sfiorarono sotto il piano. Lentamente, con delicatezza, le fece scivolare un braccio attorno alle spalle e la fece reclinare verso di lui finché lei non appoggiò la guancia contro il suo petto.

Meg fece un sospiro e lui fu scosso da capo a piedi dall'emozione di sentirla muovere contro di lui, risvegliando ogni suo nervo, costringendolo ad affrontare con quanta disperazione la desiderava e adorava.

«Che c'è?» chiese, scioccato di riuscire a formulare parole coerenti quando era così maledettamente consapevole di lei tra le sue braccia.

Meg sollevò una mano tremante e gliela appoggiò sul cuore. Di sicuro riusciva a sentirlo martellare, anche sotto tutti gli strati dei suoi vestiti. Lui sentiva senz'altro la pressione di tutte le sue dita sottili.

«Non è niente» gli disse, con tono un po' più calmo. «Mi sono solo sentita sopraffatta dalla situazione per un attimo.»

Simon abbassò lo sguardo su di lei e colse un soffio del profumo di caprifoglio dei suoi capelli. Dio come amava quel profumo. Cinque anni prima aveva piantato quattordici cespugli di caprifoglio intorno alla sua tenuta a Crestwood solo per avere con lui un pezzettino di lei.

«Qualcuno ti ha detto qualcosa di spiacevole?» le chiese. «Perché posso andare dentro e...»

Lei inclinò il viso verso di lui e gli si fermò il cuore. Le sue labbra erano a pochi centimetri dalle sue. Abbastanza vicino da poter sentire il debole movimento del respiro di Meg contro la sua bocca. Tanto vicino che baciarla sarebbe stato facile.

Dio come voleva baciarla. Voleva fare di più che baciarla.

Meg deglutì, nei suoi occhi brillò una luce vagamente selvaggia quando si sfilò delicatamente dalle sue braccia, si alzò e uscì dall'oscurità per andare al sicuro alla luce proveniente dalla casa.

«Nessuno ha detto niente» sussurrò Meg a voce così bassa che si sentiva a malapena.

Avrebbe dovuto ringraziarla per averli riportati su terreno sicuro. Ma quello che voleva fare era prenderla per la fascia di velluto che aveva in vita e riportarla nell'angolo della casa.

Si alzò e la seguì.

«Tu ed io siamo... *amici*... da molto tempo» disse Simon con voce soffocata. «Sai che puoi dirmi qualsiasi cosa.»

Meg lo fissò e poi mosse la mano. La osservò mentre la sollevava e gliela premeva di nuovo sul petto. Fece scivolare le dita verso l'alto e gli sfiorò appena la mascella con i polpastrelli. Non li separava un solo filo d'aria, nessuno spazio e in quel momento non c'erano bugie.

Riuscì a scorgere qualcosa che aveva passato anni a convincersi che non esistesse. Meg lo voleva.

Lei allontanò la mano facendo un leggero suono gutturale e sussurrò: «Non posso dirti *tutto*, Simon.»

«Meg» gracchiò, cercando di prenderle la mano.

Prima di riuscirci, dietro di loro si aprì la porta. Meg si girò dall'altra parte, voltandogli le spalle, quelle sue spalle sottili che si sollevavano e ricadevano al ritmo del suo respiro affannoso.

«Ah, eccovi qua.»

Simon si voltò per sorridere quando James uscì sulla terrazza con loro. «James.»

«Vi stavamo cercando. Venite dentro, vero? Dobbiamo fare un annuncio.»

Meg si voltò e Simon trattenne il respiro. Si era ricomposta al punto che nessuno avrebbe mai immaginato che avesse pianto in un angolo meno di cinque minuti prima. Rivolse al fratello un sorriso smagliante.

«Certo, James.» Quando passò davanti a Simon, gli lanciò una breve occhiata. «Grazie per... per la chiacchierata, Crestwood.»

Lui annuì e seguì fratello e sorella in casa. «Di nulla, milady.»

James la prese per un braccio, guidandola verso la piccola pedana dove stava suonando l'orchestra. Quando disse qualcosa, smisero di suonare, costringendo le coppie che ballavano a fermarsi e a voltarsi verso chi li aveva interrotti.

James spostò Meg in modo che stesse accanto a Graham sul palco, e prese la mano di Emma, aiutandola a mettersi al suo fianco. Simon si fece largo tra la folla, avvicinandosi mentre cercava di capire cosa avrebbe mai potuto dire James. Era chiaramente un annuncio di famiglia. Forse davano notizia della gravidanza di Emma? James aveva già dato la lieta nuova ai suoi amici, ma era questo il momento adatto per renderlo noto a tutto il mondo?

Ma Emma sembrava incerta come Simon quando fece scivolare una mano nell'incavo del gomito di James e attese quello che avrebbe detto.

«La nostra famiglia ha avuto la benedizione di avere molte buone notizie negli ultimi tempi» disse James. «E stasera ne ho altre che non vedo l'ora di condividere. Il Duca di Northridge e mia sorella, Lady Margaret...»

Simon si voltò di scatto verso Meg. Stavá sorridendo, ma aveva le guance pallide, gli occhi fissi davanti a sé.

«... si sposeranno a Natale!» concluse James.

Ci fu un'esplosione di applausi e borbottii tra la folla, ma Simon si sentiva tagliato fuori da tutto. Rimase lì a fissare Meg che annuiva agli amici che le facevano le loro felicitazioni. Sorrideva alla folla e una volta alzò anche il viso verso Graham.

Ma Simon la conosceva. La conosceva e aveva visto le sue lacrime fuori. *Ecco* perché aveva pianto. Questo presunto felice annuncio del suo imminente matrimonio. Dopo tutto questo tempo, Meg non voleva sposare Graham.

E anche se questo fatto non avrebbe dovuto cambiare nulla per Simon, anche se avrebbe dovuto fargli provare dispiacere per entrambi, gli accese invece una luce di speranza in petto. Si chiese se il futuro fosse scolpito nella pietra dopo tutto.

CAPITOLO DUE

Meg lasciò muovere le dita sui tasti del pianoforte, riversando le sue emozioni nella musica come non poteva esprimerle nella vita reale. Mentre suonava vi trasferì la sua rabbia, la sua disperazione, il suo cuore infranto, perdendosi negli accordi, dimenticando l'idea martellante che la data del suo matrimonio era ormai fissata e che sposare Graham improvvisamente sembrava molto reale.

Sbatté giù le dita tutte in una volta ed emise un gemito soffocato.

«Meg?»

Sobbalzò quando si voltò e vide Emma entrare silenziosa nella stanza della musica, chiudendosi la porta alle spalle. Le bruciavano le guance quando distolse lo sguardo dalla cognata. «Ho saltato delle note.»

Emma la fissò in silenzio per un istante che sembrò un'eternità, poi si andò a sedere su una delle poltrone accanto al fuoco. Fece cenno a Meg di raggiungerla, e con un sospiro Meg la accontentò.

«Suoni sempre magnificamente» la rassicurò Emma. «Con più passione della maggior parte delle donne che ho visto suonare.»

Meg si trattenne dallo scoppiare a ridere per la frustrazione. «Quando è sobria, mia madre chiama il mio modo di suonare sconveniente. Poco signorile.»

Emma fece una leggera smorfia alla menzione della Duchessa Madre. Era ben consapevole dei problemi che la donna aveva con l'alcol. Non molto tempo prima, aveva persino aiutato Meg quando sua madre aveva fatto una scenata in pubblico. Quello era stato l'inizio della loro amicizia e poi della sua relazione con James. L'unica cosa per cui Meg poteva ringraziare sua madre.

«Io penso che avere passione ed essere signorile non si escludano a vicenda» disse Emma. «Cos'è la vita senza un po' di passione?»

Arrossì mentre lo diceva e Meg sorrise. «Non lo avresti detto tre mesi fa.»

Emma rise. «Forse no. Forse l'amore ci dà una visione diversa della passione. Non so.»

Meg si sentì svanire il sorriso a sentire parlare di amore. Era davvero felice che Emma e James lo avessero trovato, perché suo fratello non meritava niente di meno che la devozione che aveva trovato nella donna di fronte a lei. Ma vederli così felici metteva solo più a fuoco la sua situazione.

«Cos'è che ti angustia?» chiese Emma dolcemente, mettendo la mano su quella di Meg.

Meg trattenne il fiato mentre il dolore la assaliva. Il dolore che respingeva con sempre maggiore difficoltà. «Cosa mi angustia? Niente, ovvio.»

«Non credo sia vero.» La voce di Emma era molto gentile. «Non sembri felice da due sere a questa parte, quando è stata annunciata la data del tuo matrimonio.»

«Perché non dovrei essere felice?» ribatté Meg con voce strozzata. «Sarò la Duchessa di Northridge finalmente, proprio come ha sempre desiderato mio fratello.»

Emma corrugò la fronte. «Come desidera *James*, sì. La metti sempre giù in questo modo. Ma i tuoi desideri, Margaret? Quali sono?»

Meg si alzò in piedi e si allontanò, perché aveva una gran voglia di gridare tutto ciò che aveva in cuore. In quel momento era una pressione così grande che desiderava solo buttarla fuori per non esserne più tormentata.

Ma quando guardò Emma, vide più di una confidente e di un'amica. Più di un orecchio comprensivo.

«Tu sei la moglie di mio fratello» sussurrò. «Qualunque cosa ti racconti arriverà a lui o... o sarai costretta a tenerglielo nascosto. Non voglio essere causa di conflitto tra di voi. Non farei mai del male a mio fratello.»

Emma schiuse le labbra e si alzò lentamente, tendendole le mani. «È una cosa molto seria, non è vero? Lo vedo nei tuoi occhi, lo sento nel modo in cui tremi. Meg, tuo fratello ti adora. Andiamo a parlargli, qualunque cosa ti turbi. Sono certa che possiamo trovare una soluzione. Che si può sistemare.»

Prima che Meg potesse rispondere, la porta dietro di loro si aprì e la Duchessa Madre entrò nella stanza. Sussultò nel trovarle così vicine l'una all'altra.

«Ho interrotto qualcosa?» chiese sua madre, e Meg fu contenta che non sembrasse ubriaca quel pomeriggio. Era un peso in meno da sopportare.

«No, avevamo finito» disse Meg. «Stavamo solo parlando di come suono.»

Sua madre guardò il pianoforte. «Ah sì, non ti sento suonare da un'eternità, Meg.»

Meg sussultò, perché aveva suonato per gli ospiti meno di tre sere prima. Il fatto che sua madre non ricordasse quell'esibizione la diceva lunga sui suoi limiti.

Sorrise ad Emma prima di tornare allo strumento. «Lasciami suonare per te adesso, mamma.»

Prese posto, mise le dita sui tasti e iniziò a suonare la canzone preferita di sua madre. Emma si lasciò sfuggire un lieve sospiro prima di mettersi accanto a Meg insieme alla Duchessa Madre. Mentre suonava, Meg poté percepire sulle spalle lo sguardo ardente della sua amica.

Per una volta tanto, sua madre l'aveva salvata da se stessa. Da qualunque cosa sarebbe successa se avesse perso la testa e avesse ammesso i suoi sentimenti. Ora, mentre suonava, ricuperò il ritegno che le si addiceva.

Perché doveva.

Molte sere, a cena, Simon era stato messo accanto o di fronte a Meg. Aveva interpretato il ruolo di buon amico per così tanto tempo che tutti si aspettavano che chiacchierassero, si sorridessero e si prendessero in giro a vicenda per gioco. Anche in occasione di ricevimenti al di fuori della loro cerchia ristretta a volte venivano messi insieme. Veniva naturale.

Tranne stasera. Stasera era diverso. Meg gli era seduta accanto, ma non stava conversando con lui. Non sorrideva, non rideva e non scherzava con lui. Stava fissando il suo piatto, il cibo che non aveva consumato, e sembrava che stesse facendo del suo meglio per arrivare in fondo a quella cena e poter lasciare il suo fianco.

Una verità che gli faceva male, soprattutto dopo il loro intenso incontro sulla terrazza due sere prima. Aveva pensato che significasse qualcosa. Adesso non ne era sicuro.

«Mi state evitando, Lady Margaret.»

Lei alzò il viso e incontrò il suo sguardo, ma distolse i suoi occhi scuri altrettanto rapidamente. «Come faccio a evitarti visto che incombi ovunque vada? Anche adesso invadi il mio spazio con il gomito» lo rimproverò Meg.

Gli sarebbe venuto da sorridere a quelle parole, perché questa era una conversazione che facevano spesso. Di solito però Meg non diceva sul serio. Era un gioco. Quella sera invece aveva una voce spenta e gli aveva voltato le spalle. Il suo linguaggio del corpo esprimeva chiusura, quindi non gli dava alcun piacere.

Simon spostò lentamente il gomito incriminato. «Pensi ai giochi previsti per stasera?» le chiese.

Meg voltò di scatto il viso verso di lui, i suoi occhi si illuminarono di qualcosa di simile a... rabbia. Meg era arrabbiata con lui? Perché? Non le aveva fatto niente che lui ricordasse.

«Ci spostiamo in salotto per giocare a carte?» disse Emma, alzandosi con un sorriso per James. «I signori berranno il loro porto più tardi.»

Gli ospiti si alzarono, a coppie come si faceva in queste occasioni. Simon abbassò lo sguardo e vide Graham prendere il braccio della Duchessa Madre di Abernathe, cosa che lo lasciava libero di scortare Meg. Si alzò in piedi insieme lei, e le offrì il gomito.

«Vieni con me?» le chiese.

Ancora una volta vide guizzare un barlume di cupa emozione sul suo viso. Meg scrollò le spalle. «Immagino di sì.»

Non gli prese il braccio, però, come aveva fatto decine, centinaia di altre volte. Uscì invece dalla sala, accodandosi agli altri e costringendolo ad affrettarsi a raggiungerla. Quando le fu a fianco, la guardò con la coda dell'occhio.

«Ti ho offeso in qualche modo?» le chiese.

Lei scoppiò in una risata sarcastica. «Mai. Nemmeno una volta, Simon.»

Lui aggrottò la fronte al suo tono tagliente. Non lo capiva. Non lo voleva. «Meg» disse, prendendola per il braccio e facendola voltare verso di lui. «Che c'è?»

Lei lo guardò sbattendo le palpebre, e ancora una volta Simon vide delle lacrime che le scintillavano agli angoli degli occhi. Meg scosse la testa. «Sei così beatamente ignaro di tutto, Simon. *Vorrei* poter essere come te.»

«Che significa?» le chiese con un tono più aspro e alzò la guardia. Meg aveva la voce molto tesa, un'espressione dura e accusatoria, ma non voleva spiegarsi, lanciava solo velate accuse.

Divincolò il braccio dalla presa con cautela e fece un lungo passo indietro. «Non significa niente, Simon» disse con un sospiro. «Non hai fatto niente di sbagliato. Sono di cattivo umore. Chiedo scusa. Adesso devo raggiungere gli altri. Buona... buona notte.»

La osservò mentre si voltava e si affrettava giù per il corridoio.

Chinò la testa, incerto se seguirla e continuare questa conversazione o lasciarla andare. Era ovvio che al momento non voleva avere niente a che fare con lui.

«Hai intenzione di startene lì tutto il giorno o ti va di infilarti nel salottino a bere qualcosa con me?»

Si voltò e vide Robert Smithton, Duca di Roseford, che gli sorrideva. Simon guardò di nuovo in fondo al corridoio dove era andata Meg, poi scrollò le spalle.

«Potrebbe essere più divertente che guardare gli altri giocare» disse.

«Potrebbe? Mi sottovaluti, Crestwood» disse Robert mettendogli un braccio intorno alla spalla e quasi trascinandolo in una delle stanze adiacenti.

Simon chiuse la porta, Roseford andò alla credenza e si chinò per frugare tra le bottiglie nel ripiano sotto. Quando trovò quello che cercava, gridò trionfante e sollevò la bottiglia.

«Il miglior scotch di Abernathe» annunciò. «Quello che tiene da parte per le occasioni speciali.» Con un sorriso malizioso, Robert versò una generosa porzione per entrambi e poi ripose la bottiglia.

«E a quale occasione speciale stiamo brindando?» chiese Simon, cercando di distogliere i pensieri dal suo incontro con Meg, invano.

«Al fatto che quando Abernathe verrà qui e vedrà la bottiglia quasi vuota, maledirà i nostri nomi?» scherzò Roseford. Poi alzò il bicchiere scrollando le spalle. «Oppure potremmo brindare all'imminente matrimonio di Northfield con Margaret, se preferisci essere più tradizionale.»

Simon non sollevò il bicchiere ma bevve un lungo sorso di scotch senza parlare. Roseford inarcò un sopracciglio mentre lo faceva e poi bevve il suo sorso. «Stai facendo il broncio, Crestwood.»

Simon deglutì e lanciò un'occhiataccia al suo amico. «Il broncio? Sono un uomo adulto, non faccio il *broncio*.»

«Chiedi a qualsiasi governante. Sono certo che riconoscerebbe i segni all'istante» disse Roseford.

Simon scosse la testa. «Se fossi da solo con una governante, non le chiederesti cosa pensa di me.»

Robert rise. «Non se fosse avvenente, no. E accidenti, c'eri anche tu con me, vecchio mio! Potevo sempre contare di averti al mio fianco quando avevo voglia di conquiste. Diavolo, ti ricordi quella bella cantante d'opera a Londra?»

Simon strinse la mascella, perché ricordava eccome. Anni prima, lui e Robert erano andati a donne insieme. Avevano sempre trovato molte partner disponibili. Ne avevano persino condivise alcune, inclusa la cantante a cui si riferiva ora. Immaginava che Robert credesse che il ricordo lo eccitasse.

Invece no. Ripensava a quei giorni e sapeva che cos'erano stati veramente per lui. Un modo per scordare Meg. Un modo che non aveva mai, *mai* funzionato. E infatti eccolo lì, innamorato di lei come sempre. Innamorato e senza speranza come sempre. Il futuro predeterminato come sempre.

Roseford inclinò la testa e trafisse Simon con uno sguardo più attento. Adesso la sua espressione era passata da canzonatoria a preoccupata. A Simon si rivoltò lo stomaco. Aveva già avuto una conversazione sul suo stato d'animo con Idlewood: l'ultima cosa che voleva erano parole di conforto, men che meno da parte di Roseford.

«Devi smetterla con quei sentimenti» disse Roseford con la mascella serrata e il tono tagliente.

Simon corrugò la fronte. «Che sentimenti?»

Roseford si appoggiò allo schienale, incredulo. «Senti, è andata come è andata. Non ci puoi fare niente. Per cui *smettila*.»

Simon schiuse le labbra. «Quanti di voi pensate di sapere qualcosa su di me e su cosa provo, idioti?»

Roseford scrollò le spalle. «Non lo so. È un argomento delicato, no, desiderare quello che non si può avere. Sono certo che qualcuno l'ha notato e altri chiaramente no o saresti stato sfidato a duello anni fa.»

Simon chinò la testa. «Merito di essere sfidato a duello.»

«No, a meno che tu non abbia fatto qualcosa» disse Robert,

bevendo un altro sorso dal suo bicchiere. «E so che hai troppo senso dell'onore per farlo.»

«Dici di smetterla di provare quello provo come se il cuore avesse una leva che si può tirare su e giù» disse Simon, allontanandosi. «Non funziona così.»

Roseford rimase in silenzio a lungo, poi alzò le spalle. «Non saprei. Non sono mai stato così sciocco da farmi guidare dal cuore. Dall'uccello, sì. Dal cuore... no.»

«Bene, se non posso seguire il tuo consiglio di soffocare i miei sentimenti, cosa mi suggerisci di fare allora?»

Roseford rifletté per un momento sulla domanda, poi gli si illuminarono gli occhi. «Ho un'idea... andiamo via.»

«Via?» ripeté Simon. «Via dove?»

«In Irlanda, magari. Le ragazze sono sempre accoglienti da quelle parti» suggerì Robert. «Oppure... Napoleone è rimasto tranquillo da quando si è sposato. Potremmo filarcela giù in Italia, andare a bearci al sole. Hai bisogno di farti una scopata e sono certo che troveremmo pane per i tuoi denti.»

Simon ridacchiò anche se non si sentiva affatto di buon umore. «Scopare per dimenticare, eh? Perché ha già funzionato benissimo, vero?»

«Forse no, ma vale la pena provare, no?» replicò Roseford. «Dai. È un'eternità che non andiamo a caccia di donne insieme.»

Simon sapeva che due giorni prima avrebbe rifiutato questa offerta. L'incontro con Meg sulla terrazza gli aveva dato una strana speranza. Ma visto che da allora lei lo aveva evitato e dopo quella strana discussione che avevano avuto nel corridoio, adesso non ne era più così sicuro.

Meg non sembrava volere che lui si intromettesse nel suo fidanzamento, anche se vedeva che non ne era contenta. E se lo avesse fatto, le conseguenze sarebbero state molto gravi. Graham lo avrebbe disprezzato, probabilmente anche James. E certamente a nessuno degli altri sarebbe piaciuto vederlo mettersi contro uno del loro gruppo.

La lealtà era importante. La sua veniva messa alla prova in questa circostanza. Ma se Meg non lo voleva...

«Va bene» disse piano.

Roseford spalancò gli occhi. «Davvero?»

«Sì, forse hai ragione sul fatto che ho bisogno di cambiare aria.» Si concesse un profondo sospiro. «Ho una richiesta, però.»

«E sarebbe?» domandò Robert.

«Voglio andarmene alla svelta» disse Simon. «Voglio partire presto e non voglio tornare fino a dopo il matrimonio di Northridge.»

Roseford non era esattamente il più empatico del loro gruppo, ma il suo viso si addolcì di fronte a questa richiesta. Annuì lentamente. «Certo, Crestwood. Se è quel che ti serve, inizierò subito a fare i preparativi del caso. Potremmo partire tra pochi giorni e sicuramente troveremo distrazioni in abbondanza che non ci riporteranno a casa fino a nuovo anno inoltrato.»

Simon voleva provare sollievo per questa decisione. Dopo tutto, stava per trattenersi dal fare qualcosa di cui avrebbe potuto pentirsi. Eppure, mentre faceva tintinnare il suo bicchiere contro quello di Robert, non si sentiva a posto.

Si sentiva come se stesse scappando dal suo futuro. Si sentiva come se stesse scappando dal suo cuore.

CAPITOLO TRE

Simon non poté fare a meno di sorridere quando vide Meg colpire la palla da croquet con tutte le sue forze. Era sempre stata competitiva e la sua risata gli arrivò portata dall'aria, accarezzandogli l'orecchio come un bacio. Gli sarebbe *mancato* tutto questo quando se ne sarebbe andato. Proprio come gli sarebbe mancata la dolce musica della sua voce, il modo in cui i ciuffi di capelli le ondeggiavano intorno al viso quando si muoveva, il modo in cui lasciava sempre indugiare la mano sulla sua un po' troppo a lungo quando si incontravano, parlavano o ballavano.

Scosse la testa, cercando di scrollarsi di dosso quei sentimenti. Doveva farlo, ora più che mai.

I pensieri, però, erano persistenti e divennero ancora più intensi quando vide Graham muoversi tra la folla, con lo sguardo fisso su di lui. Simon si irrigidì quando Graham lo raggiunse e si sedette accanto a lui per guardare la partita in corso sul prato.

«Crestwood» disse Graham a bassa voce.

Simon sussultò. Si chiamavano tutti per nome di battesimo, lui, James e Graham. A un certo punto, negli ultimi anni, Graham era diventato più formale con lui. Forse aveva intuito quello che Simon cercava di nascondere, ma non aveva mai detto una parola in proposito.

Non si dicevano quasi più una parola, a meno che non lo orchestrasse James.

«Graham» lo salutò Simon. «Ti piace il ricevimento?»

Graham esitò un attimo, solo uno sprazzo di tempo, ma abbastanza a lungo da permettere a Simon di guardarlo di sottecchi. Graham stava guardando Meg, ma non sorrideva.

«È un ricevimento come tanti.»

«Immagino» concordò Simon. «Eppure questo è diverso, almeno per te.»

«In che modo?» chiese Graham, voltandosi verso di lui con uno sguardo perplesso.

Simon deglutì, scioccato dal fatto che Graham non si fosse reso conto che qui si era realizzata la cosa più importante della sua vita. «Tu e Meg. Avete scelto la data delle nozze.»

«Ah.» Graham scosse la testa. «Certo. Sì. Suppongo che questo renda la festa speciale.»

Simon strinse i pugni lungo i fianchi e cercò lentamente di calmare il suo cuore che batteva all'impazzata. Non riusciva a capire Graham. Era fidanzato con Meg da anni, eppure non sembrava fare alcuno sforzo per entrare in sintonia con lei. Se fosse stato un qualsiasi altro uomo al mondo, Simon lo avrebbe sfidato apertamente per averla. A costo di rapirla.

Ma Graham non era un uomo qualunque. Era uno degli amici più stretti di Simon.

Simon guardò Meg che si raddrizzava e faceva un passo indietro per permettere alla dama successiva di tirare. La vide scrutare il prato e quando il suo sguardo cadde su Simon e Graham, il sorriso che le aveva illuminato il viso svanì. Sbiancò in viso. E Simon vide, ancora una volta, la stessa espressione disperata che aveva avuto sulla terrazza qualche sera prima.

Gli si strinse il cuore a quella scena.

«Meg... Meg sta bene?» chiese piano.

La domanda sembrò sorprendere Graham che rivolse l'attenzione alla sua fidanzata. Scrollò le spalle. «A me sembra a posto. Perché? Si è storta una caviglia?»

«No» disse Simon. «Voglio dire, sta bene? È... felice?»

«Certo» si affrettò a rispondere Graham, senza nemmeno prendere in considerazione la domanda. «Perché chiedi una cosa del genere?»

Simon sapeva che avrebbe dovuto lasciar perdere. Che avrebbe dovuto dire che non era niente e fare marcia indietro prima che Graham capisse ciò che Kit e Roseford avevano già affermato di sapere. Eppure, quando guardò di nuovo Meg e vide l'accenno di broncio sulla sua bocca, scoprì di non poterlo fare.

Fece un bel respiro. «È solo che... la sua scintilla sembra spenta, non trovi?"

Graham non si volto più a osservare Meg. Mantenne invece gli occhi fissi sul viso di Simon. Simon si irrigidì per l'intensità dello sguardo del suo amico e scoprì che gli si stavano tendendo i muscoli, come se si stesse preparando a combattere.

Il silenzio tra loro si prolungò per un lasso di tempo che sembrava eterno, poi Graham disse: «A me sembra che stia bene.»

La voce di Graham era bassa, ma aveva un tono pericoloso, e fermo. In quel momento Simon si rese conto di trovarsi nel bel mezzo di uno scontro. E se non si fosse comportato con cautela, il suo castello di carte gli sarebbe crollato intorno.

Si avvicinò e vide Graham irrigidirsi proprio come aveva fatto lui un attimo prima. Gli faceva male constatare quanto si erano allontanati. Per colpa sua. Era colpa *sua*.

«Graham, la tua amicizia significa molto per me» le parole gli uscirono di bocca d'un fiato.

Graham annuì lentamente, con circospezione. «Vale anche per me. Non vorrei mai che qualcosa venisse a frapporsi tra noi. E so che anche Margaret apprezza la tua amicizia.»

Simon resistette all'impulso di prendere le distanze da quella dichiarazione. Da quel monito capì che per Meg lui non poteva essere e non sarebbe mai stato più di quello che era oggi.

Strinse i denti mentre la guardava. Adesso aveva messo da parte la mazza da croquet e si era allontanata dalla partita. «Sì, siamo sempre stati... amici» ammise lentamente.

Graham inclinò la testa, costringendo Simon a guardarlo. La sua espressione non rivelava rabbia, ma era dura. Fredda. «Non puoi interferire con i piani di James, Simon. *È* quello che accadrà. È troppo tardi per cambiarlo ora.»

Simon fu assalito da una vampata di calore, che lo fece arrossire in viso e gli pompò più veloce il sangue nelle vene. Conosceva questa sensazione e la odiava. Era rabbia. Rabbia rivolta verso Graham per quello che aveva detto. Rabbia per il fatto che Graham avesse ciò che Simon aveva sempre desiderato, rabbia per il fatto che Graham non sembrava apprezzare il dono che gli era stato fatto tanti anni prima. E rabbia per il fatto che Graham metteva in dubbio la lealtà di Simon. Simon, che era rimasto in silenzio quando la donna che amava gli era stata portata via da un amico che considerava un fratello.

Voleva scagliarsi contro Graham. Verbalmente, fisicamente. Voleva colpirlo e si odiava per questo.

«Non ho *mai* interferito» ringhiò invece.

Graham inarcò un sopracciglio e rimase un attimo in silenzio prima di dire: «Certo.» Distolse lo sguardo da Simon e la tensione dell'incontro svanì leggermente quando non furono più faccia a faccia. «Scusa, penso di vedere James che mi fa cenno di andare da lui. Buon pomeriggio, Crestwood.»

Poi si allontanò, senza voltarsi indietro. Senza dire un'altra parola. E Simon lo fissò mentre andava via. Desiderava poter richiamare il suo amico e riparare questa frattura tra loro. Sapeva però che non poteva finché non avesse sconfitto i suoi sentimenti per Meg.

La partita sul prato era terminata e lui la cercò tra la folla. Non si era fatta avanti con gli altri per congratularsi con il vincitore. Se ne stava sul limitare del prato, a testa bassa e con le mani serrate lungo i fianchi. Sembrava così angustiata, così infelice. Ma nessun altro sembrava accorgersene. Nessun amico, membro della famiglia o fidanzato si precipitava a consolarla. Rimase sola e immobile finché non sollevò la testa e lasciò che il suo sguardo si spostasse, lentamente ma deliberatamente, su di lui.

Erano molto distanti. Lui sul patio di pietra appena fuori dal perimetro del prato, lei dall'altra parte del campo da gioco, eppure il legame che lo aveva sempre attirato a lei era forte come sempre. Era come se Meg lo tenesse legato a un filo e che non dovesse fare altro che guardarlo per farlo andare da lei.

Simon fece un passo nella sua direzione e lei abbassò il capo, interrompendo il contatto visivo prima che ne facesse un altro. La vide scuotere lentamente la testa e allontanarsi dai giocatori, dal giardino, dalla casa e da lui.

E non c'erano dubbi su cosa avrebbe fatto lui dopo. L'avrebbe seguita. Anche se sapeva che significava interferire, anche se sapeva che era stupido e sciocco. Peggio ancora, che era sbagliato. Non era compito suo. E poteva portare a qualcosa a cui non sarebbe stato in grado di rimediare.

Ma l'avrebbe seguita nonostante tutto. Perché presto se ne sarebbe andato e non ci sarebbe stata più alcuna possibilità di farlo.

Quanto alle conseguenze di un'azione del genere, per il momento scelse di non pensarci. O se ci pensò, scelse di non preoccuparsene.

M eg camminava ormai da un'ora. Non aveva una destinazione in mente, non aveva un piano, camminava e basta, godendosi il sole sul viso, quando faceva capolino da dietro i nuvoloni, e la brezza che le agitava i capelli e le stuzzicava la pelle quando le girava intorno.

Era libera. In questi momenti era libera. Eppure sentiva chiudersi intorno le mura della prigione che presto sarebbe stata la sua vita.

Si fermò in mezzo al bosco dove aveva vagato e appoggiò una mano contro un albero sforzandosi di ritrovare la calma che minacciava di sfilacciarsi come uno scialle tirato troppo a lungo e con troppa forza.

Simon e Graham avevano parlato tra loro mentre lei giocava a croquet. Li aveva visti guardarla, aveva visto la gentilezza di Simon e il vago disinteresse di Graham. Tutta l'emozione che cercava costantemente di tenere a bada l'aveva sopraffatta in quel momento, e all'improvviso nulla aveva più avuto importanza se non fuggire da entrambi.

Fuggire da tutto.

«Ma non puoi scappare» disse ad alta voce, il suo tono aspro mentre stringeva le dita contro la ruvida corteccia dell'albero. «Questa è la tua vita e non c'è... modo... di... cambiarla.»

Pronunciò le ultime tre parole con voce rotta e fievole perché le venne improvvisamente a mancare il fiato e le si strinse il cuore al pensiero. Chinò la testa e cercò di ricacciare indietro le lacrime che minacciavano di cadere. Aveva già pianto abbastanza negli ultimi giorni. Adesso basta. Doveva accettare il futuro e smetterla di fare la sciocca.

Non c'era niente in cielo o in terra che avrebbe cambiato ciò che stava per accadere.

«Meg.»

Si irrigidì quando sentì il suo nome venire da dietro di lei, pronunciato da una voce che conosceva come nessun'altra al mondo. L'unica voce che avesse mai avuto importanza.

Simon, mormorò Meg senza osare dire il suo nome ad alta voce. Se lo avesse fatto, l'illusione che lui fosse lì con lei sarebbe andata in frantumi.

Lentamente si voltò e il suo cuore sobbalzò come non avrebbe dovuto. Simon *era* lì. Non era una fantasia o un'illusione creata dalla sua mente errante. Era lì, a tre metri da lei che la guardava.

«Mi stai seguendo?» ansimò con un tono più acuto di quanto avesse voluto a causa dello shock.

Simon incurvò le labbra carnose verso il basso, accigliandosi. «Sì» ribatté, anche lui tagliente. Non le aveva mai parlato in quel modo prima e la cosa la fece trasalire. «Da un'ora.»

«Perché?» gli chiese.

Lui alzò un sopracciglio. «Perché…»

Si interruppe bruscamente e distolse il viso. Meg incrociò le braccia e aspettò che continuasse. Aspettò che parlasse. Che dicesse *qualcosa*.

«Ti ho visto lasciare il gruppo» sussurrò alla fine, abbassando le spalle in avanti sconfitto. «E ho pensato che non avresti dovuto essere sola.»

Meg fece un passo verso di lui. «Pe… perché?» balbettò.

Simon alzò di nuovo lo sguardo su di lei. I loro occhi si incontrarono, e all'improvviso lui raddrizzò la schiena e il suo sguardo si fece incandescente. Quante volte aveva visto quel calore nei suoi occhi, quella sintonia, quando la guardava? Ogni singola volta Simon aveva ricacciato tutto indietro e lei si era ripetuta più volte che se lo era solo immaginato anche se in cuor suo sapeva che non era vero.

Oggi che erano soli, lontano dagli altri, lontano da qualunque cosa dettasse la decenza, quel calore rimase lì e il suo corpo reagì come non avrebbe dovuto. Le formicolava tutto dalla testa alle dita dei piedi, ma soprattutto nei posti proibiti. Posti che toccava quando pensava a quest'uomo.

Rabbrividì e scacciò quei pensieri.

«Perché mi hai seguito?» ripeté.

«Per quello che è successo l'altra sera» rispose Simon. «Quando stavi piangendo sulla terrazza. Lo so che non sei felice, Meg. Ti conosco…»

Meg non riuscì a trattenere uno scoppio di risa poco signorile. «Cosa conosci?» gli chiese, facendo un altro lungo passo verso di lui. La distanza tra loro non era del tutto scomparsa, ma ora si era notevolmente ridotta.

Simon spalancò gli occhi mentre gli si avvicinava, ed era chiaro che era consapevole della sfida che lei gli stava lanciando. Non le importava più, almeno non in quel momento. Stava giocando con il fuoco e scottarsi era l'ultima delle sue preoccupazioni. Voleva che lui facesse qualcosa.

Qualsiasi cosa.

E sembrava sul punto di farlo. In questo magico momento rubato in mezzo al bosco, Simon alzò una mano tremando e protese le dita verso di lei. Meg trattenne il respiro mentre aspettava, con il corpo teso come una molla e pronto per qualunque cosa stesse per succedere.

Il tuono rimbombò intorno a loro e spezzò l'incantesimo. Simon scostò la mano e alzò lo sguardo verso il cielo sempre più grigio. «Sta per piovere, Meg» commentò. «Dovremmo tornare indietro.»

Meg strinse le labbra e rivolse un'occhiata furiosa al cielo importuno che le aveva impedito di avere ciò che voleva. O forse l'aveva salvata impedendole di fare qualcosa di sciocco. Probabilmente entrambi i punti di vista erano validi.

«Una volta tornati indietro, sarà finita» disse a se stessa, ma anche a lui. «Sarà *finita*. Il futuro che è stato stabilito sarà irrevocabile.»

Simon continuò a guardarla negli occhi e sul viso gli si riversarono tutte le emozioni che lei non aveva mai scorto in lui, soprattutto un grande rimpianto. A quella vista si sentì attanagliare il cuore da una morsa.

«Meg» sussurrò lui. «È sempre stato irrevocabile.»

Lei abbassò le spalle e rabbrividì mentre si lasciava sfuggire un sospiro. «Sì hai ragione. Ovviamente hai ragione. Andiamo allora. Come hai detto, sta per piovere. Non dovremmo farci prendere alla sprovvista.»

Simon camminava accanto a Meg, proprio come aveva già fatto decine di altre volte. Solo che oggi c'era una tensione diversa tra loro, un tira e molla che non avevano mai permesso venisse alla luce fino a pochi giorni prima. Ora era lì, una barriera alla loro amicizia e una finestra sulla propria anima che sapeva era molto pericoloso scoprire.

Peggio ancora, era una finestra sull'anima *di Meg*. Per la seconda volta in appena due giorni, vedeva chiaramente che anche lei lo voleva. Il desiderio le brillava negli occhi e le illuminava il viso. Margaret Rylon lo desiderava.

E lui non poteva farci niente, perché lei apparteneva a Graham.

«Si prenderà cura di te» le disse, parole che risuonavano vuote nella quiete del bosco. «Graham si prenderà cura di te per il resto dei tuoi giorni.»

Meg si voltò di scatto, con gli occhi scintillanti di rabbia e di altre emozioni che lui vedeva e a cui non riusciva del tutto a credere. «Dovrebbe consolarmi?» sbottò. «Che si prenderà cura di me? Come se fossi un animaletto a cui dare da mangiare e da bere e tanto basti?»

«Non è quello che volevo dire» ribatté Simon.

Meg lo liquidò con un cenno della mano. «Non ho *mai* creduto che Graham sarebbe stato un cattivo marito. È una brava persona, un uomo buono e forte. Un uomo molto bello.»

Simon sussultò quando gli elencò tutte le qualità del suo migliore amico.

«Ma io *non lo voglio*» concluse Meg. «James lo ha scelto per me tanti anni fa e so che aveva le sue ragioni per farlo. Ma non l'ho *mai* voluto.» Un singhiozzo le spezzò il respiro e fece un passo verso Simon. «Volevo... volevo solo...»

«Non dirlo» sussurrò Simon, sapendo che se quelle parole le fossero uscite dalle labbra avrebbe perso il controllo. Avrebbe perso il senso di lealtà che provava nei confronti dei suoi amici e l'avrebbe toccata. E una volta iniziato, temeva che non si sarebbe mai fermato.

Avrebbe dovuto andarsene già da una settimana. Non sarebbe mai dovuto venire qui. Di sicuro non avrebbe dovuto seguirla perché c'era stata una parte di lui che sapeva che sarebbe successo.

Ma alla fine eccolo lì con lei che lo fissava a occhi spalancati e carichi di desiderio.

In quel momento cominciò a piovere. Non un rivoletto, ma un torrente che cadeva dal cielo come una cascata. Meg gridò sorpresa quando l'acqua fredda la colpì.

Simon si incurvò con la schiena per proteggersi dall'acquazzone e afferrò la mano di Meg. «Corri!» urlò.

La sentì stringere le dita nelle sue mentre sfrecciavano lungo il sentiero che conduceva a casa, a diverse miglia di distanza. Lei iniziò a ridere e lui non poté fare a meno di imitarla.

E per un breve istante, si sentì in paradiso.

CAPITOLO QUATTRO

Le sembrava di essere all'inferno. Un inferno freddo e umido. Ci aveva messo un'ora ad arrivare fino al punto dove si erano fermati ed era chiaro che ci avrebbero messo il doppio per tornare indietro grazie alla pioggia torrenziale, al vento e ai sentieri melmosi. Lei e Simon annaspavano nel fango da venti minuti ed era fradicia fino al midollo.

Aveva molto freddo, era triste e l'abito sembrava pesare un quintale oltre a starle appiccicato addosso.

L'unica cosa positiva in tutto questo era che Simon le teneva ancora la mano mentre la guidava sulla via del ritorno. Si aggrappò alle sue dita forti, e nei momenti in cui scivolavano contro la sua pelle fredda, desiderava che la loro passeggiata non finisse mai.

Anche se entrambi ne sarebbero morti.

«Accidenti» mormorò Simon, le sue parole si sentirono a malapena sopra il ruggito del vento e il martellare della pioggia.

«Che c'è?» chiese lei.

Simon si girò verso di lei. La pioggia gli aveva appiattito i capelli sulla fronte e gli scivolava a rivoli giù per gli zigomi spigolosi. Meg trattenne il respiro. Anche bagnato Simon era bellissimo.

Se aveva notato qualcosa di diverso nel suo sguardo, lui comunque non reagì. Infatti, strinse le labbra per il disappunto e disse: «Hai presente il piccolo ruscello che hai attraversato quando sei venuta?»

«Sì?» replicò lei. Era sormontato da un ponticello, costruito da suo nonno decenni prima, prima che lei nascesse.

«Be'...» Simon si interruppe e con la mano indicò davanti a sé.

Meg fece un passo avanti, strizzò gli occhi per vedere il torrente, e trattenne il respiro. Il ruscello ora era un fiume impetuoso, l'acqua scorreva sul ponte sbarrando il percorso.

«Santo cielo» gemette. «Dovremo fare tutto il giro fino a Glassford Hill per aggirare il torrente! Ci metteremo almeno un'ora in più.»

«No invece» tagliò corto Simon con tono deciso e cupo. «Perché non andremo da quella parte.»

Meg ansimò e si voltò di nuovo verso di lui. «Di cosa stai parlando? Se non lo facciamo, non riusciremo a tornare a casa.»

«Proprio così. Non torniamo a casa. Non adesso.» Le strinse la mano. «Stai tremando e se attraversiamo tutta la tenuta sotto questo acquazzone per le prossime due ore, morirai congelata. E onestamente, anch'io. Ma ho un'idea su dove andare.» Le sorrise e lei notò che era un sorriso forzato.

«Dove?» gli chiese.

Simon la tirò per la mano e lei gli trotterellò dietro mentre le faceva ripercorrere il sentiero da cui erano venuti, poi la fece svoltare fuori dal sentiero principale attraverso i boschi umidi e deprimenti.

«Simon, dove stiamo andando?» gli chiese di nuovo.

«Alla casetta del custode» le rispose.

Lei aggrottò la fronte. «Oddio, sono anni che non l'avevo nemmeno in mente. È vuota dal... Penso che mio padre fosse ancora vivo quando ci viveva il nostro ultimo custode. Come fai a conoscerla?»

Simon le fece l'occhiolino da sopra la spalla e lei quasi perse l'equilibrio quando vide l'espressione birichina sul suo viso bagnato.

«Conosco moltissime cose.» Rise, poi disse: «A dire il vero, ci rifugiavamo qui quando venivo a trovarvi. Quando tuo padre era vivo, James aveva bisogno di...»

«Evadere» sussurrò Meg, completando la frase mentre veniva assalita dai ricordi. Fece una smorfia. «Ne avevo bisogno anch'io.»

Simon le strinse la mano. «Vorrei averti portato con noi. Anche se dubito che saresti stata molto interessata ai nostri discorsi da duca e alla pesca.»

«La pesca mi avrebbe interessato» ribatté, notando che Simon aveva accelerato il passo. Era estenuante, ma almeno il movimento la teneva un po' più calda. «Mi piaceva molto pescare.»

«Bene, la prossima volta che scapperemo tutti di casa, ti inviterò di sicuro.»

Lei sorrise, ma disse: «La prossima volta che scapperete di casa, Graham scapperà da *me*. Dubito che approverà che io venga con te.»

A quel punto Simon si irrigidì e non parlò per i successivi cinque minuti limitandosi a trascinarla per i boschi. Stava cominciando a perdere la speranza che avrebbero trovato il posto quando uscirono dal folto degli alberi, ed eccolo lì.

Non era gran che. Solo un semplice cottage di due stanze che aveva ospitato per decenni il loro vecchio custode. Era morto e il padre non aveva assunto subito un sostituto. Quando James aveva rilevato la tenuta, ne aveva costruito uno molto più carino, molto più vicino alla villa, perché l'attuale custode era sposato con la loro governante. Questo vecchio posto era rimasto abbandonato per anni, come provavano le sbarre alle finestre e i cardini arrugginiti delle porte.

Ma in quel momento era meglio del più bello dei palazzi.

Finalmente Simon le lasciò andare la mano e armeggiò sotto una roccia vicino alla porta. Tirò fuori un pezzo di stoffa ripiegato che aprì per tirare fuori una chiave. Le sorrise mentre la inseriva nella serratura e riuscì ad aprire la porta sgangherata.

Le fece cenno di entrare e lei si precipitò dentro, grata di non essere più sotto la pioggia come non era mai stata di qualsiasi altra cosa in vita sua. In piedi nella stanza molto buia, attese che i suoi occhi si abituassero lentamente all'oscurità. Nel frattempo Simon entrò e poi riuscì a fatica a far muovere i cardini scricchiolanti per chiudere la porta dietro di loro.

C'era un grande camino nella stanza principale e uno spesso tappeto su cui era stato sistemato un divanetto coperto da un panno polveroso. Nell'angolo sul lato opposto della stanza c'era una piccola credenza e un tavolo con una sola sedia. La porta sul muro di fondo era chiusa, ma Meg immaginò che conducesse alla camera da letto.

Simon allungò una mano e la prese per l'avambraccio facendola trasalire. Così vicino e al buio, le sembrò all'improvviso molto grosso accanto a lei. La sua presenza sembrava risucchiare l'aria dalla stanza.

La stanza dove erano da soli. Nessuno sarebbe venuto a prenderli con questo tempo orribile.

«Oddio, James sarà fuori di sé» sussurrò.

Simon chinò la testa e fece scivolare via la mano dal suo braccio. «Ne sono sicuro, ma se si accorge che non ci sono nemmeno io, spero che sappia che non lascerei che ti succeda nulla di male se potessi impedirlo. In ogni caso, se smette di piovere, torneremo a casa il prima possibile.»

Meg annuì mentre veniva scossa da un forte brivido. Adesso che non si muovevano, il freddo sembrava permeare tutto il suo essere.

Simon si accigliò. «Accendo un fuoco. Credo di aver visto della legna sotto la veranda sul fianco della casa. Dovrebbe essere asciutta.» Attraversò la stanza e si chinò per togliere un po' della cenere che si era accumulata nel camino a lungo trascurato. «Va' in camera da letto e cerca tutte le coperte che riesci a trovare. Poi spogliati.»

Meg lo fissò, senza battere ciglio, sconvolta. «Spogliarmi?» ripeté.

Simon alzò lo sguardo, i suoi occhi brillavano nella luce fioca. «Morirai congelata se non lo fai. Dobbiamo far asciugare i tuoi vestiti e non si asciugheranno con te dentro. Per cui trova qualche coperta, avvolgiti meglio che puoi e lascia i tuoi vestiti in camera da letto accanto al caminetto.»

Meg si agitò. «Ma tu come...»

Simon a quel punto si alzò con un movimento fluido e allungò una mano per afferrarle le braccia umide. Il fatto che lui la toccasse mentre le suggeriva di togliersi i vestiti rendeva quello che aveva detto ancora più potente. Trattenne il respiro, le si bloccarono le parole in gola perché non riusciva più a ricordare come formularle.

«Meg» le disse, ridendo un po', anche se le venne da pensare che fosse una risata un po' nervosa. «Finché non sarai a posto tu, io resterò bagnato. E ho freddo. Quindi, per il mio bene, smettila di discutere e vatti a spogliare.»

Lei si mordicchiò il labbro e poi annuì. «Va bene.» Si liberò dal suo tocco e si diresse verso la camera da letto sul retro del cottage. Non appena toccò la maniglia polverosa, si voltò verso di lui. «Simon?»

«Sì?» rispose lui con un tono pieno di frustrazione di fronte alla sua esitazione.

«Mi... mi dispiace.»

Lui la fissò a lungo, poi fece cenno alla porta. «Vai. Avremo tutto il tempo per parlare quando non avremo più freddo.»

Andò via allora, con le mani tremanti, non solo per il freddo ma per l'idea che tra pochi istanti sarebbe stata nuda con lui. Nuda con l'uomo che amava più di ogni altra cosa al mondo.

E non aveva idea di cosa sarebbe successo dopo.

Simon se ne stava in piedi di fronte al fuoco che ora ardeva caldo e luminoso nella stanza principale del cottage. Così andava un po' meglio, ma era ancora bagnato fino al midollo e aveva freddo. Ovviamente aveva anche un'erezione che sfregava dolorosamente contro la parte anteriore dei suoi pantaloni fradici.

«Questa è nuova» mormorò.

Il freddo e l'umidità normalmente non favorivano una reazione del genere, ma eccolo lì. Duro come il marmo, ad ascoltare Meg che si spogliava dall'altra parte della sottile porta di legno. Solo una minuscola barriera tra lui e la sua pelle liscia, le sue gambe lunghe, le braccia aperte che avrebbe potuto...

«No» riuscì a ricordare a se stesso a denti stretti. «No.»

La porta dietro di lui finalmente si aprì e si costrinse a voltarsi e guardare Meg uscire dalla camera da letto. Gli si seccò la bocca all'istante. Si era avvolta in una sottile coperta grigia creando una specie di toga piuttosto raffazzonata. Aveva i capelli mezzi sciolti, alcune ciocche si infilavano sotto il bordo della coperta schiacciando i riccioli bagnati contro tutta la pelle che restava esposta al suo sguardo.

E c'era davvero tanta pelle. Aveva le spalle quasi completamente nude, la schiena nuda, il collo nudo, così come il rigonfiamento dei seni che facevano capolino dal bordo della coperta. E poi c'era la gamba. Tanta gamba liscia e splendida. La coperta arrivava solo appena sopra il ginocchio e lui si trovò a fissare quelle gambe.

«Simon?» disse lei, con voce tesa.

Si costrinse a guardarla di nuovo in viso. «Sì. Bene.»

Meg aggrottò la fronte alla sua risposta e si addentrò nella stanza, avvicinandosi al calore del fuoco. Avvicinandosi a lui e alla sua violenta erezione, che ora era anche peggio, per quanto fosse difficile da credere.

«Ti… ti ho lasciato un'altra coperta sul letto» gli disse.

Lui annuì e si allontanò da lei. Aveva un tono tagliente quando ripeté: «Bene.»

Se ne andò senza aggiungere altro, fermandosi solo per afferrare la catasta di legna che aveva messo vicino alla porta della camera da letto in modo da poter accendere un fuoco anche lì.

Chiuse la porta dietro di sé per restare in un'oscurità quasi totale e vi si appoggiò di schiena con un sospiro strozzato. La vita di un uomo era fatta di momenti in cui si veniva messi alla prova. Lo sapeva, ci si era imbattuto molte volte. Questo era uno di quei momenti, no? Una prova di autocontrollo. Di lealtà.

Doveva superarla, tutto qua.

Posò i ceppi e si affrettò ad accendere il fuoco. Quando cominciò a brillare, ci si fermò davanti, svestendosi. Con le mani continuava a sfiorare quell'erezione indesiderata e la sensazione lo fece grugnire.

Lasciò cadere i pantaloni, si sfilò la camicia bagnata fradicia da sopra la testa, poi se lo prese saldamente in mano. L'unico modo per farsela passare era soddisfare il bisogno. Così strofinò una, due volte, appoggiando una mano contro la mensola del camino mentre immaginava di tornare nella stanza principale, di sbattere Meg contro il muro e di sollevarla su di lui, di prenderla con spinte lunghe e decise finché non gli fosse esplosa intorno, sussurrandogli il suo nome contro la spalla.

Venne in schizzi perlacei, mordendosi il labbro per non gridare per il piacere che gli scorreva in corpo. Una volta finito, premette l'altra mano sulla mensola del camino e vi si appoggiò con tutto il peso.

«Rimettiti in sesto» imprecò, detestadosi per quello che aveva appena fatto. Quello che voleva ancora fare.

Raccolse tutti i loro vestiti bagnati, li strizzò nel lavandino crepato vicino alla porta e cominciò ad appenderli. I suoi per primi, poi quelli di Meg. Trattenne il respiro quando sollevò la sottoveste. Era trasparente così bagnata. Chiuse gli occhi mentre la appendeva allo schienale di una sedia e la girava perché fosse di fronte al fuoco. Vi mise accanto le sue calze, setose e fini, poi si asciugò le mani e raccolse la coperta.

Non avrebbe coperto gran che, ma fece del suo meglio, avvolgendola intorno alla vita come se fosse un kilt prima di fare un bel respiro. Doveva tornare là fuori. Doveva affrontare Meg. Doveva affrontare le sue fantasie.

Adesso.

Aprì la porta e trattenne il fiato. Era chinata sul fuoco, stava mettendo un altro ceppo nel camino per alimentare la massiccia fiamma. Mentre lo faceva le era scivolata giù la coperta e lui intravide il fianco del suo seno pieno e florido.

Meg si raddrizzò e si voltò come se avesse percepito che era tornato. La vide trattenere il respiro e far scorrere lo sguardo dal suo viso al suo petto nudo. Rimase lì a fissarlo come lui stava fissando lei, e tutto il suo mondo si focalizzò su quel momento.

Meg lo voleva. Se n'era già accorto, ma ora era palese, l'evidenza gli veniva incontro come un carro fuori controllo. Lei lo voleva ed erano soli e nessuno lo sarebbe mai venuto a sapere.

«Graham» mormorò Simon sottovoce, sforzandosi di pensare all'uomo che per tanto tempo aveva considerato uno dei suoi migliori amici.

Lei deglutì a fatica e gli fece cenno di avvicinarsi, come una sirena che lo attirava verso le rocce. «Vieni a scaldarti» gli disse con voce roca.

Si mise in piedi accanto a lei a fissare le fiamme, le braccia nude che si toccavano quasi, ma non del tutto. Sembrava una metafora pressoché perfetta di tutta la loro relazione. Quasi, ma non del tutto.

Come se gli avesse letto nel pensiero, Meg si voltò per guardarlo in faccia. Aveva un'espressione tesa e le tremavano le mani lungo i fianchi. Simon trattenne il fiato, aspettando che gli dicesse qualsiasi cosa avesse in mente. Sembrava importante. Sembrava una di quelle cose che ti cambiano la vita. E non era certo di essere pronto.

Tutto quello che Meg aveva sempre voluto dire a quest'uomo lo aveva sulla punta della lingua, pronto per essere confessato nello strano piccolo mondo che abitavano solo loro. Ma quando lo fissò in viso, quel suo viso teso ma meravigliosamente bello, le mancò il coraggio.

A cosa serviva dire qualcosa? Era evidente che Simon la voleva, ma non aveva mai tentato di passare all'azione spinto da quel desiderio. Forse questo significava che non era altro che bisogno, non amore. Se gli diceva quello che provava e lui non teneva davvero a lei, l'avrebbe giudicata male. Se ci teneva... be', era quasi peggio. Non avrebbero mai potuto stare insieme. James se ne era assicurato promettendola a Graham tanti anni prima.

Ingoiò le sue confessioni e sussurrò: «Si sta facendo buio.»

Simon lanciò un'occhiata alle finestre sbarrate. Ora dalle fessure filtrava molta meno luce. «In parte è colpa del temporale, ma si sta anche facendo tardi. Potremmo...» Esitò e distolse il viso da quello di lei. «Potremmo non riuscire a tornare a casa stasera, Meg.»

A quella dichiarazione Meg si irrigidì. Per tutto il pomeriggio era stata così presa da Simon, non aveva mai pensato alla possibilità di non tornare a casa. Ma ora si profilava in lontananza, una realtà schiacciante che aveva delle conseguenze. Moltissime conseguenze.

«Ma... ma se non torniamo... tutti sapranno che ci siamo persi *in due*» sussurrò.

Simon atteggiò la bocca a un cupo cipiglio e si rifiutò di guardarla. «Sì. Sono certo che altri oltre a James ed Emma abbiano già notato la nostra scomparsa simultanea.»

Meg non poté fare a meno di restare senza fiato. «Penseranno... se passiamo la notte da soli insieme, penseranno...»

Simon chinò ancora di più la testa e strinse le mani contro le cosce, ben delineate sotto la coperta. «Sì. Potrebbero pensare molto male di noi, nonostante le circostanze» ammise piano. «Ma Graham saprà che non è così, no?»

Aveva detto il nome di Graham a bassa voce, quasi come se avesse paura di invocarlo pronunciandolo. Meg rabbrividì al pensiero del suo fidanzato, a quello che avrebbe detto al suo ritorno.

«In verità, io...» iniziò, poi si fermò. Ma quando guardò Simon, il suo profilo alla luce del fuoco, sapeva che quella sera avrebbero finito per essere onesti. Era troppo difficile fingere con lui, l'uomo che la conosceva di più e meglio di tutti. «Conosco a malapena Graham.»

Simon si voltò a guardarla di scatto e lei non riuscì a capire se quell'affermazione lo avesse sorpreso o fatto arrabbiare. «Che cosa vuoi dire?» sbottò. «Siete fidanzati da anni, Meg. Ovvio che lo conosci.»

Lei annuì. «Molti anni. Eppure non è mio amico. Non come te.»

Si voltò verso di lei, chinandosi, e per poco non le si fermò il cuore. Sembrava che volesse toccarla, e lei si ritrovò ad alzare il viso verso di lui, pronta per il momento che aveva aspettato per tutta la vita.

Ma invece si girò e si diresse verso il lato opposto della stanza. «Vado a cercare qualcosa da mangiare» mormorò da sopra la spalla.

Meg andò al divano da cui lui aveva tolto il telo che lo copriva dopo aver acceso il fuoco e ci si sedette, coprendosi il viso con le mani. Stava tremando e non era per il freddo. Non era certa che sarebbe sopravvissuta a tutto questo.

Non era sicura di volerlo.

CAPITOLO CINQUE

Non c'era molta scelta, ma Simon le procurò un pacchetto di frutta secca che era stato portato al cottage da James e dagli altri qualche mese prima e una bottiglia di vino con cui accompagnarla. In fondo non sarebbero rimasti lì per sempre. Simon quasi rise a quel pensiero, anche se non c'era niente di divertente in quella situazione. Se fossero rimasti lì per sempre, senza mai tornare alle conseguenze, Simon sapeva esattamente cosa avrebbe fatto. E non avrebbe avuto *niente* a che fare con il cibo o l'onore.

Meg si agitò seduta al tavolo e si aggiustò la coperta che scivolava sempre. Era affascinante vederla muovere sulla sua pelle, ma si costrinse a distogliere lo sguardo. Questi pensieri ribelli erano troppo pericolosi nella loro situazione attuale. Se non fosse stato attento, avrebbe perso completamente la ragione e avrebbe fatto qualcosa di avventato e irreparabile.

Nella stanza regnava il silenzio e Meg guardò in alto, attirando l'attenzione di Simon sul ticchettio della pioggia sul tetto. Aveva leggermente allentato rispetto alla precipitazione torrenziale di qualche ora prima, ma era ancora troppo difficile pensare di tornare a casa a piedi. Soprattutto nella crescente oscurità all'esterno.

«Non finirà, vero?» chiese Meg con un filo di voce e il viso pallido alla luce delle candele.

A quella domanda lui deglutì. Poteva riferirsi a tante cose in questa situazione, ma lei intendeva la pioggia. Doveva concentrarsi.

«No, non credo che finirà presto, considerato che va avanti da quasi due ore.»

Lei chinò la testa. *Entrambi* conoscevano le conseguenze. Avrebbero trascorso una notte insieme, senza chaperon. Quando sarebbero tornati alla tenuta di James si sarebbero istantaneamente scatenate chiacchere maligne. Probabilmente gli invitati alla festa ne stavano già parlando.

Per questo motivo, probabilmente Meg e Graham avrebbero dovuto sposarsi subito. Se Meg avesse avuto un bambino l'anno prossimo, la gente avrebbe mormorato che poteva essere di Simon, anche se non sarebbe stato possibile.

Un bambino. Simon strinse i denti. L'idea che lei avesse un figlio con Graham era la cosa che più spesso cercava di rimuovere quando pensava al futuro di Meg. Ovviamente alla fine sarebbe successo. Northridge aveva bisogno di eredi e di figli di scorta per tramandare il titolo, come tutti. Probabilmente Graham e Meg alla fine avrebbero avuto una famiglia enorme. Come poteva resisterle, dopotutto, una volta che avesse avuto la possibilità di toccarla?

A Simon si rivoltò lo stomaco.

«Che facciamo?» chiese lei.

La rassegnazione nel tono di Meg lo ferì fino al midollo, e non poteva fare niente per consolarla. Soprattutto non eccitato com'era.

Sospirò. «Andiamo a letto» le suggerì. «Andiamo a dormire poi ci sveglieremo presto e speriamo di riuscire a tornare indietro con un tempo più mite.»

Meg alzò lo sguardo su di lui e fu scossa da un forte brivido. Simon aggrottò la fronte. Nonostante le coperte e il fuoco, Meg aveva ancora freddo. A pensarci bene, aveva freddo anche lui. E con il calare della notte in quel cottage pieno di spifferi le cose sarebbero solo peggiorate.

Si alzò e la guardò. Stava per suggerire qualcosa che probabilmente era la peggiore idea che avesse mai avuto. Qualcosa che non era completamente certo fosse per il bene di Meg o per la propria soddisfazione. Qualcosa non da gentiluomo, non importa quanto cercasse di raccontarsi il contrario. Se lo avesse preso a schiaffi, se lo sarebbe meritato. Eppure lo stava per dire comunque.

Doveva dirlo.

«Meg, il modo migliore per combattere il freddo è... il calore del corpo» riuscì a dire a dispetto di una bocca improvvisamente molto secca. «Saresti... contraria... a condividere il letto? Solo per stare più al caldo.»

Meg restò a bocca aperta per lo shock e lui vide una dozzina di emozioni passarle sul volto. Una di queste emozioni era senz'altro il tipo di interesse che una donna non sposata avrebbe fatto meglio a negare. Simon cercò di ignorare quell'interesse e digrignò i denti mentre aspettava che lei elaborasse la richiesta.

«Ma siamo... nudi. I nostri vestiti non saranno asciutti per...»

«Ore, sì» concordò lui. «Non possiamo rimetterli fino a domattina, probabilmente, o rischiamo di avere ancora più freddo.»

Meg deglutì. «Così staremmo insieme a letto *nudi*.»

Quando lo disse così, ne fu sorpreso lui stesso. «Sì» sussurrò. «Ma ti prometto Meg, non farei niente di disdicevole. Non appena arriva mattina, me ne andrei. Torneremo a casa e non c'è motivo al mondo per cui qualcuno debba sapere cos'è successo qui. Dirò a tuo fratello e a Graham che ho dormito in cucina e che ti ho lasciato il letto. Dirò anche che tu hai messo una sedia contro la porta per proteggere la tua virtù.»

«Mentiresti» commentò lei.

Lui scrollò le spalle. «Proteggerei il tuo futuro.»

Meg distolse il viso a quella frase. «Sarebbe il nostro segreto» disse, ancora a bassa voce e con un tono indecifrabile come i suoi pensieri.

Simon annuì lentamente. «Sì.»

«E sei certo che ci aiuterà a stare più caldi?»

«Sì» si affrettò a dire, perché questo, almeno, era vero, anche se il resto delle sue motivazioni era sospetto.

Meg si alzò in piedi. «Allora facciamolo. Vedo che hai freddo: sei rimasto con gli abiti bagnati molto più a lungo di me. Preferirei avere questo segreto e non ammalarmi o morire congelata piuttosto che fare tante storie e proteggermi da te, una persona di cui mi fido ciecamente.»

Simon trattenne un gemito soffocato. Se avesse visto i pensieri perversi che aveva in cuore, non si sarebbe fidata di lui. Nessuno si sarebbe fidato di lui. A momenti non si fidava di se stesso.

Ma le sorrise e le indicò la camera da letto. «Vai prima tu e mettiti sotto le coperte così non... vedrò niente. Io spegnerò il fuoco qui e ti raggiungerò tra un istante.»

Meg gli diede un'ultima, lunga occhiata, poi gli passò accanto ed entrò in camera da letto, dove si chiuse la porta alle spalle. Quando se ne fu andata, lui buttò fuori il fiato.

Questa era una pessima idea. Pessima. Eppure era elettrizzato da capo a piedi all'idea di quella notte rubata con Meg.

Meg osservò Simon chinarsi sul camino nella camera da letto e attizzare il fuoco il più possibile. Le fiamme si fecero alte e mandarono un bagliore luminoso nella piccola stanza. Simon poi si mise a sistemare i loro vestiti appesi ad asciugare, girò ogni capo e spostò le sedie e i vari indumenti su ganci diversi. Quando lo vide prendere in mano la sua sottoveste o le sue calze, trasalì per l'intimità di quel gesto.

Quando ebbe finito, finalmente si voltò verso di lei e Meg trattenne il respiro.

Alla luce del fuoco, con quella coperta che gli scendeva sui fianchi e il petto nudo così muscoloso, era bellissimo. Così bello che non sembrava quasi più reale. Ma dopotutto non era mai stato completamente reale, in un certo senso.

Simon era sempre stato l'uomo dei suoi sogni che aveva preso vita e forma fisica. Un uomo capace di malizia e senso dell'umorismo, intelligenza e forza, fiducia in se stesso e competenza. Se lo era raffigurato quasi perfetto, al punto che ogni volta che si ritrovavano separati, si era detta che il ricordo che aveva di lui non poteva corrispondere al vero. Ma ogni volta che si incontravano di nuovo, eccolo lì: perfetto.

Perfetto per lei.

Solo che era sempre fuori dalla sua portata. All'inizio perché era troppo giovane perché lui la prendesse in considerazione. Poi perché James aveva combinato il suo matrimonio con Graham, ponendo fine a ogni possibilità di una vita o di un futuro diverso.

Ma questa sera Simon veniva da lei e lei poteva fingere che quella fosse la loro prima notte di nozze. Poteva fare finta che lui fosse suo e che questa sera l'avrebbe fatta sua. Il suo corpo reagì a quella fantasia, sentì i capezzoli sfregare contro la ruvida coperta e le cosce bagnarsi per un'eccitazione che non avrebbe dovuto provare.

Simon le voltò le spalle e lei immaginò che avrebbe dovuto chiudere gli occhi. Lo fece, ma non del tutto. Continuò a guardarlo maliziosamente mentre lasciava cadere la coperta che aveva in vita e la stendeva sul letto per proteggerli dalle temperature esterne. Le si seccò completamente la bocca mentre fissava il suo sedere muscoloso, le sue cosce forti. Poi Simon si voltò e lei a momenti lanciò un gridolino, tradendo il fatto che lo aveva sbirciato di sottecchi. Il suo membro - sapeva che gli uomini lo chiamavano uccello - era... be', era molto grande e sembrava semirigido. Come facesse ad andare in giro con quell'affare tra le gambe, non lo capiva proprio.

Lui tirò indietro le coperte e lei chiuse del tutto gli occhi mentre le si posizionava accanto. Il letto era stretto, due persone ci stavano a malapena, e le loro braccia si sfiorarono quando lui si sistemò sul cuscino.

«Buonanotte, Meg» le disse con voce roca e bassa.

«Buonanotte, Simon» sussurrò lei di rimando mentre fissava il soffitto.

Rimasero così per non si sa quanto tempo. Potevano essere stati solo pochi minuti, ma sembravano ore. Meg era pienamente consapevole del suo braccio che sfiorava quello di Simon. Del peso del suo corpo maschile su quel materasso scomodo. Del suono del suo respiro nel silenzio della stanza.

La mente le andava a mille, ormai era fuori controllo. Non importava quanto lo volesse, questa notte *non* sarebbe dovuta accadere. E Simon probabilmente ne avrebbe sofferto più di lei. Oh, la gente avrebbe bisbigliato e mormorato e lei avrebbe perso qualche amica che l'avrebbe giudicata o chiamata una sgualdrina senza alcuna ragione per tale censura. Ma una volta sposata a Graham, la gente avrebbe dimenticato questo errore.

Ma per Simon le ripercussioni sarebbero probabilmente durate più a lungo. Ed era facilmente immaginabile che James e Graham non sarebbero stati contenti di lui. Ovviamente lei avrebbe contestato il loro giudizio, ma sarebbe contato? James avrebbe detto a Simon che non avrebbe dovuto affatto seguirla o che avrebbe dovuto prendere un cavallo per tornare prima o avrebbe dovuto, avrebbe dovuto, avrebbe dovuto...

Il suo turbamento, originato durante la festa quando aveva visto Simon e Graham insieme - il futuro che le era stato imposto e quello che non avrebbe mai avuto - aveva causato molti problemi, per di più all'unica persona al mondo a cui non avrebbe mai voluto fare del male.

Nel buio si voltò lentamente verso di lui. «Simon?» sussurrò.

Nessuna risposta. Aveva il viso leggermente girato, quindi Meg non poteva dire se avesse gli occhi aperti o chiusi.

«Simon?» ripeté, questa volta con meno sicurezza.

«Che c'è?» rispose lui, con voce tesa.

«Mi... mi spiace di aver rovinato la giornata» disse lentamente. «Mi spiace di aver causato tutti questi problemi scappando dalla festa.»

Lui non disse niente, ma si mosse un po' e rilassò leggermente le spalle. Meg lo prese per l'incoraggiamento che non le aveva dato ad alta voce e continuò.

«Sento di dovermi spiegare» confidò con un sospiro. Il buio, l'intimità di essere a letto insieme, tutto contribuiva a dare l'impressione che potesse dire senza timore quello che aveva in cuore. Non tutto, ovviamente. Ma in parte. Se Simon avesse capito, forse sarebbe stato più facile, in qualche modo. «Io... io non voglio sposare *lui*.»

Ecco, lo aveva detto. Una verità che non aveva mai rivelato ad anima viva. In qualche modo si era aspettata che quando l'avesse detta avrebbe perso parte del suo malvagio potere. Ma invece, le aumentava ancora di più l'ansia per il futuro.

«Meg...» disse Simon, il suo tono un avvertimento.

Ma ormai era oltre gli avvertimenti. Ora le parole sembravano uscirle di bocca anche se non voleva. «Non è che Graham non mi piaccia o che non sia un buon partito. Dio sa che è un buon partito: qualsiasi donna farebbe follie per essere al mio posto. Ma questo non cambia i fatti. E il fatto è che non c'è sintonia tra noi.»

«Meg» disse di nuovo Simon, questa volta più insistente.

«Non la sintonia che c'è quando sono con...»

Simon si voltò inaspettatamente, spingendola sul materasso di schiena. Con le mani le afferrò la parte superiore delle braccia mentre incombeva su di lei, le coprì metà del corpo con il suo e la fissò in volto con uno sguardo selvaggio. Non vedeva il suo gioviale e giocoso amico Simon sul viso di quest'uomo così vicino al suo. Era stato sostituito da un Simon tenebroso, duro, appassionato, che la teneva ferma e la faceva struggere tutta ancora di più con un desiderio che era giusto e sbagliato allo stesso tempo.

«Smettila» sibilò. «Non dire un'altra parola, Margaret, o io... o io...»

Quel poco fiato che aveva ancora nei polmoni le si bloccò in gola. «Che cosa? Cosa vuoi fare?» gli chiese.

Lui emise un gemito gutturale e poi la soffocò con la bocca. Simon la stava baciando. Lo shock fu così forte che non pensò di respingerlo.

Simon allentò la presa e lei sollevò le braccia, avvolgendogliele intorno al collo e attirandolo più vicino mentre era sopraffatta dal sollievo. Era come se si fosse rotta una diga, una diga fatta da anni e anni di sguardi rubati e desideri nascosti. Ora tutto ciò che aveva mai provato o voluto da quest'uomo le si stava riversando addosso come una cascata e lei era inerme davanti al suo potere. Il potere di Simon.

La sua bocca era rude, e si aprì per consentire alla lingua di entrare dentro alla sua. Glielo permise, ricambiò il bacio, inesperta, sì, ma altrettanto appassionata. Simon le accarezzò la lingua, sembrò assaporare ogni centimetro di lei mentre la spingeva contro i cuscini con il suo peso. Lei cominciava a capire e fece altrettanto con lui, suscitandogli un altro lieve gemito.

Anche le mani di Simon si mossero, scivolando lungo i suoi fianchi nudi, afferrandole il bacino nell'oscurità sotto le coperte e spingendosi contro di lei. Lei si sollevò per incontrarlo, ansimando quando il pene inturgidito che aveva visto prima spinse contro la parte bassa del suo ventre, insistente e caldo.

«Simon» gli ansimò lei in bocca, sopraffatta dal piacere e dal desiderio allo stesso tempo. Era tutto così inebriante, pericoloso, sfrenato e meraviglioso.

Lui si paralizzò al suono del suo nome, le sue mani si bloccarono, la sua bocca si fermò. Poi la lasciò andare in un secondo e le saltò giù da dosso il più velocemente possibile. Afferrò la coperta, se la avvolse intorno e andò al camino.

«No!» Simon gridò così forte da far quasi tremare la stanza. Meg pensò che l'esclamazione fosse indirizzata tanto a se stesso quanto a lei, e fece una smorfia per il dolore che le inflisse quell'unica parola.

«No» ripeté Simon, e si percepiva ancora più dolore nel rimprovero proferito a voce più bassa.

Si avvicinò alla porta e lei si mise a sedere. Le coperte scivolarono scoprendole i seni, ma non le importava.

«Dove vai?» gli chiese. «Ti prego, Simon.»

«Non posso, Meg» disse lui, girandosi per guardarla in viso. La fissò e lei arrossì prima di coprirsi. «*Non posso*, non capisci? Non importa quanto io lo desideri, non importa quanto io *ne abbia bisogno*. È uno dei miei più cari amici. È stato praticamente un fratello quando non avevo nessun altro al mondo. Lo sono *entrambi*. Dormo sul pavimento. Avrei dovuto farlo da subito.»

Meg schiuse le labbra. «Ma è freddo...»

«Vorrà dire che morirò congelato» rispose di scatto, uscendo dalla stanza e sbattendo la porta dietro di sé.

Meg si lasciò ricadere sul letto, coprendosi il viso con il braccio mentre le lacrime cominciavano a scendere.

CAPITOLO SEI

Simon provò a cambiare posizione e grugnì quando sentì una fitta di dolore al braccio. Si sentiva rigido e contuso in tutto il corpo. Rimase con gli occhi chiusi, sospeso tra un sonno irrequieto e la veglia, e cercò di ricordare esattamente perché tutto sembrava così orribile.

E poi sentì le voci. Distanti, attutite dal vetro e dal legno, ma reali. Riconosceva quelle voci. James che diceva: «... una delle poche persone a sapere dove si trova questo posto.»

Poi Graham, con tono arrabbiato. «... almeno la terrebbe al riparo.»

Simon scattò in piedi, travolto da tutti i ricordi della notte precedente. Lui e Meg sorpresi dalla tempesta. Lui e Meg in quel letto insieme. Il bacio e la sensazione che fosse stato molto meglio di qualsiasi cosa avesse mai sognato.

E molto peggio.

Aveva avuto tutte le intenzioni di svegliarla presto, di essere completamente vestiti prima dell'alba. Ma per colpa di quel bacio appassionato aveva dormito a malapena, probabilmente meno di un'ora, e chiaramente la maggior parte di quell'ora era stata di recente.

E ora Graham e James e... c'era un'altra voce che non riconosceva.

Be', erano qui. E lui era nudo tranne che per una coperta, e tutti i suoi vestiti erano in camera da letto con Meg, altrettanto nuda.

«Merda!» sbottò, avvolgendosi intorno la coperta proprio quando la porta cominciò ad aprirsi.

«È aperta!» sentì dire James, di cui avvertì il sollievo nella voce quando la porta si spalancò del tutto e rivelò James, Graham e il Visconte Baxton, un conoscente del loro gruppo. Oltre che uno dei gentiluomini più pettegoli dell'alta società. Tutti e tre si fermarono a fissarlo quando videro Simon in piedi con addosso la sua copertina e nient'altro.

Graham strinse gli occhi e Lord Baxton li spalancò. James fece un passo avanti, con un'espressione incerta. «Grazie a Dio, Simon. Eravamo preoccupati da morire. Meg è con te?»

«Sì» disse lentamente Simon. «Siamo stati colti alla sprovvista dal temporale. Ho dovuto portarla qui, era fradicia fino al midollo e...»

Prima che potesse finire la frase, la porta della camera da letto si aprì e tutti gli uomini si voltarono da quella parte nel momento in cui Meg entrò nella sala principale. Simon chiuse gli occhi. Indossava ancora solo la coperta e aveva i capelli scompigliati dal sonno. Era bellissima come sempre, ma sembrava anche... che avesse appena fatto l'amore.

Meg trattenne il respiro, tirando più su la coperta, e rivolse una breve occhiata a Simon.

Ci fu un attimo in cui tutti rimasero in silenzio a fissarsi l'un l'altro, ciascuno impegnato a elaborare il significato di quella situazione.

Poi Graham scattò in avanti. «Figlio di puttana!» urlò prima di tirare indietro il braccio e colpire Simon con un pugno sul naso.

M eg urlò quando Simon barcollò sotto la forza del colpo di Graham e a momenti cadde sul divano. Cominciò a colargli sangue dal naso, ma Graham non sembrava aver finito e fece un lungo passo avanti.

Meg non pensò. Si mosse e basta e si precipitò a frapporsi tra i due uomini. «No, fermatevi! Ti prego, Graham, fermati!» disse, bloccando Simon mentre si teneva stretta la sua coperta con una mano e respingeva Graham con l'altra.

Il suo promesso sposo la fissò con uno sguardo improvvisamente molto concentrato. E molto arrabbiato. Per tutto il tempo in cui erano stati fidanzati, non lo aveva mai visto così arrabbiato, o in preda a una *qualsiasi* emozione così forte.

«Che succede, Margaret?» sibilò Graham, guardandola negli occhi, costringendola a non distogliere il viso, dicendole tutto quello che pensava di lei. «È *questo* quello che fai?»

«Non ho fatto niente» rispose lei, sollevando il mento e cercando di non pensare a quel bacio con Simon. «Siamo rimasti bloccati, tutto qui. Non ho fatto niente di male.»

Graham scoppiò in una risata rabbiosa. «A me non sembra. Sembra che tu abbia aperto le...»

Adesso fu Simon che si scagliò verso Graham da dietro di lei. «Chiudi quella maledetta bocca e abbi un po' di rispetto!» gridò, appoggiando la mano sulla schiena di Meg.

Lei apprezzò che la proteggesse, ma dato che tutti gli uomini nella stanza seguirono con gli occhi il movimento inopportuno della sua mano, non fu certo di aiuto nella loro situazione.

James fece un passo avanti, afferrando Graham per le braccia mentre Meg spingeva indietro Simon per impedirgli di fare a botte. «Basta così!» sbottò James, zittendo l'intera stanza con il suo tono tagliente. Spinse Graham verso Baxton. «Portalo fuori di qui. Voi due tornate alla villa, mi occuperò di te al ritorno.»

Graham scosse la testa. «Non c'è niente di cui *occuparsi*, James. Vero? Vero, Simon?»

James lo fissò e con la coda dell'occhio diede un'occhiata a Baxton, che a malapena tratteneva un ghigno di gioia per il dramma che si stava svolgendo. Meg ricacciò indietro un singhiozzo. Che storia avrebbe avuto da raccontare.

«Tornate. A. Casa» ordinò James.

Baxton alla fine prese Graham per un braccio e lo trascinò fuori dalla porta, con Graham che per tutto il tempo lanciò occhiate di pura rabbia a Simon. Una volta che se ne furono andati, James sbatté la porta dietro di loro e si voltò verso Simon e Meg.

Meg aveva visto suo fratello affrontare molte situazioni problematiche. Gli abusi e il disinteresse del loro padre, le molte escandescenze della loro madre quando era ubriaca, il suo corteggiamento con Emma, che non era stato del tutto agevole. Oggi, guardandola, aveva un'espressione che non gli aveva mai visto prima. C'era tensione sul suo viso, preoccupazione, rabbia e un'oncia di ciò che lei sapeva essere delusione.

Lo aveva deluso, e questo la feriva dritto al cuore. Si voltò, battendo le palpebre per via delle lacrime che le riempivano gli occhi.

«Va' in camera da letto e vestiti, Meg» disse James gentilmente. «Simon farà altrettanto qui fuori.»

Simon si schiarì la gola. «Ehm, i miei vestiti sono nell'altra stanza.»

James si voltò di scatto verso Simon, e la delusione che Meg aveva scorto nei suoi confronti la vide triplicata verso il suo amico. «Ovvio» ringhiò James. «Margaret, portami le cose del Duca di Crestwood, gliele darò io. Poi vatti a vestire in camera da letto. *Per favore.*»

«Sì, Jamie» sussurrò Meg, tornando al soprannome con cui lo chiamava da piccola nella speranza di rabbonirlo.

Suo fratello non disse nulla quando lei entrò nella stanza e raccolse tutti i vestiti di Simon. Li riportò indietro e li consegnò a James. Le toccò la mano quando ebbe tutto, poi si chinò in avanti senza parlare per baciarla sulla guancia.

«Ce la fai da sola?»

Lei annuì e guardò Simon da sopra la spalla per l'ultima volta. La stava fissando con un'espressione piena di senso di colpa e rimpianto. Di rammarico per quello che avevano condiviso. Probabilmente anche lei avrebbe dovuto provare la stessa cosa, considerando quello che avevano provocato le loro azioni.

Invece no. E vedere quelle emozioni sul viso di Simon le spezzò di nuovo il cuore. Chiuse lentamente la porta e si coprì il viso. Tutto il suo mondo era appena andato in frantumi. Ed era molto probabile che niente potesse rimetterlo insieme.

James gli lanciò i vestiti e Simon fece appena in tempo ad afferrarli quando lo colpirono in petto con una forza tale da togliergli quasi il fiato. Rimasero lì a fissarsi a lungo prima che il silenzio fosse rotto dal suono di tre spari in lontananza.

«Che cos'è stato?» chiese Simon.

James scosse la testa, nei suoi occhi scuri passò un lampo di emozione. «È stato Baxton, ha sparato per avvertire tutti gli altri che vi stavano cercando che tu e Meg siete stati trovati e che siete al sicuro.»

Simon deglutì. «Tutti gli altri?»

«Sì. Tutti i nostri amici e la maggior parte degli altri uomini presenti al ricevimento si sono sparpagliati per tutta la tenuta questa mattina all'alba, sperando di trovare te e mia sorella vivi.»

Simon chinò la testa, cercando di non pensare alla notte frenetica e terribile che James doveva aver trascorso. L'amore che provava per sua sorella era forte e profondo dopo l'infanzia che avevano passato insieme. Anche solo l'idea che le potesse essere successo qualcosa doveva aver spaventato James a morte.

«Che diavolo ti è venuto in mente, Simon?» sibilò James.

Simon sospirò infilandosi i pantaloni e alla fine lasciò cadere la coperta. Scosse la camicia e rifletté su quale poteva essere la risposta giusta a quella domanda. La verità sembrava l'unica via d'uscita.

Ma non tutta.

«Non ho pensato affatto» ammise. «Ho visto Meg allontanarsi di soppiatto dalla festa. Era chiaro che fosse turbata per qualcosa, per cui l'ho seguita.»

«Non stava a te farlo» disse James.

Simon esitò. No, non stava a lui. E lo sapeva quando lo aveva fatto. Ma l'aveva seguita comunque. E non l'aveva fermata finché non erano

stati lontani dalla villa, finché il temporale non era stato imminente...
forse c'era una parte di lui che aveva orchestrato tutto questo.

Il che peggiorava le cose.

«Non... non ho mentito quando ho detto che siamo stati sorpresi
dal temporale. Né ha mentito *lei* quando ti ha detto che non è successo
niente tra noi.»

La sua mente lo riportò a quel bacio a letto. Al corpo morbido e
nudo di Meg intrappolato contro il suo mentre gli sospirava e gemeva
in bocca. Quel momento in cui aveva quasi perso il controllo e stava
per affondare dentro di lei così che nessun altro potesse mai
reclamarla.

Ma non lo aveva fatto. In qualche modo non lo aveva fatto.

«Dovrei sfidarti a duello se non lo fa Graham» disse James, scuotendo la testa mentre camminava su e giù per la piccola stanza. «Nudi
insieme in questo posto minuscolo?»

«Cosa dovevo fare, lasciarla morire di freddo con i vestiti bagnati
addosso per mantenere un po' di decoro?» chiese Simon, fissando
James prima di mettersi finalmente la camicia e iniziare ad abbot-
tonarla.

«No.» James strinse forte le labbra. «Ovviamente no.»

«Senti, se uno di voi decide di sfidarmi a duello, sarà del tutto
comprensibile.» Simon sospirò. «Non ti negherò quel piacere. Mi
merito le conseguenze delle mie azioni.»

«O dei tuoi sentimenti?» precisò James, voltandosi verso di lui e
trafiggendolo con un'occhiataccia.

Simon alzò il mento. «Forse anche di quelli.» James spalancò gli
occhi e lo fissò, senza parlare, per quella che gli sembrò un'eternità.
«Non hai mai voluto me per lei. Volevi più bene a Graham, e potrei
aver... *ho*... rovinato tutto.»

James aggrottò la fronte, sembrava davvero scioccato. «Volevo più
bene a Graham? È questo che pensi veramente?»

«È la verità» disse piano Simon. «Sono anni che me ne sono fatto
una ragione, James.»

Il che non era del tutto vero. Il fatto che James volesse Graham come suo vero fratello gli bruciava ancora di quando in quando. Ma non tanto quanto perdere Meg.

«Ho scelto Graham perché all'epoca andavi ancora a puttane per mezza Londra» disse James, alzando le mani come se si stesse arrendendo. «Buon Dio, tu e Roseford vi portavate persino alcune donne a letto insieme di tanto in tanto, se ricordo bene come ve ne vantavate quando eravate ubriachi.»

Simon sussultò. «Robert si vantava. Io no.»

«In ogni caso, non eri pronto per sistemarti. Non pensavo saresti stato aperto all'idea di un fidanzamento. Ma Simon, guardami.»

Simon sollevò lo sguardo dal pavimento di legno polveroso su cui si era concentrato e si costrinse a guardare James. L'espressione di James si era ammorbidita ora. La rabbia e la delusione erano ancora lì, ma al di sopra c'era qualcosa di forte.

«Che c'è?» chiese Simon.

«Non scegliere te non è mai stata una mancanza di affetto per te» disse James.

Simon annuì e si sentì alleggerito di un fardello. Ovviamente era già stato sostituito da un altro molto più pesante del primo. James sembrò leggergli nel pensiero, si incupì e strinse le labbra.

«Sai cosa deve succedere adesso, credo.»

Simon trattenne il fiato. Nel momento in cui i tre uomini erano entrati nella stanza, aveva capito cosa sarebbe successo. Se fossero stati solo Graham e James a trovarli, forse sarebbe stato diverso.

Ma non era andata così. Era entrato anche Baxton, aveva visto tutto. Simon non si era permesso di elaborare completamente ciò che significava, ma ora era inevitabile.

«Sì» sussurrò. «Devo sposarla.»

Meg si arrabattava con i bottoni e sbatteva le palpebre per via delle lacrime che minacciavano di cadere. Sapeva che era sbagliato lasciare la porta aperta per ascoltarli, ma lo aveva fatto lo stesso. Almeno finché non aveva sentito fin troppo e si era ritirata a vestirsi.

Aveva sentito James urlare a Simon di quando andava a prostitute a Londra. Di quando... aveva condiviso delle donne con il duca di Roseford. Era stato allora che si era allontanata dalla porta. L'idea di quell'atto le era molto confusa, perché non ne capiva la logistica, ma il significato la feriva. Quando lei si struggeva per Simon, lui passava da donna a donna, senza nemmeno pensare a lei?

Era solo un'altra della fila? L'aveva baciata la scorsa notte solo perché era un altro corpo caldo a cui non aveva potuto resistere? Tutto ciò che lei pensava esserci tra loro era solo una bugia?

Meg scosse la testa. Non aveva più importanza. Aveva problemi più grandi da affrontare. Un pettegolo che avrebbe raccontato a tutti questa storia. Un fidanzato la cui rabbia era tangibile e del tutto comprensibile. La delusione di un amatissimo fratello. Quelle erano le cose su cui doveva concentrarsi.

Simon avrebbe dovuto cavarsela da solo.

Fece un bel respiro, poi uscì. I due uomini smisero di parlare non appena lei entrò nell'altra stanza, e si ritrovò a guardare Simon anche se stava cercando di non farlo.

Simon aveva un aspetto stropicciato e trasandato, i suoi capelli sparavano da tutte le parti. Ma era perfetto e bellissimo, e la mente le tornò alla sensazione delle sue labbra carnose sulle sue.

«Meg?» James le si avvicinò e lei scacciò gli altri pensieri dalla testa. L'espressione di suo fratello adesso era più gentile di quando era entrata in camera da letto. Le toccò la guancia. «Andrà tutto bene.»

Quelle parole, quelle bugie, furono troppo per lei e gli si gettò tra le braccia. Lui le accarezzò la schiena mentre lei diceva: «No. No, non andrà tutto bene. So che non potrà andare tutto bene per molto tempo.»

La lasciò tremare tra le sue braccia per un attimo prima di indietreggiare e sorriderle. «Troveremo una soluzione, Meg. Te lo prometto, e sai che mantengo sempre le mie promesse. Dai, vieni.

Emma era preoccupata da morire. C'è una carrozza sulla strada dall'altra parte del bosco, e tu ed io la useremo per tornare insieme alla villa.»

«Una carrozza?» ripeté confusa. «Perché una carrozza?»

James sbiancò leggermente in viso. «Le squadre di ricerca hanno preso una carrozza ciascuna nel caso qualcuno ti trovasse... *ferita* e fosse necessario portarti d'urgenza da un medico.»

Meg schiuse le labbra mentre fissava il viso cinereo di suo fratello. «Oh, Jamie.»

Lui scosse la testa. «Stai bene. State bene tutti e due. È l'unica cosa che conta adesso.»

Meg si guardò alle spalle. Simon li stava seguendo all'esterno, silenzioso e cupo. «E Simon? Verrà in carrozza con noi?»

«No, Simon tornerà con il mio cavallo» disse James, lanciandogli uno sguardo penetrante. «Ha bisogno di un po' d'aria per schiarirsi le idee.»

Simon fece un rapido cenno del capo, ma rimase ancora in silenzio. Era incredibile di quanto significato fosse carico quel silenzio. Di solito Simon era il primo a fare una battuta per sdrammatizzare. Non aveva niente di gioviale in viso adesso. Era come se fosse un'altra persona.

Proprio come poco prima di baciarla.

James la prese per un braccio e la condusse fuori dal cottage. Mentre passavano accanto a Simon, lei esitò. «Mi... mi dispiace tanto» sussurrò.

Si aspettava, sperava, che le avrebbe risposto. Ma lui si limitò a inclinare la testa e a guardarla andare via. Fuori era una mattina luminosa e soleggiata, e lei trasalì alla luce cruda. Il cavallo di James era davanti alla porta e Simon prese le redini e lo guidò attraverso i boschi finché non raggiunsero la strada. Là li attendeva la carrozza, guidata da un domestico che non la guardò mentre James apriva la portiera.

Simon però guardò. Guardò James aiutarla a salire in carrozza. L'ultima cosa che vide fu lui che guardava il loro veicolo allontanarsi.

Si lasciò cadere all'indietro contro lo schienale e chiuse un secondo gli occhi mentre si preparava alla ramanzina che James le avrebbe sicuramente fatto.

Però non ci fu nessuna ramanzina. In effetti, non parlò per quasi dieci minuti, ma la lasciò lì, bombardata dai suoi stessi pensieri, paure e ricordi.

Alla fine James si schiarì la gola. «Potrei aver commesso un errore a combinare un matrimonio senza consultarti.»

Meg aprì gli occhi lentamente e guardò suo fratello. James era proteso in avanti, con i gomiti appoggiati sulle ginocchia e il viso tirato e teso.

Questo era un argomento che non avevano mai affrontato. Dopo tutto, cosa avrebbe potuto dire lei a fatto compiuto? Ma ora lui aveva aperto la porta, in modo del tutto inaspettato, e lei decise di fare un respiro profondo e attraversarla.

«Perché lo hai fatto?» gli chiese, ripensando alle parole brusche tra James e Simon poco prima. Le accuse di James sul comportamento di Simon. Rabbrividì.

James si passò una mano tra i capelli. «Dio, Meg, ero appena diventato duca. Ogni istante di ogni giorno ero preoccupato che avrei fallito.»

«Come profetizzava nostro padre» sussurrò lei, allungando il braccio per prendergli la mano.

Lui annuì e il dolore del passato gli attraversò il viso. Meg non vedeva quel riflesso da mesi. Il legame con Emma l'aveva notevolmente temperato.

«Non m'importava se mandavo tutto a puttane per me» continuò. «A quel punto, ero pronto a radere al suolo il titolo solo per distruggere l'unica cosa che quel bastardo abbia mai amato veramente. Ma avevo te a cui pensare. Se avessi fallito, ne saresti stata ferita, persino distrutta. Non volevo che succedesse. Un matrimonio...» Si interruppe.

Meg sospirò, perché capiva cosa non aveva detto. «Un matrimonio mi avrebbe messo al sicuro. Soprattutto un matrimonio con un potente duca. Un vecchio amico.»

«Fu proprio questo il mio ragionamento. Ero così preso da come ti avrebbe aiutato che non ho mai pensato al male che avrebbe potuto fare.»

Meg ignorò quell'affermazione per un momento e lo esaminò attentamente. «E perché hai scelto Graham invece di Simon? O qualsiasi altro tuo amico, se è per questo. Sicuramente avevi una pletora di duchi tra cui scegliere per i tuoi piani.»

«Un branco» rispose lui con un lieve sorriso. «Emma dice che un gruppo di duchi è un branco.»

Meg sorrise nonostante la situazione. «Be', Emma ha sempre ragione. Ma voglio conoscere la risposta alla mia domanda.»

Lui annuì. «Te lo meriti. Non ho mai considerato nessuno tranne Simon o Graham quando mi è venuta quell'idea. Eravamo gli amici più stretti del nostro gruppo. Ma Simon...» Si fermò e a lei si gelò il sangue, sapendo che stava pensando alle cose che aveva detto. Cose che non voleva dirle per rispetto della sua innocenza.

«Allora?» insistette, volendo sentirglielo dire.

Ma fu inutile. «Pensavo che Graham sarebbe stata la scelta più sicura.» James guardò fuori dalla finestra e lei vide che adesso erano quasi tornati a casa. Senza la pioggia e con i cavalli migliori a tirare la carrozza, il ritorno era stato molto più rapido. «Meg, mi dispiace tanto.»

«Oh Jamie, so che hai sempre voluto solo il meglio per me» sussurrò, mentre le sfuggivano delle lacrime nonostante cercasse di trattenerle. «E avrei dovuto dirti molto tempo fa che io... io...»

James strinse le labbra. «Sei innamorata di Simon?»

Lei annuì, sollevata di non dovergli dire quelle parole. Lo scrutò in viso, aspettandosi la sua delusione o la sua disapprovazione. Ma non ce n'era. Sembrava solo affranto. Per lei. Ma anche per le amicizie che erano state distrutte in una singola notte tempestosa.

Era colpa sua.

La carrozza si fermò e James allungò una mano per asciugarle una lacrima sulla guancia. «Bene, mia cara, puoi realizzare il tuo desiderio e avere Simon.»

Meg spalancò gli occhi. «Cosa vuoi dire?»

Si appoggiò allo schienale e la fissò. «Se fossimo stati solo noi, o i nostri amici, a trovarti... ma non eravamo soli. Baxton e Graham sono già rientrati e il visconte probabilmente ha già iniziato a raccontare la versione peggiore di ciò che ha visto oggi al cottage. È uno scandalo così grande che...»

Lei schiuse le labbra. «Che Graham non vorrà continuare il fidanzamento. Non che io possa biasimarlo. Era molto arrabbiato.»

James annuì. «È per il tradimento, credo. Di Simon.»

Meg chinò la testa. L'idea che il suo fidanzamento con Graham si sarebbe sciolto e che al suo posto sarebbe potuta finire con Simon era un suo sogno da tempo. Ma ora era un incubo per come erano arrivati a quel punto.

«Oddio, James, a che prezzo.»

Lui sorrise, cercando di essere rassicurante, pensò, ma invano. «Avremo tutto il tempo per valutare il costo, Meg» le disse quando la portiera della carrozza si aprì e scese. Allungò di nuovo il braccio per aiutarla e le strinse delicatamente la mano quando gliela porse. «Vieni, per adesso. Dovrai passare dalle forche caudine. La tua scomparsa con Simon ha dato adito a molte chiacchere la scorsa notte. Non sarei sorpreso se la maggior parte degli ospiti non vedesse l'ora di sapere come andrà a finire. Il ritorno di Baxton e Graham non avrà fatto che peggiorare le cose.»

Meg sollevò la testa scendendo dalla carrozza e, mentre guardava verso la villa, scoprì che James era stato preveggente. A quasi ogni finestra che si affacciava sul vialetto c'era qualcuno che sbirciava.

Le si strinse il cuore mentre prendeva il braccio di suo fratello e si lasciava condurre su per le scale. Non appena entrarono nell'atrio, sussultò. Emma era lì ad aspettarli, e le si illuminò il viso quando si precipitò ad abbracciare Meg.

«Eravamo così preoccupati» le sussurrò Emma vicino all'orecchio.

«Mi dispiace» Meg quasi singhiozzò. «Mi spiace davvero tanto.»

«Shhhh» la rassicurò Emma, avvolgendola con un braccio e attirandola a sé.

Alzò lo sguardo su James e lui si chinò a baciare la guancia di sua moglie. Meg riconobbe la tacita comunicazione tra di loro. Sentì suo fratello rilassarsi un po' anche solo grazie alla presenza di Emma.

«Va molto male?» disse James a bassa voce.

Emma increspò le labbra. «Abbastanza. Ed è peggio da quando sono tornati Baxton e Graham. Baxton è andato dritto dal gruppo più numeroso di persone per spifferare quello che aveva visto. Graham è andato direttamente nel tuo ufficio e, a giudicare dal fracasso, credo che abbia distrutto la maggior parte dei tuoi bicchieri.»

James sussultò, come Meg. Prima che entrambi potessero rispondere, Simon entrò dalla porta. Emma gli sorrise mentre Meg lo fissava. Aveva ancora il naso rosso e un'espressione vuota.

«Ciao, Simon» disse Emma dolcemente. «Sono così felice che tu stia bene. Grazie per aver messo in salvo anche Meg.»

Simon sembrava sorpreso, ma inclinò la testa. «Mi dispiace aver causato così tanti problemi, Emma.»

Lei scrollò le spalle. «I problemi vanno e vengono. Così va il mondo.»

James voltò la testa e da sopra la spalla rivolse lo sguardo al corridoio che portava al suo ufficio. «Graham vorrà delle risposte.»

Emma alzò le sopracciglia. «Immagino di sì. Ma lui può aspettare. Porto Meg di sopra a cambiarsi. Penso che Simon dovrebbe fare altrettanto. Se vuoi dirgli che andrete da lui tra un'ora, penso che sarebbe meglio.»

James ci pensò su. «Glielo dirò. E se mi crea problemi, ti mando a chiamare.»

«Se crea problemi a te» disse Emma mentre prendeva la mano di Meg e si avviava a salire le scale con lei, «sarà peggio se entro *io*. Fa' in modo che lo capisca.»

James la seguì con lo sguardo e un'espressione di puro amore e le disse «D'accordo.»

Meg sorrise per la loro sintonia. Suo fratello non meritava niente di meno che l'amore che aveva trovato con la sua amica. Ma in quel momento, il loro amore rendeva la sua situazione più dura. Perché quando si voltò verso Simon, lui non ricambiò il suo sguardo. Rimase in fondo alle scale e a lei sembrò di essere sul punto di andarsene per molto più di un semplice momento.

Sembrava che fosse una specie di addio.

CAPITOLO SETTE

Quasi un'ora dopo il suo ritorno a casa, Simon si era fatto il bagno e la barba, e ora era in piedi davanti allo specchio mentre il suo valletto gli sistemava il panciotto per togliere tutte le pieghe e gli aggiustava il nodo già perfetto della cravatta.

«La giacca nera?» chiese Swanson, poi fece un passo indietro e tenne in alto l'indumento scelto per consentirgli di prendere una decisione.

«Perché no? S'intona ai lividi» approvò Simon, fissando il proprio riflesso.

Da quando era tornato a casa, il naso gli si era gonfiato e lividi scuri cominciavano a diffondersi fino agli occhi. Erano un chiaro segno che il setto era stato rotto dal pugno ben piazzato di Graham a inizio giornata. *Questo* non sarebbe certo stato d'aiuto rispetto ai pettegolezzi che già giravano tra gli invitati, ma non c'era molto che potesse fare adesso.

A parte il naso rotto, a Simon sembrava di avere un bell'aspetto. Ne avrebbe avuto bisogno. Stava per affrontare un plotone d'esecuzione. E una volta finito, probabilmente sarebbe stato spinto a sposarsi in fretta.

Un esito per cui non voleva entusiasmarsi. Non avrebbe dovuto.

Non *meritava* di essere felice per questo futuro rubato con Meg quando aveva causato tanta sofferenza a persone che aveva chiamato suoi fratelli per decenni. Quando aveva procurato a lei un tale danno.

Quando Swanson gli fece scivolare la giacca sulle spalle, improvvisamente si sentì bussare alla porta. Entrambi gli uomini si voltarono verso quel rumore e a Simon si gelò il sangue. Nessun domestico avrebbe bussato così forte, e nemmeno James se fosse semplicemente venuto a controllare a che punto era Simon prima della resa dei conti finale.

Il che lasciava solo un'opzione per indovinare chi fosse la persona dietro la porta.

«Lasciatelo entrare» disse a Swanson. «E poi potete andare.»

Il suo valletto sembrò incerto, ma non discusse oltre, si avvicinò alla porta e la aprì: Graham era in piedi fuori dalla soglia. Simon spinse le spalle indietro e si costrinse a guardare il suo amico negli occhi mentre Swanson gli passava accanto con un'espressione piena di preoccupazione per la tensione che ora scorreva tra i due uomini.

«Avanti» disse Simon quando Graham non si mosse.

Graham inarcò un sopracciglio. «Mi inviti a entrare come se non fosse successo niente?»

Simon fece un profondo respiro e si sforzò di mantenere il suo tono di voce neutrale nonostante quello di Graham fosse duro e freddo. «No, non c'è modo che io possa guardarmi allo specchio e fingere di non sapere cosa è successo poco fa.»

«Vuoi che mi scusi per aver rovinato il tuo bel visino?» lo derise Graham strascicando le parole.

«No. Voglio che vieni dentro perché probabilmente ci sono una dozzina di orecchie in ascolto in corridoio» disse Simon a denti stretti. «E penso che qualunque cosa tu abbia da dire richieda riservatezza.»

«Riservatezza. Sì, sei un vero esperto in materia, non è vero? Quello che hai fatto ieri sera con la mia fidanzata richiedeva riservatezza, non è vero? E hai fatto in modo di trovarti in una situazione in cui l'avresti avuta» sibilò Graham entrando nella stanza, poi sbatté la porta dietro di sé tanto forte che uno dei ritratti sul muro cadde rumorosamente sul parquet.

Nessuno dei due uomini si mosse per tirarlo su, rimasero entrambi a fissarsi. Simon si sforzò di trovare le parole da dire a Graham, ma era quasi impossibile. Quello che aveva detto il suo amico era vero, almeno per certi versi. Simon si detestava per questo.

«Sei arrabbiato, Graham» disse piano. «E hai tutto il diritto di esserlo. Non sto cercando scuse per quello che ho fatto la scorsa notte. Per quello in cui ti sei imbattuto questa mattina.»

Graham rise, ma era un suono duro e rabbioso che crepitò attraverso la stanza. «Ma?»

Simon strinse i pugni lungo i fianchi. «Non è successo niente» disse. «Non è successo *niente*. Devi conoscermi abbastanza bene da fidarti di me quando te lo dico guardandoti negli occhi.»

Graham scosse lentamente la testa. «Penso che probabilmente non ti conoscevo affatto. Nemmeno lei, a quanto pare.»

Simon si irrigidì. "Se vuoi arrabbiarti con me e calunniarmi, accomodati. Me lo merito, posso accettarlo. Ma *smettila* di mettere in mezzo lei. Meg non ha nessuna colpa.»

«Voi due» sussurrò Graham. «Sempre inseparabili. Sempre a cercarvi, a sussurrare e ridacchiare, a *ballare*.»

Simon strinse la mascella. «A te non piace ballare, a Meg sì. È l'unico motivo...»

«Chiaramente non era l'*unico* motivo» lo interruppe Graham.

Simon chinò la testa. «Probabilmente no.»

«James è venuto a parlarmi. Per dire che voi due dovevate rimettervi in sesto dopo la vostra sporca nottata insieme e che dovevo aspettare per avere soddisfazione. Sta cercando di farmi sentire meglio, vedi, dicendomi che crede che abbiate nutrito dei sentimenti l'uno per l'altra da anni.»

Simon sussultò. «Vorrei che lo avesse lasciato dire a me. E perché non sei ancora con lui? Non credo che ti abbia mandato qui per fare questa conversazione in questo stato d'animo.»

«No infatti» ammise Graham. «È andato a parlare con Baxton. A quanto pare il visconte sta raccontando la storiella a tutti gli invitati. Non so perché James si preoccupi di fermarlo. Dopo che Baxton ha spifferato quella storia, non c'era modo di impedire che la voce si diffondesse a macchia d'olio.»

«No» sussurrò Simon, con una punta d'odio per se stesso. «È una storia troppo ghiotta.»

Graham inclinò la testa e guardò Simon con più attenzione. «Proprio così. Dopotutto, quante volte due duchi, amici da quando erano bambini, litigano per la sorella di un altro duca? Quante volte uno di quei duchi e la detta sorella sgattaiolano via alle spalle dell'altro e... cosa mi hai detto prima? Non fanno *niente* insieme. Non fanno niente mentre sono nudi insieme.»

Simon strinse più forte i denti. Graham cercava una scusa per battersi e ora lo stava punzecchiando, dicendo tutto ciò che poteva perché fosse Simon a far scattare la rissa. E funzionava, perché Simon stava iniziando a non desiderare altro che restituirgli il pugno con cui gli aveva rotto il naso prima.

«Basta, per favore» sussurrò.

Graham scosse la testa. «Hai riso di me mentre non facevi niente con la mia fidanzata? Avevi intenzione di dirmelo fin dall'inizio, vantandotene come hai fatto con tutte le donne che ti sei scopato nel corso degli anni? O me lo avreste tenuto nascosto, lasciando che mi sposasse per continuare la vostra tresca alle mie spalle?»

A quel punto Simon scattò in avanti, spinto al limite e anche oltre. Afferrò i risvolti della giacca di Graham e lo spinse all'indietro, sbattendolo contro il muro con tutte le sue forze.

«Non lo avrei mai fatto, maledizione, Graham. Dovresti saperlo. Stavo per andarmene. Roseford e io saremmo partiti tra un giorno o due, saremmo andati all'estero, e non sarei tornato, non prima che vi foste sposati. Quello che è successo la scorsa notte non è stato un modo per scavalcarti.»

«Anche se provi qualcosa per lei?» chiese Graham, senza opporsi alla presa di Simon. Non si muoveva affatto se non per fissarlo con uno sguardo fermo e incrollabile.

«Sì» sussurrò Simon. «Sì, provo qualcosa per lei. Provo qualcosa per lei da quasi dieci anni. E ho *sempre* tenuto a bada i miei sentimenti, sempre, per rispetto nei tuoi confronti. Ma non puoi comportarti come se ti importasse poi tanto, accidenti a te. Non la vuoi, non l'hai mai voluta. Mentre io morivo dentro sapendo che sarebbe stata tua. Che un giorno l'avresti toccata come avrei voluto fare io, che un giorno avresti avuto dei figli con lei, figli che avrei dovuto vedere, riconoscendo in loro i suoi occhi e i tuoi capelli. *Tu non la volevi, Graham. E io invece sì.*»

«Il mio problema non è che tu la volessi» ringhiò Graham. «Il mio problema è che se me lo avessi detto un anno fa o cinque anni fa, mi sarei fatto da parte e vi avrei solo augurato di essere felici. Ma *non* me lo hai detto. Hai lasciato che macerasse, hai lasciato che cambiasse la nostra amicizia in questi ultimi cinque anni. Un'amicizia che a quanto dici significa molto per te. E poi hai allungato le mani e me l'hai rubata nel modo più plateale possibile.»

Simon si ritrasse, lasciò andare i risvolti di Graham e si voltò verso il camino. Non sapeva cosa rispondere a quell'accusa. Non c'era niente da dire a essere sinceri. Qualunque fossero le sue intenzioni, qualunque fossero i suoi obiettivi, aveva fatto esattamente quello che aveva detto Graham.

«Sei mio amico, Graham» disse a bassa voce. «Non ti avrei mai fatto del male di proposito.»

Graham si mosse verso di lui, socchiudendo gli occhi. «Non sei *mai* stato mio amico, Simon. E mi *hai* fatto del male.» Si avviò alla porta e si fermò sulla soglia. «Ora andiamo di sotto. Ci sono cose da fare. Umiliazioni da portare a termine. Hai una sposa da conquistare e io voglio chiudere questa partita così posso tornarmene a casa.»

Aprì la porta e Simon strinse gli occhi al suono di una mezza dozzina di passi che correvano via. Spioni, pettegoli che avrebbero diffuso e ingigantito questa storia.

Tutti loro ne avrebbero sofferto: Graham, Meg, Emma, James... anche se solo Simon meritava il biasimo e le dicerie. Aprì gli occhi e guardò Graham allontanarsi senza nemmeno voltarsi indietro. Era uno strazio vederlo così, perché sapeva cosa significava quel momento.

Aveva appena perso uno dei suoi più cari amici. La sua vita non sarebbe più stata la stessa.

Emma aveva mandato via la cameriera, Fran, e ora era in piedi dietro Meg, le stava acconciando i capelli in un semplice chignon. Era rimasta con Meg da quando era tornata a casa, era restata in silenzio mentre Fran aiutava sua cognata a fare un bagno caldo, e aveva parlato di cose senza importanza mentre si vestiva.

Meg sapeva cosa stava facendo la sua amica. Le stava dando una tregua perché entrambe sapevano che non ce ne sarebbe stata un'altra per molto tempo a venire.

Apprezzava Emma per questo, più di quanto potesse esprimere.

«Non sono brava come Fran in queste cose» disse Emma con l'ultima forcina stretta tra le labbra. «Ma sei comunque bellissima.»

Infilò l'ultima forcina e porse a Meg uno specchio per ammirare il risultato. Meg ci guardò a malapena e si voltò per sorridere a Emma. «Non sono sicura che il mio aspetto importi gran che oggi.»

«Certo che sì» obiettò Emma. «*Questa* è la tua armatura.»

Meg si alzò e andò alla finestra dall'altra parte della stanza. Guardò in basso verso il giardino sottostante dove si erano radunate una dozzina di invitate alla festa. Le vide sussurrare dietro ai ventagli, facendo discussioni animate che potevano riguardare solo una cosa. Le bruciavano le guance e il petto le faceva male per l'ansia.

«Vuoi parlare di quello che è successo?» chiese Meg.

Emma si fece avanti. «Solo se ti va.»

Meg si voltò verso la cognata. «Dobbiamo, no? Dopo tutto, quello che ho fatto avrà un impatto anche su di te e su James. Questo sarà uno scandalo enorme e di lunga durata. E voi vi siete appena sposati. Mi dispiace tanto rovinare la vostra felicità.»

L'espressione di Emma si addolcì. «Mia cara, non c'è niente che chiunque su questa terra possa fare per rovinare la mia felicità quando si tratta di James. Finché lui è qui in questo mondo e lui è al mio fianco, non mi manca nulla. Quindi non c'è motivo di scusarsi per questo.» Prese le mani di Meg e le strinse delicatamente. «Per quanto riguarda il resto, sì, la faccenda è torbida. So quello che è successo a sprazzi grazie ai pettegolezzi di quell'orribile Lord Baxton. Ti va di dirmi la verità?»

«C'è così poco da dire» sussurrò Meg. «Ero arrabbiata per...» Si interruppe, perché dire ad alta voce quello che l'aveva turbata le sembrava sbagliato, soprattutto ora che era stato fatto così tanto danno. «Ero arrabbiata. Sono andata a fare una passeggiata, Simon mi ha seguita, poi la tempesta ci ha colti alla sprovvista. Sì, quando ci hanno trovato eravamo nudi, ma solo per far asciugare i nostri vestiti. Non è successo... niente.»

Emma alzò un sopracciglio. «Da come lo dici, mi fai pensare che sia successo qualcosa di più di niente.»

Meg trattenne il fiato e guardò la sua amica. Emma aveva un'espressione così gentile, premurosa. E aveva la sensazione che la verità di quello che era successo la notte prima le stesse macerando dentro. Aveva bisogno di confidarsi. Aveva bisogno di qualcuno che potesse capirla. «Simon... mi ha baciata.»

Emma annuì, ma non sembrò sorpresa da quell'ammissione. «E com'è stato?»

Meg si ritrasse. «È questo quello che hai da dire? Nessun rimprovero? Non sei sconvolta?»

«Magari James è sorpreso ad aver scoperto che hai provato qualcosa per Simon per tutti questi anni, ma io no» disse Emma scuotendo la testa con una risata. «Ho visto, anche solo da quando io e te siamo diventate buone amiche una manciata di mesi fa, quanto siete intimi tu e Simon. Quanto siete importanti l'uno per l'altra. Allora, com'è stato il bacio? Lo aspettavi da molto tempo.»

Meg si agitò, perché spettegolare come scolarette su quel bacio sembrava disdicevole. «Forse non dovrei...»

«Avrai abbondanti occasioni per provare rimorso a breve»

sussurrò Emma. «Parlami del bacio. Ti è permesso dire che ti è piaciuto.»

«Graham non mi ha mai baciata. Non più che un bacetto sulla guancia e anche quello di rado» ammise Meg lentamente. «Quindi non è stato solo il mio primo bacio con Simon, ma il mio primo bacio in assoluto. Ed è stato... non ho mai provato niente del genere, Emma. È stato tenero e passionale, non gentile, ma lo desideravo così tanto. Volevo di più.»

Emma sorrise. «E penso che sappiamo entrambe che stai per ottenere quel di più. Sono le circostanze ideali? No, certo che no. Ma spero che non lascerai che uno strano inizio ti impedisca di avere un lieto fine.»

«Come tu e James» disse Meg.

Emma guardò l'orologio sulla mensola del camino e fece un gridolino. «Dobbiamo raggiungerli subito. Vieni, andiamo insieme.»

A Meg si strinse lo stomaco . «Oddio, non sono pronta. Non sono pronta ad affrontare Graham, e James. Ad affrontare il futuro.»

Emma scosse la testa. «Pensi di non essere pronta, ma sei più forte di quanto credi. Penso che sia stata tu a dirmelo una volta.»

«La differenza è che quando te l'ho detto, era vero.»

La sua amica le toccò delicatamente la guancia. «Te lo assicuro, è vero anche quando sono io a dirlo a te. Ora vieni.»

Emma la prese a braccetto e lasciarono la stanza, scesero le scale e percorsero i corridoi fino all'ufficio di James. Il nervosismo di Meg crebbe a ogni passo. Alla fine si fermarono davanti alla porta chiusa. Si aspettava che Emma si limitasse a traghettarla dentro, ma non lo fece.

Invece la sua amica si voltò verso di lei con una rinnovata serietà nella sua espressione. «Avevi ragione quando hai detto che io e James abbiamo avuto un inizio strano. Il nostro finto corteggiamento, il suo voto di sposarmi per proteggermi dalle macchinazioni di mio padre... tutto questo avrebbe potuto allontanarci molto quando abbiamo iniziato il nostro matrimonio. Ma io lo amavo, Meg. E lui amava me.

Dopo averlo ammesso, ci siamo concentrati su quello... non importava nient'altro.»

Meg annuì lentamente. Capiva quello che Emma stava cercando di dirle. La differenza era che non era del tutto certa che Simon la amasse. O che lui la volesse, che la volesse *davvero*, nonostante il bacio appassionato nel cottage.

Tutto quello che sapeva per certo era che ciò che stava per accadere dietro quella grande porta di mogano non sarebbe stato un evento lieto, gioioso o da festeggiare.

Per colpa di quello che avevano fatto lei e Simon, sarebbe stato molto, molto peggio.

CAPITOLO OTTO

Quando Meg entrò nella stanza al braccio di Emma, Simon si alzò in piedi barcollando. Lui, James e Graham le stavano aspettando solo da pochi istanti, ma era sembrata un'eternità. Ora fissava Meg, le sue guance pallide, i suoi occhi scuri abbassati e tutto ciò che aveva provato per lei tornò in superficie.

La amava, come sempre. E l'avrebbe sposata. Sarebbe stata sua. Ma questo inizio avrebbe continuato ad aleggiare su di loro. Forse non sarebbe mai stato in grado di metterselo alle spalle. E la sola idea gli spezzava il cuore.

Udì Graham schiarirsi la gola e quando si voltò, vide il suo amico allontanarsi, senza guardare nessuno dei due. Meg finalmente alzò gli occhi, guardò prima la schiena voltata di Graham, poi suo fratello, e infine puntò gli occhi su Simon e trattenne il respiro.

«Oh, Simon» ansimò. «Il tuo naso.»

Graham si voltò bruscamente a quella frase e guardò Simon. Simon si sforzò di farle un mezzo sorriso e si trattenne a malapena dal fare una smorfia per la fitta di dolore che venne proprio dalla ferita che la preoccupava. «Va tutto bene, Margaret.»

Lei si irrigidì per l'uso formale del suo nome anziché del diminutivo che usava di solito e distolse lo sguardo arrossendo. Emma lo guardò aggrottando la fronte, poi accompagnò Meg al fianco di James e tornò indietro per chiudere la porta a chiave.

«Questa stanza ha una barriera molto spessa» disse Emma. «Almeno quegli impiccioni là fuori non sentiranno niente di quello che vi direte qui.»

Simon chinò la testa. Oh sì, avevano già alimentato fin troppo le dicerie.

«James» disse Emma dolcemente, incontrando gli occhi di suo marito.

Simon fissò il gentile incoraggiamento che intercorse tra loro. Il modo in cui il suo amico si addolciva quando era con sua moglie. La loro facile sintonia era solo un'apparenza, ovviamente. Simon sapeva quanto fosse stato sofferto il loro amore.

Ma ora erano felici. Lanciò lo sguardo su Meg e si chiese... *sperò*... che forse un giorno quello sarebbe potuto essere il suo futuro.

«Facciamola finita» disse Graham, voltandosi finalmente verso gli altri. «Smettila di tirarla per le lunghe.» Il suo tono duro e il modo in cui si teneva isolato dagli altri fecero rattristare Simon ancora di più.

James si schiarì la gola. «Molto bene. Ovviamente la situazione compromettente in cui sono stati coinvolti Simon e Margaret ha cambiato le circostanze del suo fidanzamento con te, Graham. Forse se fossimo stati solo tu ed io a trovarli così com'erano, avremmo potuto appianare le cose. Ma con Baxton che ha spifferato allegramente la storia... be', complica le cose.»

«*Complica* le cose» disse piano Graham. «Mettiamola pure così.»

«Penso che sappiamo tutti cosa deve succedere adesso» disse James, ignorando il tono arrabbiato della voce del loro amico. «È ovvio che Graham e Meg devono porre fine al loro fidanzamento. E che Simon e Meg devono sposarsi.»

«E alla svelta» disse Emma con un sorriso rassicurante per Meg.

Graham incrociò le braccia. «Non ho alcun problema a mettere fine al fidanzamento» disse. «Ma forse dovresti chiedere alla nuova coppia se vogliono sposarsi. Non sei stato molto bravo a combinare matrimoni in passato, Abernathe.»

James trasalì, perché nessuno dei suoi amici più cari lo chiamava con il suo titolo. Era sempre stato James per Graham e Simon. Graham stava chiaramente inviando un messaggio in quel modo.

«Hai ragione, ho la mia parte di responsabilità in tutto questo» disse James. «E me ne scuso sinceramente. Pensavo di fare la cosa giusta. Ovviamente mi sbagliavo.»

Meg scosse la testa. «Non puoi prenderti la colpa per me o per Simon, James.»

Suo fratello si strinse nelle spalle. «Tuttavia Graham ha ragione. Non voglio ripetere gli errori del passato solo per mettere a tacere i pettegolezzi. Meg, vuoi sposare Simon? E Simon, vuoi sposare Meg?»

Simon sobbalzò a quella domanda. La risposta era molto più complicata di quanto il suo amico potesse mai immaginare. Non era nemmeno sicuro di avere le parole per cercare di spiegare quanto profondamente quella domanda gli toccasse il cuore. Un cuore che aveva cercato di nascondere per così tanto tempo che non era sicuro di come fare a riportarlo alla luce. O se dovesse tirarlo fuori affatto.

Davanti al suo silenzio, Meg disse: «So che questo scandalo probabilmente non svanirà mai del tutto. Ma un matrimonio lo smorzerebbe di sicuro. *Sono* d'accordo a sposare Simon, ma solo se lui non si oppone. Non voglio intrappolare nessuno. Preferirei restare zitella ed essere segregata in campagna come punizione per quello che ho fatto.»

Simon tremò all'idea di Meg, rinchiusa in un maniero di campagna, a pagare per le sue azioni in eterno. Da sola. Soffocando la sua natura passionale. Non lo guardava adesso mentre aspettava la sua risposta, ma Simon vedeva che le tremava leggermente il labbro inferiore e teneva le mani lungo i fianchi serrate a pugno.

«Non lo permetterei» disse. «Margaret, sarebbe... un privilegio sposarti se mi prendessi come marito dopo una tale caduta di carattere e onore.»

«Quindi siete tutti d'accordo» disse James e non c'erano dubbi sul sollievo avvertibile nel suo tono. «Allora dico che dobbiamo annunciare la fine di un fidanzamento e l'inizio di un altro. Non dire nulla e limitarsi a lasciare che i pettegolezzi crescano, peggiorerebbe solo le cose. Graham, prenderesti parte a una cosa del genere?»

Graham scosse lentamente la testa. «Ad aiutare ad attutire il colpo, vuoi dire. Devo comportarmi come se quello che è successo mi sia indifferente?»

Meg fece un respiro profondo e si diresse verso il suo ex fidanzato. Graham si irrigidì quando lei si avvicinò, e Simon divenne teso in attesa di vedere quello che Meg avrebbe fatto.

«Preferirei *non* dovertelo chiedere» disse. «Se vuoi gridare ai quattro venti che sono una sgualdrina e lasciare questa casa senza voltarti indietro, accetterei il biasimo. Me lo sono meritato. Non sei mai stato altro che gentile con me e ti ho ripagato umiliandoti e coinvolgendoti nel peggior tipo di tradimento. Per questo motivo, non merito altro che il peggio da te.»

Le sue parole, pronunciate in un tono esitante ma intenso, sembrarono placare Graham. La sua espressione divenne meno severa. Buttò lentamente fuori il fiato.

«Non meriti di essere distrutta» disse, alzando lo sguardo su Simon. «Non ti farei mai una cosa del genere. Va bene, Abernathe, farò come dici tu. Prenderò parte all'annuncio. Ma vorrei andarmene da qui il prima possibile. Un tranquillo ritorno a Londra sembra la migliore risposta per tutti. In questo modo puoi pianificare il matrimonio, perché sarebbe meglio che questi due accelerino il loro fidanzamento.»

«Certo» disse Emma. «Faremo un annuncio questo pomeriggio. Solo un breve discorso di James alla presenza di tutti voi.»

Mentre Meg si allontanava, James fece un passo avanti e tese una mano a Graham. «Grazie.»

Graham fissò la mano protesa, poi spostò lo sguardo su Meg e Simon. «Una scenata non gioverebbe a nessuno di noi» disse, senza stringere la mano di James. «Ora vado di sopra a chiedere ai miei domestici di fare i preparativi per partire immediatamente. Mandami a chiamare quando vuoi che ci sia anch'io. Verrò subito.»

Non disse altro, lasciò la stanza con poche falcate decise. Chiuse la porta dietro di sé, senza sbatterla, ma con una fermezza che sapeva di conclusione. Definitiva.

James abbassò lentamente la mano ancora tesa e chinò la testa. Emma si precipitò al suo fianco, prendendolo per il braccio mentre suo marito le diceva: «Mi disprezza.»

«È ferito» disse Emma, passandogli la mano lungo la schiena per calmarlo. «In questo momento è ferito e imbarazzato. Ma col tempo guarirà. E col tempo si riaprirà alla tua amicizia.»

«Non sei stato tu a fargli tutto questo» disse Simon scuotendo la testa. «Ti perdonerà.»

Le parole che rimasero inespresse nella stanza era che Graham non avrebbe mai perdonato Simon. E anche se negli ultimi anni erano stati più distanti, la perdita di uno dei suoi più vecchi amici lo feriva profondamente. Ma meritava di soffrire.

«Siamo fidanzati?» chiese Meg, spostando lo sguardo su di lui.

Simon si schiarì la gola e andò da lei. Per quanto il suo cuore e la sua anima soffrissero per quello che aveva fatto, la domanda di Meg accese in lui una scintilla di gioia, ma la represse per decoro.

«Sì» disse dolcemente, prendendole la mano. Meg lo guardò negli occhi piena di domande, di paure... ma anche di desideri. Gli stessi che erano divampati tra loro la notte prima mandando in frantumi le loro vite.

Ma ora Meg era sua e lui poteva assecondare quei desideri a suo piacimento.

«Congratulazioni» disse James, cercando di usare un tono più allegro. «Devo prendere da bere.»

«No» lo fermò Simon, distogliendo lo sguardo da Meg a fatica. «Brinderemo al matrimonio il giorno delle nozze. Penso che brindare al fidanzamento in questo momento sarebbe sconveniente, date le circostanze.»

James annuì. «Molto bene. Allora forse dovremmo parlare dei dettagli.»

Simon si fece forza e lasciò la mano di Meg, poi andò alla scrivania di James. Sì, i dettagli erano un aspetto che poteva gestire. I dettagli erano razionali e tecnici. Non come i sentimenti turbolenti che al momento gli attanagliavano il cuore.

Sentimenti su cui avrebbe dovuto prendere il controllo. Avevano già causato fin troppi guai.

Meg se ne stava sulla veranda che sovrastava il giardino, osservava la folla di ospiti lì riuniti, e quello che voleva più di ogni altra cosa era scivolare al fianco di Simon e prendergli la mano. La sua presenza era sempre stata un conforto per lei, ma ora...

Be', ora era distante, in piedi accanto a James, nemmeno la guardava mentre si preparavano a fare il loro annuncio a tutti gli invitati alla festa. Il suo viso, bello sebbene gonfio per il naso rotto, non si voltò mai verso di lei. E la folla sussurrava incessantemente sui lividi che aveva sotto gli occhi e sul modo in cui Graham se ne stava scostato da Meg.

«Signore e signori» disse James, e la sua voce tonante e il suo tono deciso zittirono tutti in un istante. «Ovviamente avete sentito tutti delle voci oggi.» Lanciò uno sguardo penetrante a Lord Baxton, che si rifiutò di incrociare gli occhi del suo padrone di casa. «E la nostra famiglia ha un annuncio da fare.»

«*Io* ho un annuncio da fare» precisò Graham, mettendosi davanti a James.

Meg si voltò di scatto verso di lui. Non era quello che avevano concordato e, a giudicare dall'espressione cupa di Graham, non c'era modo di prevedere cosa avrebbe detto ora. Trattenne il respiro.

«Sette anni fa il mio più caro amico combinò il matrimonio tra me e la sua amata sorella» iniziò Graham. «Sono stato fortunato ad avere la possibilità di un futuro con una donna del genere. Ma recenti accadimenti mi hanno fatto capire che sarebbe stata più adatta a un altro. Così di mutuo accordo abbiamo deciso di mettere fine al nostro fidanzamento.»

Dalla folla proruppe un sussulto collettivo e i mormorii che erano stati messi a tacere dalle parole di James ricominciarono ancora più forti.

Graham si voltò verso Meg, tendendogli la mano. Lei sbatté le palpebre. Sorrideva, ma era tutta una finta. Meg scorgeva ancora nel suo sguardo il tradimento, la rabbia e il profondo dolore. Cose che Graham non esprimeva per un senso di bontà e di onore che lei non meritava. Allungò il braccio per prendergli la mano. Lui la prese con appena due dita, condusse Meg verso Simon e gliela offrì.

Simon guardò la folla, che ora osservava affascinata questa scena come se fossero a teatro. Poi Simon incontrò gli occhi di Graham e sostenne il suo sguardo mentre il suo amico metteva la mano di Meg in quella di Simon.

Graham si ritrasse immediatamente e fece un passo indietro, dietro le famiglie, lontano da un'esibizione che chiaramente non gli dava piacere. Meg non era sicura che fosse di alcun piacere nemmeno per Simon. Non sembrava felice quando si mise la mano di Meg nell'incavo del braccio e si voltarono verso la folla.

James si schiarì la gola. «Sono felice di annunciare che Margaret sposerà il Duca di Crestwood in una cerimonia privata qui a Falcon's Landing sabato della prossima settimana. C'è poco altro da dire in proposito, quindi spero semplicemente che vi godiate gli ultimi giorni del nostro ricevimento e auguro solo il meglio alla felice coppia. Buona giornata a tutti.»

Si voltò e fece cenno a Simon e Meg di tornare in casa. Graham era già davanti a loro e saliva i gradini della terrazza a due a due. Simon guidò Meg su per le scale senza dire una parola, senza guardarla. Entrarono in salotto con James ed Emma alle calcagna.

Una volta dentro, Graham si voltò verso il quartetto. «È fatta. Torno a Londra adesso. Il mio cavallo è pronto e tra poche ore i miei servitori si occuperanno di riportare indietro le mie cose con la carrozza.»

James si fece avanti, a mani tese. «Dannazione, Graham, per favore. Non andartene così. Ti prego. Non dopo tutto quello che siamo stati l'uno per l'altro, dopo tutto quello che abbiamo passato. Non andare via in questo modo.»

Graham fissò James e a Meg si spezzò il cuore. Da ragazzi, Graham era stato il principale protettore di James e Simon. Si ricordava che una volta era venuto alle mani con un ragazzo di tre anni più grande perché aveva detto qualcosa di spiacevole su Simon, che era stato l'ultimo a sviluppare le fattezze da adulto. Ricordava anche quando Graham aveva sfidato il padre di James e Meg quando era stato crudele con loro durante una sua visita anni prima. Si era preso dei sonori ceffoni e non gli era mai importato.

Ora guardava James e Simon come se non li conoscesse nemmeno.

«Posso andarmene in due modi» disse piano. «Così, o in un modo molto peggiore. Scelgo di andarmene *così* perché un giorno... un giorno potrei non essere così arrabbiato. Ma per ora, questo è tutto quello che posso fare. Addio.»

Gli si spezzò la voce quando pronunciò l'ultima parola, poi lasciò la stanza senza nemmeno un cenno del capo. Si sentirono i suoi passi nell'atrio e poi fuori dove Meg immaginava che il suo cavallo lo stesse aspettando.

James chinò la testa e si voltò. Simon sembrava avere la nausea. «Mi dispiace.»

James fece un lungo sospiro. «Non importa adesso. È andata come è andata. Dovremo trarne il meglio.» Si avvicinò a Meg e le sorrise dolcemente. «Penso che sarebbe meglio se tu andassi di sopra.»

«E la festa?» chiese lei.

Emma scosse la testa. «James e io ne abbiamo discusso prima. Siamo d'accordo che tu e Simon non dovreste stare con gli altri oggi. Lasciate che lo sconcerto iniziale si plachi mentre ce ne occupiamo io e James. Domani penseremo a un nuovo inizio. Domani programmeremo un piccolo ballo per concludere la festa e celebrare il fidanzamento. E James e Simon si occuperanno di procurare la licenza speciale e il resto.»

Meg annuì, stordita quando avrebbe dovuto essere felice. Avrebbe sposato Simon nel giro di una settimana. Eppure non sentiva di poter festeggiare.

Con l'attuale atmosfera tra loro, questo sembrava più un momento di lutto. Tutta la passione che aveva sentito in Simon nel cottage la sera prima, tutto il piacere e la sintonia che avevano pulsato tra loro e che avevano causato questo cambiamento scioccante... ora non c'erano più.

E si chiedeva se avrebbe mai sentito di nuovo un'intesa simile con Simon.

CAPITOLO NOVE

Meg era seduta alla sua toeletta, si passava la spazzola tra i capelli a ripetizione, augurandosi che il movimento la ipnotizzasse e spegnesse la sua mente irrequieta. Era stato un pomeriggio incredibilmente impegnativo.

Sarebbe stato già abbastanza grave l'annuncio del suo nuovo fidanzamento, con la sceneggiata che lo aveva circondato. Ma il fatto che fosse stata una cosa così pubblica e scioccante aveva fatto sì che fosse impossibile evitare le conseguenze. Nonostante il fatto che Meg fosse stata segregata nella sua stanza, donne che si definivano sue amiche continuavano a venirle alla porta. Alla ricerca di informazioni. Di nuovi pettegolezzi.

Volevano guardarla in faccia e vederle il dolore stampato in viso. Oh, ce n'erano alcune che non erano così crudeli, ma tutte erano estremamente curiose. Tutte volevano un pezzettino succoso di storia da raccontare.

Meg era esausta e voleva solo andare a letto e dimenticare quella giornata. Si alzò in piedi sospirando, si scrollò la vestaglia dalle spalle e andò verso il letto. Fran aveva tirato giù la sopraccoperta prima di andarsene mezz'ora prima, e quando Meg passò la mano sulle lenzuola fresche e pulite fece un sospiro. Sì, le cose sembravano sempre migliori dopo una bella dormita.

Stava per infilarsi a letto e spegnere la candela quando sentì bussare leggermente alla porta della sua camera. Si voltò a guardarla stringendo le labbra. Aveva dato la buonanotte a James qualche ora prima, Emma era venuta a vedere come stava di recente, Fran avrebbe dovuto essere a letto a riposare.

Il che significava che probabilmente c'erano altre impiccione dall'altra parte della porta. Ci voleva del fegato a presentarsi a mezzanotte.

«Lascia perdere» mormorò a se stessa voltandosi di nuovo verso il letto.

Ma sentì di nuovo bussare, questa volta con più forza e impazienza. Strinse gli occhi, ormai sopraffatta dalla frustrazione per tutta quella situazione. Si precipitò alla porta e l'aprì di scatto: «Non c'è niente da discutere!»

Ma non si trovò davanti una signora avida in cerca di pettegolezzi o persino un'amica che cercava di venire a capo di quello che era successo. Si ritrovò a fissare un ampio petto e quando alzò lo sguardo vide Simon in corridoio. Al buio. Si era tolto la giacca, le scarpe, aveva la cravatta slacciata e i capelli arruffati, come se ci avesse passato la mano.

«S... Simon» balbettò Meg.

Lui non sorrise, ma inclinò la testa di lato. «Se non vuoi vedermi...»

«No» lo interruppe, e lo vide rilassare le spalle. Gli prese la mano. «No, ho solo pensato che fossi qualcun altro. Sì, *voglio* vederti. Mi dispiace. Dai... entra.»

Fece un passo indietro, consapevole per la prima volta di avere indosso solo una sottile camicia da notte, con le spalle quasi nude a parte un paio di spalline larghe un centimetro. Le venne da arrossire, per quanto fosse sciocco. La notte precedente aveva avuto indosso solo una coperta.

Tuttavia, afferrò la vestaglia e se la legò in vita quando Simon entrò nella stanza e chiuse la porta dietro di sé.

«Chi pensavi che fossi?» le chiese.

Lei scrollò le spalle, sforzandosi di guardarlo in faccia e di comportarsi come se tutto ciò fosse perfettamente normale. Come se non ci fosse niente di strano che Simon fosse nella sua camera da letto nel cuore della notte, che ora fosse il suo fidanzato. Come se non fosse cambiato nulla da ieri mattina, anche se tutto il suo mondo era diverso.

Non sapeva come altro comportarsi.

«Sono stata tormentata per tutto il pomeriggio da "persone interessate"» ammise.

Simon serrò la mascella. «Persone interessate? Che significa?»

«Amiche che vogliono farmi domande sul mio nuovo fidanzamento. Congratularsi con me in privato» spiegò, poi scosse la testa. «Impiccione che vogliono darmi un'occhiata da vicino. Sai come vanno questi scandali.»

Simon si accigliò. «E James ed Emma non fanno niente per impedirlo?»

«Non sono i miei custodi» disse. «E anche se lo fossero, cosa possono fare? Farmi da guardia alla porta tutto il giorno?»

«Sì, se necessario» sbuffò lui. «Lo farò io stesso se non lo fanno loro.»

Il suo istinto protettivo le toccò il cuore in un modo che sembrava molto pericoloso considerata la loro situazione attuale, ma la fece sorridere nonostante tutto. «Non credi che peggiorerebbe solo le cose? No, se le lascio entrare e parlo con loro come se questo nuovo fidanzamento fosse perfettamente normale, allora forse questa storia gli verrà a noia prima del tempo e riacquisteremo una parvenza di normalità.»

Simon chinò la testa e il silenzio riempì la stanza. Meg lo osservò mentre non la guardava. Una cosa che aveva sempre amato di quest'uomo era la luce che sembrava circondarlo. Aveva sempre un mezzo sorriso, una risatina. Riusciva ad alleggerire l'atmosfera anche nelle situazioni più buie. Era stato il primo che l'aveva fatta ridere dopo la morte di suo padre.

Quella sera, però, quella luce non c'era più. L'uomo che aveva di fronte era serio e torvo. Addolorato. Meg capiva il motivo, ma non sopportava che fossero arrivati a quel punto dopo così tanti anni di amicizia e sintonia.

Non voleva perdere quell'intesa. Gli si avvicinò lentamente e gli porse la mano. Entrambi osservarono lei che prendeva la mano di lui, intrecciando le dita nel modo in cui prima avevano potuto fare solo quando ballavano. Simon trattenne il respiro e si voltò leggermente verso di lei.

«Perché sei venuto qui stasera?» sussurrò lei. «In camera mia, dopo che tutti gli altri sono andati a letto?»

Lui deglutì, gli vide muoversi la gola, e le si avvicinò, eliminando la piccola distanza che rimaneva tra loro. Adesso si toccavano quasi, i loro corpi a un soffio l'uno dall'altro.

«Sai cosa volevo ieri notte» sussurrò Simon.

La mano libera iniziò a tremarle e la strinse a pugno. «Io... io penso di sì» rispose Meg. «La stessa cosa che volevo io.»

Simon strinse gli occhi e gli uscì un gemito profondo dal petto. La temperatura nella stanza cambiò, divenne più caldo quando lui le lasciò andare la mano e le fece scivolare le dita intorno alla vita, attirandola tutta contro di sé.

«Ieri notte... non potevo. Perché non eri mia» continuò.

Lei annuì, comprendendo la situazione. Capendo quanto disperatamente avesse cercato di portare rispetto al suo amico. «Ma ora sono tua» mormorò.

Le fece scivolare le mani tra i capelli, prendendole la nuca a coppa e inclinandole il viso verso il suo. «Voglio farti mia» le disse. «Permetti che ti faccia mia?»

Meg non rispose, ma si alzò in punta di piedi e premette le labbra sulle sue. Tra loro passò un brivido di sollievo, un'eco di quello che aveva provato quando lui l'aveva baciata la notte prima. Solo che questa volta non era accompagnato da nessun senso di colpa. Non c'era altro che la passione che era stata a lungo negata, ma che era stata sempre lì, in attesa di essere scatenata. Simon aprì la bocca e le tracciò le labbra con la lingua. Lei lo accolse e gli mise le braccia intorno al collo mentre si premeva contro di lui.

Rimasero in quel modo, a baciarsi per quella che sembrò un'eternità. Meg memorizzò ogni incavo e curva della sua bocca, si abbandonò al gusto e alla sensazione di lui che le idolatrava le labbra. Era il paradiso.

Alla fine Simon si ritrasse e appoggiò la fronte contro quella di lei mentre cercava di controllare il respiro affannoso. «Era tanto che volevo farlo, Meg.»

Lei sorrise e gli accarezzò le spalle con le dita, sentendo i muscoli contrarsi, sentendo che le stringeva le mani in vita. «Anch'io ho aspettato tanto.»

Lui abbassò le mani e fece scivolare il dito nel nodo della cintura della vestaglia. Sciolse delicatamente il nastro di seta e poi la guardò negli occhi mentre le faceva scivolare le mani su per le braccia, afferrando le estremità della vestaglia e abbassandola. La stanza era calda grazie al fuoco nel camino, ma le venne da rabbrividire quando Simon gettò la vestaglia da una parte.

Fece un passo indietro e la guardò dalla testa ai piedi, con le pupille dilatate e i pugni chiusi. Poi alzò una mano e si sbottonò la camicia, la aprì con pochi rapidi gesti e la buttò a terra.

Meg trattenne il respiro. La scorsa notte lo aveva visto così, naturalmente, ma erano state sbirciatine rubate. Questa sera non aveva motivo di guardarlo di sottecchi, e lo fissò a lungo e intensamente, poi fece un passo avanti e allungò un braccio per appoggiargli il palmo sul petto. Il muscolo solido che trovò era caldo e gli sentì il cuore battere sotto la pelle.

Simon trattenne il respiro, ma non indietreggiò quando lei allargò le dita sulla sua carne, esplorando rilievi e cavità. Si costrinse a guardarlo in viso, arrossendo quando i loro occhi si incrociarono. Lui sorrise, la prima volta che lo vedeva sorridere da quando erano stati sorpresi insieme dalla pioggia. Poi le fece scivolare le dita sotto le spalline della sua camicia da notte e ne abbassò un lato.

Meg ansimò quando l'aria tiepida della stanza le toccò il seno nudo e girò il viso per non vederlo mentre la osservava. Lo sentì tirare su il fiato. Quando le sue dita le sfiorarono il capezzolo inturgidito, lei riportò la sua attenzione su di lui.

Simon la fissava intensamente mentre la accarezzava avanti e indietro. Meg non aveva mai provato niente di simile in vita sua, era come se fosse viva in un modo che non sapeva nemmeno fosse possibile. Il seno era tutto un formicolio di piacere che cominciò a scendere nello stomaco, poi giù tra le gambe, finché non riuscì più a respirare a dovere.

Le passò sopra un pollice e lei gli afferrò le braccia, affondandoci le dita mentre ansimava, sorpresa per l'intensità delle sensazioni.

Gli si allargò il sorriso e allungò la mano per tirarle giù l'altra spallina della camicia da notte. La denudò dalla vita in su e poi tirò, così che il fragile tessuto le scendesse lungo i fianchi per finirle ai piedi.

Era nuda. Nuda con Simon. Ma non come la scorsa notte, quando tra loro si frapponevano coperte, emozioni e bugie. Stasera era *davvero* nuda con quest'uomo. E lui la stava toccando. Tremava tutta e sapeva di avere gli occhi spalancati e uno sguardo incerto. Non sapeva dare un nome a quello che voleva, non capiva appieno quello che le stava facendo e aveva paura di quello che sarebbe successo dopo.

Nonostante tutto lei voleva di più. Più carezze. Più Simon. Più di quello che avevano iniziato la sera prima. Più di quello che ora era alla loro portata. Voleva tutto e confidava nel fatto che quello che Simon stava per darle sarebbe stato magico.

Le coprì l'altro seno, prendendoli entrambi tra le mani calde. Lei inclinò la testa all'indietro, godendosi l'intensità del suo tocco, il modo in cui il suo corpo si inarcava verso di lui, chiedendo ciò che lei non riusciva a proferire a voce per troppa timidezza.

Poi sentì il calore bollente del fiato di Simon vicino al capezzolo. Aprì gli occhi e lo vide chinarsi e circondarlo gentilmente con la punta della lingua.

«Simon» ansimò lei, mettendogli le mani tra i capelli. Lo tirò più vicino, poi lo spinse via, per poco non crollò mentre cercava di elaborare tutto ciò che stava provando.

Lui si raddrizzò e la guardò negli occhi. «Lo vuoi?»

«Non sono nemmeno sicura di sapere di cosa si tratti» ammise. «Fidanzata o no, mia madre non mi ha spiegato gran che. E non avevo ancora chiesto a Emma.»

Simon strinse le labbra. «Voglio prenderti, Meg. Metterò il mio corpo dentro il tuo.»

Lei annuì. «Quella parte la conosco. Capire è un'altra cosa, ma lo so.»

Simon le prese la mano e la premette sul fronte dei suoi pantaloni dove lei sentì la linea dura del suo pene. Lo aveva visto solo per un attimo la notte scorsa. Se lo ricordava grosso.

L'aveva messa in soggezione.

«Farà male?» gli chiese, facendo scorrere le dita su e giù lungo quella protuberanza affascinante sotto il tessuto.

Lui emise un suono che non era sicura fosse di piacere o di dolore. «All'inizio. Sì.»

Lei lo prese tra le mani e Simon sussultò. «Ma non sempre?»

«No» le rispose con voce strozzata.

«Ti sto facendo male?» gli chiese dolcemente.

«No» le disse con tono più forte. Le allontanò le mani e si slacciò i pantaloni. Li lasciò cadere e li buttò via con un calcio e le si parò davanti, nudo come lei.

Meg trattenne il respiro. Le occhiatine rubate nell'oscurità non gli rendevano giustizia. Simon aveva un corpo... fantastico. Duro dove lei era morbida, largo dove lei era stretta, e il pene... quel pene che lui diceva le avrebbe infilato dentro. Era tanto allettante quanto terrificante.

Lo prese in mano ancora una volta. Questa volta non c'erano barriere tra loro e le venne da trattenere un gridolino di sorpresa quando sentì quant'era duro. Ma la pelle era molto morbida. Passò le dita sulla testa sporgente e lungo il fusto lungo e spesso.

Lui spinse contro il suo palmo quando lo accarezzò e imprecò a bassa voce. Meg alzò lo sguardo, affascinata da quanto fosse eccitato. Aveva il respiro corto, gli occhi lucidi, il corpo teso e pronto a scattare. Poteva prendere il controllo in ogni momento, Meg lo percepiva, ma non lo fece. Lasciò che lei lo accarezzasse, ancora e ancora.

«Continua così e mi farai venire» sussurrò a fatica con voce soffocata.

Meg smise di muovere la mano. «Cosa significa?»

«Che mi darai così tanto piacere che perderò il controllo ed eiaculerò ancora prima di avere la possibilità di toccarti» le spiegò, prendendole il polso e allontanando la mano. «E ho aspettato così tanto, Meg, che non ho intenzione di lasciare che finisca così.»

La spinse indietro verso il letto, guidandola finché non toccò il lato del materasso con le gambe. Poi la prese in braccio, la depose sui cuscini e si arrampicò sul letto accanto a lei, ingabbiandola con le braccia. Sebbene non fosse sicura di cosa fare, il suo corpo sembrava muoversi da solo, sollevandosi contro di lui mentre gli avvolgeva le braccia intorno al collo e lo attirava per un altro di quei baci profondi e sconvolgenti.

La esplorò con dolcezza, quasi con reverenza, accarezzandola con la lingua, baciandola finché lei non si rilassò sui cuscini. Poi abbassò la bocca, con le labbra le assaporò l'angolo della mascella, la curva del collo, il petto per poi tornare ai seni meravigliosamente reattivi.

Meg gli fece di nuovo scivolare le mani tra i capelli, capace di arrendersi completamente ora che non doveva più cercare di rimanere in piedi mentre lui la stuzzicava e la assaggiava. Le succhiò un capezzolo, poi l'altro. Le mordicchiò appena la carne sensibile, succhiò finché lei non trattenne un grido, la accarezzò con la lingua fino a farla tremare.

Meg era in preda al desiderio e al fuoco della passione, tremava ed era pronta a supplicare. Ma lui allontanò la bocca e con la lingua cominciò a tracciare una scia più in basso. Le passò sopra la cassa toracica, sul ventre, lungo il fianco, e poi le mise una mano su ciascuna delle cosce e le aprì le gambe.

Lei si tirò su di scatto appoggiandosi sui gomiti, fissandolo mentre si sistemava tra le sue gambe con il viso a pochi centimetri dal punto più intimo del suo corpo. E se era scioccata a livello conscio, il suo sesso era un'altra storia. Era già bagnato, fremente, e avere Simon così vicino le fece sollevare i fianchi anche se non ricordava di averlo voluto.

Lui sorrise e la guardò. «Puoi fidarti di me» sussurrò.

Meg si irrigidì a quelle parole. Stava dicendo che si sarebbe preso cura di lei. Che grazie alla sua esperienza, avrebbe potuto fare in modo che quella notte per lei fosse un momento di piacere. Era una prospettiva davvero meravigliosa, ma le fece pensare alle parole di suo fratello a inizio giornata.

A tutte le altre donne con cui Simon lo aveva fatto. A tutte quelle che aveva amato e dimenticato nella vita.

Ma prima che le preoccupazioni potessero sopraffarla e rubare il piacere di quell'istante, Simon abbassò la bocca su di lei e la leccò delicatamente. La mente le si svuotò di qualsiasi pensiero, di tutto ciò che avrebbe potuto dire. Si ritrovò ad aggrapparsi al copriletto mentre lui la allargava e la leccava di nuovo.

Era spettacolare. Intimo e perverso, intenso e molto più piacevole di quando le aveva stimolato i capezzoli allo stesso modo. Gli sollevò i fianchi contro la bocca, strofinandosi contro di lui con una sorta di conoscenza antica e senza freni. Un gesto che rese il piacere più mirato mentre lui la leccava più velocemente, facendo scivolare la bocca sul suo centro, facendo rotolare la lingua attorno al grumo di nervi che aveva all'apice. Si nascose il viso col braccio e cercò di trattenere sussulti e gridolini inarrestabili mentre lui la portava sull'orlo della follia con la sua lingua esperta.

E proprio quando pensava che il piacere non potesse migliorare, proprio quando pensava di averne raggiunto il culmine, le cominciò a fremere il sesso. Fu investita da tremori di piacere al punto che iniziò a scuotere i fianchi selvaggiamente mentre lui le faceva scorrere la lingua addosso senza fermarsi mai, mai, mai.

Solo quando ebbe finito di tremare lui sollevò la testa da in mezzo le sue gambe e risalì a carponi lungo il suo corpo per sovrastarla, appoggiandole le mani su entrambi i lati della testa per guardarla in faccia.

«Sono pronta» gli disse con un filo di voce quando lui rimase in silenzio per così tanto tempo che temette che stesse pensando di scappare. «Lo voglio.»

Simon chiuse gli occhi e per un momento ci fu un lampo di dolore sul suo viso. Un lampo di rimpianto che le attanagliò il cuore. Ma poi riaprì gli occhi e sussurrò: «Allora ti darò tutto quello che vuoi, Meg. Tutto.»

CAPITOLO DIECI

Simon abbassò lo sguardo su Meg, ancora arrossata in viso dopo l'orgasmo, con gli occhi lucidi di desiderio ma anche carichi di preoccupazione. Quante notti aveva sognato di fare l'amore con lei? Quante volte si era masturbato immaginandola contorcersi sotto di lui, abbandonarsi a lui?

E ora il momento era arrivato. Aveva già venerato il suo corpo, le aveva già donato piacere. Mancava solo questa rivendicazione finale. Quest'ultimo passo che l'avrebbe resa sua.

Ma tutto quello a cui riusciva a pensare era il dolore che le avrebbe causato. Il dolore fisico dell'atto di possederla aveva cominciato a rappresentare tutto l'altro dolore che le avrebbe portato nella vita da lì in poi. Le chiacchere degli ospiti oggi erano state sgradevoli. Persino crudeli.

Ed era solo l'inizio. Per colpa sua.

«Simon?» sussurrò Meg, alzandosi leggermente e allungando una mano per toccargli la guancia.

Lui emise un sospiro soffocato e premette il viso contro le sue dita gentili. «Non voglio farti del male» ammise. «Ma non c'è modo di evitarlo.»

Lei inclinò la testa e lo guardò con attenzione, e lui pensò che avesse capito che non stava parlando solo di quella notte e di quel momento.

«Mi avevi detto che non avrebbe fatto sempre male, mi hai detto una bugia?» gli chiese lei con un filo di voce.

Lui scosse la testa. «No. No, dopo la prima volta non dovrebbe più far male, se faccio bene il mio lavoro.»

Gli sorrise. «Allora il dolore porta a qualcosa di meglio.»

«Meg...» cominciò lui, facendo una smorfia.

Lei allungò la mano e gli toccò delicatamente il sesso, posizionandolo contro la sua apertura. «Lo voglio, Simon. Tutto. Se c'è del dolore, allora voglio anche quello. Perché tutte le sensazioni, sia quelle belle che quelle brutte, lo rendono reale. Lo rendono autentico. Ti prego.»

Fu il suo *ti prego* a colpirlo dritto allo stomaco. Lo disse in modo così gentile, così dolce, come se lo supplicasse di fare una cosa non per lei, ma per se stesso. E lui non era mai stato capace di dirle di no. Mai, dal primo istante che l'aveva vista. Certamente non da quando si era reso conto che non era solo una donna, ma la donna per lui.

E nel bene o nel male, qualunque cosa avesse fatto per arrivare a questo punto... ora ci *erano* arrivati. E mentre non era certo che sarebbe mai stato degno di amarla, che sarebbe mai stato capace di darle ciò di cui aveva bisogno, quando si trattava di piacere... be', lì era un esperto.

Fece un bel respiro, poi la guardò di nuovo negli occhi. Mentre focalizzava lo sguardo in quelle profondità marrone scuro, con il ginocchio le allargò leggermente le gambe. Sostenne lo sguardo di Meg anche quando iniziò a penetrarla.

E fu il paradiso. Dal momento in cui le scivolò dentro, il suo corpo morbido lo avvolse, un guanto stretto e bagnato che lo accolse come se fosse arrivato a casa. Percepì la resistenza del suo canale non ancora abituato all'atto, riconobbe il momento in cui Meg provò dolore dal modo in cui trattenne il respiro.

Si fermò, anche se gli ci volle una forza da leone per controllarsi, e le accarezzò la guancia con la mano. «Rilassati» mormorò.

Lei annuì. «Fa solo un po' male» lo rassicurò. «È così strano avere un'altra persona dentro di me.»

Le sorrise e si chinò, premendole la bocca sulla sua. Meg gli si aprì subito, gli accarezzò la lingua, proprio come lui l'avrebbe accarezzata con il corpo di lì a poco. Quando la sentì rilassarsi sotto di lui, quando percepì i suoi muscoli interni flettersi e palpitare, si spinse di nuovo in avanti.

Meg gli ansimò in bocca, ma non gli staccò le braccia dal collo, non smise di baciarlo e il suo corpo lo accettò centimetro dopo centimetro finché non le fu dentro fino in fondo.

Era la sensazione più potente che avesse mai provato. Oh, aveva già scopato una sfilza di donne, e ne aveva tratto grande piacere. Ma era stato fugace. Questo era qualcosa di diverso. Questa era una donna che amava. Una donna che era stato certo di perdere.

E ora era dentro di lei, mentre Meg gli fletteva il corpo intorno, gli respirava contro il collo mentre si aggrappava a lui. Simon non aveva mai provato un piacere così intenso e non aveva nemmeno cominciato a muoversi.

Mosse delicatamente i fianchi per testare la sua reazione, e lei emise un suono sommesso. «Fa male?» le chiese.

Lei scosse la testa. «No» gemette. «Non male.»

Le sorrise. Il desiderio le infondeva tensione nella voce. Roteò di nuovo i fianchi. «Ti piace?»

«Oddio» farfugliò lei affondandogli leggermente le unghie nella schiena. «Sì.»

La soffocò con le labbra e iniziò a prenderla con spinte lunghe e regolari. Lei si sollevò per andargli incontro, la sua innocenza non era forte come la sua pulsione naturale a cercare piacere e a darne a lui. E ci riusciva eccome. Non era mai stato così duro, non aveva mai provato sensazioni così forti mentre si incuneava tra le sue pliche bagnate e si strofinava contro il suo clitoride già sensibile.

Meg adesso gemeva, le sue grida erano un po' troppo forti considerato che la casa era piena di gente. Le coprì le labbra con le sue, lasciando che gli ansimasse e mugolasse in bocca mentre continuava a prenderla senza sosta, senza posa. Sentì tendersi i testicoli, sapeva che stava per eiaculare, ma voleva farla venire di nuovo. Voleva marchiarla con la passione prima di marchiarla con il suo seme.

E poi Meg gridò forte il suo nome e le sentì palpitare il corpo, la sentì massaggiarlo con i muscoli interni in preda al nuovo orgasmo. Lo guardò da sotto in su, con gli occhi spalancati per la sorpresa e il piacere, e lui non riuscì più a trattenersi. Spinse ancora un paio di volte mentre lei lo spremeva fino in fondo, poi si lasciò andare e le venne dentro.

Le crollò addosso, sentì la morbidezza del corpo di Meg quando lei lo abbracciò e lo tenne stretto. Gli fece scorrere le dita lungo la schiena mentre gli dava baci caldi e dolci sul collo e sulle spalle. Simon fece un profondo sospiro. Gli sembrava di avere aspettato questo momento tutta la vita. Ed eccolo qui. E Meg era sua.

L'aveva rubata, ovviamente.

Quel pensiero gli fece aprire gli occhi di scatto, rotolò via da lei e si mise sulla schiena, separando i loro corpi. In un attimo tornò la morsa che gli aveva attanagliato il petto dal giorno prima.

Meg si mise su un fianco, gli appoggiò la testa sulla spalla e una mano sul petto. «Sono così contenta che tu sia venuto stasera» mormorò, tracciandogli un ghirigoro sulla pelle con la punta delle unghie. «Ad essere onesta... pensavo che potessi essere arrabbiato con me.»

La guardò. «Arrabbiato?» ripeté. «Perché?»

«Perché sei costretto a sposarmi» disse con un sospiro. «Dopo che non hai fatto niente di male.»

Simon si tirò su a sedere costringendola a spostarsi. «Non ho fatto niente di male?» le fece eco. «Dici sul serio?»

Meg si tirò su a sedere a sua volta e deglutì. «Intendevo solo che...»

«Ti ho seguito anziché chiedere di farlo a tuo fratello o al tuo fidanzato» le disse. «L'ho fatto perché ti volevo. E sì, finire intrappolati in quel cottage non è stata colpa mia, ma ti ho baciata, Meg. Perché ti volevo. Ti desideravo da anni. Desideravo quello che aveva il mio amico, e ora me lo sono preso.»

Meg schiuse le labbra e le passò un lampo di rabbia negli occhi. «Simon, non sono un premio che potete passarvi l'un l'altro. A Graham non hai rubato un cavallo o un anello. Non puoi rubare una persona.»

Lui girò la testa dall'altra parte. «Forse no, ma guarda com'è andata, no?»

Meg si alzò dal letto di scatto e si allontanò, afferrò la vestaglia da terra e se la buttò sulle spalle. Mentre se la legava in vita, lui cercò di non sentirsi deluso per il fatto che volesse ricoprirsi.

Meg lo guardò dritto in faccia. «Se ti detesti, se detesti *me* così tanto per quello che hai fatto, allora perché venire qui? Perché fare l'amore con me? Perché farmi provare piacere?»

Simon aggrottò la fronte e si alzò in piedi. Vide Meg spostare lo sguardo sul suo uccello e lo sentì riprendere vita. Grugnì disgustato di se stesso, si voltò, afferrò i pantaloni e se li infilò prima di dire: «Non ti detesto. Ma sono venuto qui stasera perché... perché...»

Si fermò. Si era sforzato di non analizzare il motivo per cui era venuto alla sua porta. Aveva pensato a lei tutto il giorno. Tutta la notte. E in qualche modo era finito per arrivare lì, sapendo cosa avrebbe fatto. Sapendo che avrebbe preso quello che voleva perché non c'era più nessuno a ostacolarlo.

Ma *il motivo*? Era qualcosa di molto più oscuro.

«Perché?» ripeté Meg.

Simon strinse i denti. «Perché nessun altro potesse portarti via. Perché niente potesse impedire quello che sta per succedere.»

Meg rimase in silenzio, sbalordita dalla confessione che non aveva voluto fare a se stesso, figuriamoci a lei. La confessione che era poco più di un ladro nella notte.

«Ho alterato entrambi i nostri mondi, Meg» le disse piano. «E così facendo ho distrutto moltissime persone a cui tengo. Tutto perché ti volevo ed ero disposto a fare qualsiasi cosa per averti. Ecco perché mi detesto. Ecco perché non merito la felicità. Non dopo che ho fatto soffrire così tante persone per il mio egoismo.»

Si avvicinò alla porta.

«Te ne vai?» gli chiese Meg.

Lui si bloccò con la mano sulla maniglia, e sospirò. «Non siamo ancora sposati, Meg. Il... il mio posto non è qui.» Con grande fatica, lasciò la stanza, lasciò lei. Chiuse la porta e vi si appoggiò sussurrando: «Non lo è mai stato.»

M eg soffocò uno sbadiglio e si sforzò di sorridere mentre Emma le versava una tazza di tè. «Grazie.»

«A meno che tu non voglia qualcosa di più forte» disse Emma, sedendosi accanto a lei e appoggiandosi delicatamente una mano sulla pancia. Meg sorrise di cuore vedendo quel gesto, perché sapeva che la gravidanza di Emma era una grande gioia per suo fratello e sua moglie.

Almeno una cosa buona c'era, anche se non poteva credere che tutto questo stress fosse positivo per Emma o per il bambino.

«Sto bene. Dovresti prenderti cura di te stessa» disse Meg, mettendo la mano su quella della cognata. Sorrise quando sentì il pancino di Emma. Nessuno, tranne quelli a cui era stato detto, se ne sarebbe accorto.

«Non sono preoccupata per me, sto benissimo» la rassicurò Emma. «Ma visto che tua madre non è ancora arrivata per organizzare questo ballo finale, mi chiedo se ci sia qualcosa di cui vorresti parlarmi. Posso esserti di aiuto in qualche modo?»

Meg si alzò e si allontanò. Non poteva fare a meno di pensare alla notte precedente. Al corpo di Simon contro il suo, dentro il suo, a tutto il piacere che aveva provato.

Fino a quando non era uscito dalla porta.

Lanciò uno sguardo di sottecchi a Emma e vide che la sua amica stava aspettando che le parlasse, tranquilla ma tenace. Meg aprì la bocca, ma non riuscì a trovare le parole.

Arrossì. «Mi sarà permesso unirmi agli altri stasera?»

Emma restò a bocca aperta e si alzò in piedi. «Mia cara, non sei in prigione. Santo cielo, io e James abbiamo pensato solo che potevi aver bisogno di prenderti una pausa da occhi indiscreti e chiacchere fastidiose. So che non hai avuto pace con tutti quelli che ti sono venuti a bussare...»

Meg sussultò a quella frase che le faceva ricordare Simon alla sua porta. Ma Emma non lo sapeva e continuò a parlare.

«... ma ovviamente ti unirai agli altri ospiti per cena stasera. E terremo tutti la testa alta e faremo buon viso a cattivo gioco. Non è quello che tu hai detto a me non molto tempo fa quando stavo affrontando un'esperienza umiliante?»

Meg sorrise. «Il tentativo di tuo padre di combinarti un pessimo matrimonio e l'ingerenza di James non sono paragonabili a quello che abbiamo fatto io e Simon.» Sospirò. «Forse Simon ha ragione a dire che ci meritiamo una punizione. Ho fatto del male alla nostra famiglia, dopotutto.»

Emma scosse la testa. «Nessuno di voi merita una punizione. E quest'ultimo ballo serve a dimostrare che la nostra famiglia è d'accordo con questo matrimonio, Meg. Ed è vero. In tutto e per tutto.»

Meg ricacciò indietro le lacrime che improvvisamente le bruciavano gli occhi. Ovviamente James ed Emma erano dalla sua parte. James era sempre stato disposto a fare qualsiasi cosa per proteggerla, compreso il fidanzamento con Graham che aveva dato inizio a questo pasticcio tanti anni prima. Ed Emma era chiaramente incapace di essere altro che comprensiva e amorevole. Questo però non cambiava il fatto che entrambi fossero stati travolti da questo scandalo, anche se Emma si rifiutava di ammetterlo.

Prima che Meg potesse dire di più, però, sua madre entrò nella stanza. Meg si voltò verso di lei corrugando la fronte. A prima vista la Duchessa Madre avrebbe dato a chiunque l'impressione di stare bene, ma Meg la conosceva. Sua madre aveva ombre sotto gli occhi e uno sguardo vitreo che significavano una cosa sola: aveva i postumi di una sbornia. Un evento normale.

Emma lanciò a Meg uno sguardo di incoraggiamento, perché sapeva bene quanto Meg quanti danni poteva fare quella donna, e si avvicinò alla porta per darle il benvenuto.

«Eccovi qua» disse Emma con un sorriso smagliante. «Giusto in tempo, avevamo appena iniziato a parlare del ballo che concluderà il ricevimento. Il ballo di fidanzamento di Meg.»

La Duchessa Madre lanciò a Meg una breve occhiata, e Meg si agitò sotto il suo scrutinio. Sua madre era spesso difficile da comprendere quando le sue emozioni erano offuscate dall'alcol. Oggi, però, intravide un'ombra di preoccupazione negli occhi di su madre. Forse anche di censura.

E se si era guadagnata la censura di una donna che spesso doveva essere portata via di nascosto dalle feste per evitare scenate, era caduta davvero molto in basso.

«Penso che la cosa più importante sia che ci comportiamo come se questo fosse il primo ballo che abbiamo mai tenuto in onore del fidanzamento di Meg» disse la Duchessa Madre, versandosi il tè e bevendone una bella sorsata prima di continuare. «Se qualcuno fosse tanto villano da menzionare il Duca di Northridge, andiamo avanti come se il suo nome non fosse mai stato menzionato.»

Meg aggrottò la fronte. «Graham è... era... un buon amico sia per James che per Simon. E siamo stati fidanzati molto a lungo, mamma. Non so se fingere che non esista ci sarà di aiuto.»

Sua madre inarcò un sopracciglio. «Il giovane se ne è andato per proteggervi tutti in qualche modo, o sbaglio?»

Meg si acciglió pensando alla partenza frettolosa di Graham in preda alla rabbia. Non era certa che stesse pensando a lei o a Simon in modo protettivo in quel momento. Ma dopo tutto, se fosse rimasto, avrebbe solo dato adito a dicerie peggiori. Ulteriore materiale da osservare e analizzare.

E Graham era sempre stato protettivo. Nei confronti di James, di Simon... anche di lei.

«Se la sua partenza è dovuta in parte al suo desiderio di proteggere me e Simon, allora gli dobbiamo molto» disse piano.

«E sono certa che un giorno avrai la possibilità di rappacificarvi e di ricompensarlo» disse sua madre con un gesto sprezzante della mano. «Ma per ora, facciamo in modo che questo sia un ballo grandioso, una potente dimostrazione dell'unità della nostra famiglia per celebrare questa unione.»

Emma si passò una mano sul mento, come se stesse valutando il suggerimento della suocera. «Io avevo in mente qualcosa di contenuto e modesto, ma probabilmente avete ragione. Un evento di maggior prestigio mostrerà il nostro sostegno e forse metterà a tacere tutti quelli che troverebbero da ridire in questo fidanzamento.»

«Un bel ricevimento zittirà *chiunque* se fatto come si deve» disse la vedova.

Emma annuì. «Sono d'accordo. Ma dato che questa festa è domani sera, significa che devo affrettarmi a parlare con i domestici per modificare i nostri piani di conseguenza. A voi va bene se...» Diede un'occhiata a Meg. «Va bene se vi lascio sole?»

«Certo» disse la duchessa. «Meg e io viviamo insieme da anni, ovvio che possiamo stare insieme da sole.»

Meg annuì per confermare a Emma che poteva andare, anche se capì che la cognata era incerta. A dire il vero, lo era anche lei quando si voltò verso sua madre.

«Ora che Emma se n'è andata, hai qualcosa da dirmi, mamma?»

La vedova sussultò leggermente a quella domanda, ma non si tirò indietro. «Pensi che mi stessi trattenendo dall'esprimere il mio giudizio su di te fino a quando Emma non se ne fosse andata?»

Meg si strinse nelle spalle. «Suppongo che se avessi un giudizio su di me, la presenza di Emma non ti avrebbe impedito di palesarlo. Ho solo pensato che avresti voluto rimproverarmi dato che non hai avuto la possibilità di farlo ieri quando è iniziato questo pasticcio.»

«Perché ero ubriaca» disse sua madre.

Meg rimase a bocca aperta per lo shock. La Duchessa Madre non aveva mai ammesso di bere, mai una volta in tutti gli anni in cui Meg aveva avuto il compito di tenerla d'occhio, proteggerla, sottrarla alla vista altrui nei momenti peggiori.

«Be'...»

Sua madre scosse la testa. «Non ti sei mai chiesta *perché* mi rifugio nella bottiglia, Margaret?»

Meg distolse leggermente il viso. «So perché. Eri molto infelice con mio padre.»

«Davvero? Capisci veramente? Forse sì, considerando il fidanzamento che hai rotto e la posizione compromettente in cui ti sei trovata.» La donna emise un sospiro carico di dolore. «Tuo padre aveva una famiglia prima della nostra. La famiglia che voleva veramente. Quando restarono uccisi in quell'incidente, non voleva risposarsi o avere altri figli.»

Meg strinse le labbra. Sebbene questa non fosse una conversazione che aveva mai avuto con sua madre, negli anni ne aveva discusso con James... con Simon... e aveva cercato di capire suo padre. Aveva tentato di provare dispiacere per lui e per il dolore che doveva aver sofferto quando aveva perso la famiglia che aveva scelto.

Ma era stato difficile considerato quanto era stata abietta la sua crudeltà verso di lei e suo fratello.

«Doveva fare il suo dovere, però, no?» disse piano.

La vedova annuì. «Esatto. E quel dovere era importante per lui. Anche il nostro matrimonio fu combinato. Mio padre godeva di un buon patrimonio e il suo titolo era rispettato. Era un buon matrimonio, almeno sulla carta. La realtà, come sai, fu molto diversa.»

«Ci odiava tutti» mormorò Meg. «Non credo che mi abbia nemmeno rivolto la parola da quando avevo sette o otto anni fino al giorno in cui è morto. Ero irrilevante, non ero un figlio maschio, nemmeno secondogenito.»

Sua madre rabbrividì. «Neanche con me parlava molto. Mi grugniva addosso, nel tentativo di concepire un altro figlio maschio per il terrore che suo figlio maggiore sarebbe morto, ma dopo la tua nascita, non abbiamo mai più avuto altri figli. Mi ha odiata per questo. Odiava te perché eri una femmina. Odiava James per non essere il suo figlio defunto.»

«Lo hai mai amato?» chiese Meg a bassa voce, incoraggiata dal fatto che sua madre parlasse così apertamente del passato.

La Duchessa Madre sembrò riflettere a lungo sulla risposta da dare.

«No» disse alla fine. «In effetti, ero... ero innamorata di un altro quando mi fu imposto il matrimonio con Abernathe. Persi l'uomo che amavo e il futuro che avevo immaginato. Quindi suppongo che ci fosse abbastanza risentimento tra me e tuo padre. Il punto è, Margaret, che sposare qualcuno che non amavo o che non mi piaceva ha solo creato infelicità a tutti noi. Ha fatto di me... quella che sono. Alla fine mi ha portato a deludere te e James.»

Meg si portò una mano alle labbra, perché non si aspettava questa ulteriore ammissione delle proprie mancanze da parte di sua madre. «Mamma» sussurrò, tornando a rivolgersi alla duchessa in modo meno formale di come faceva di solito.

Sua madre tirò su la testa. «So cosa sono, Margaret. E nonostante i miei difetti, io... ci tengo a te. Non voglio vederti diventare come me. So che vuoi bene a tuo fratello, so che crede di fare ciò che è giusto per te, ma non lasciare che nessuno ti costringa a fare ciò che non vuoi.»

Meg chinò la testa. «Il primo fidanzamento, con Graham... non lo volevo. Ero troppo giovane per discutere e poi la situazione è precipitata al punto che non pensavo di poterlo fare. Forse in quella situazione avrei finito per essere... infelice. Ma con Simon è diverso. *Voglio* sposarlo, mamma.»

Sua madre sorrise. Era un'espressione così rara che per un attimo Meg trattenne il fiato, perché vide suo fratello nel volto di sua madre. Vide se stessa. Vide tutto quello che sua madre avrebbe potuto essere da giovane prima di essere costretta a un matrimonio senza amore e terribilmente infelice.

«Allora tieni duro» disse la duchessa. Si schiarì la gola e tornò alla sua solita espressione aspra. «Adesso mi fa male la testa. Penso che andrò a cercarmi qualcosa di un po' più forte del tè. Buon pomeriggio, Margaret.»

Se ne andò e Meg si lasciò cadere sulla sedia più vicina a riflettere sulla loro conversazione inaspettata. Questo momento di lucidità non sarebbe durato, ci avrebbe scommesso. Senza l'aiuto dell'alcol sua madre non sarebbe riuscita a superare tutto il dolore che aveva accumulato. Ma questa era la prima volta che entrava in sintonia lei da anni, addirittura decenni. E che ci fosse riuscita, seppure in un momento buio come quello, le diede speranza.

Una speranza a cui decise di aggrapparsi a piene mani per affrontare l'incerto futuro con un uomo che non capiva più.

CAPITOLO UNDICI

Nella sala da biliardo Simon se ne stava a guardare il Duca di Roseford, il Conte di Idlewood e James giocare la loro partita a tre. Essendo arrivato in ritardo non era riuscito a partecipare, ma gli andava bene lo stesso. Quella sera non aveva voglia di giocare.

Non era dell'umore giusto nemmeno per un ballo, ma era esattamente ciò che stava per iniziare di lì a meno di un'ora. Peggio ancora, era il suo ballo di fidanzamento e l'evento che avrebbe concluso il ricevimento prima che gli altri tornassero a Londra. L'ultimo evento prima di sposare Meg e farla sua.

Sua di nome. Di fatto, l'aveva già posseduta. L'aveva evitata da allora, nel tentativo di frenare la sua lussuria, i suoi sentimenti e tutte le cose che li avevano portati a quel punto. Se non l'avesse fatto, aveva paura di essere travolto dalla passione e di non ricordare quello aveva fatto per arrivare ad averla.

«La Duchessa di Crestwood ci raggiungerà per il matrimonio?» chiese Robert dopo aver fatto il suo tiro e passato la stecca a Christopher.

Simon sussultò, riportato a forza nella conversazione sia dalla domanda che dall'argomento. Un altro tema infelice, perché il rapporto con sua madre era stato a lungo teso, per non dire altro.

«È la mia unica famiglia, quindi le ho chiesto di venire» rispose. «Le ho scritto due giorni fa. Il messaggio le sarebbe dovuto arrivare oggi, e se partisse domani per raggiungerci, dovrebbe arrivare a Falcon's Landing al più tardi martedì sera.»

«La tua *unica* famiglia» disse piano Kit. «Non è sempre stato così, vero? Cioè, non avremmo dovuto essere come fratelli?»

James alzò la testa e lanciò un'occhiata al loro amico. «Idlewood» sibilò, a mo' di gentile avvertimento.

Ma Christopher non sembrò scoraggiato. Guardò Simon, incrociando le braccia sul petto. «Ne avevamo parlato la notte in cui Meg e Northfield annunciarono la data del loro matrimonio. Non è vero?»

Robert e James spostarono la loro attenzione su Simon ed entrambi sembrarono confusi davanti a quella rivelazione. Simon strinse i denti. «Mi avevi chiesto della mia... posizione rispetto a Meg e Graham, sì.»

«E in quel momento mi dicesti che ti rendevi conto che era una situazione senza speranza, perché dare seguito a quei pensieri o a quei sentimenti significava tradire un amico. Eppure guarda dove siamo, no?»

«Basta» disse James, mettendo da parte la stecca e frapponendosi fisicamente in mezzo ai due uomini. «Questo non è di aiuto, Idlewood. È chiaro che Simon si sta punendo abbastanza per la parte che ha avuto in questa situazione.»

«Mi sembra il minimo» disse Simon, voltando le spalle ai suoi amici. «Mi merito la censura di Idlewood, come di tutti voi. La nostra amicizia, il nostro club, era basato sulla fratellanza e il sostegno reciproco, l'onore e la fedeltà. Significava tutto per me, e nonostante questo sono venuto meno a quei voti, non faccio finta di aver fatto qualcosa di diverso. Per questo motivo, non merito nient'altro che il disprezzo di Idlewood e l'odio che Graham prova per me. Non mi volto dall'altra parte né cerco scuse per evitarli. Mi porterò dietro quello che ho fatto per tutta la vita.»

Quando Simon volse di nuovo lo sguardo verso i due uomini, Kit addolcì leggermente l'espressione, ma rimase con le braccia conserte.

Simon poteva ben immaginare che con il ritorno di Graham a Londra, una volta che la storia di quello che era successo qui con Meg si fosse diffusa in lungo e in largo, molto probabilmente gli altri membri del loro club si sarebbero schierati. Magari gli avrebbero ancora rivolto la parola, si sarebbero dimostrati gentiluomini in proposito, ma chiaramente avrebbe perso degli amici a causa di questa vicenda.

Come si meritava.

James fece un passo avanti. «Il ballo inizierà tra una decina di minuti. Forse dovremmo unirci agli altri, siete d'accordo?»

Robert si schiarì la gola, spostando lo sguardo su Simon. «Non dovremmo brindare al fidanzamento prima?»

Simon si irrigidì a quella domanda. Poi scosse la testa. «No» disse piano, e lasciò la stanza senza dire un'altra parola.

Gli ospiti stavano già entrando nella sala da ballo in fondo al lungo corridoio e lui ne sentì arrivare altri dall'atrio. Fece un bel respiro, tirò fuori il petto e si avviò a grandi passi per unirsi alla festa.

A Meg facevano male le guance a furia di mantenere il falso sorriso che si era stampata in viso nell'ultima mezz'ora. Buon viso a cattivo gioco, come aveva detto Emma, e la sua amica di tanto in tanto le stringeva la mano per offrirle sostegno mentre se ne stavano insieme all'estremità della pista da ballo con James al fianco di Emma.

«Finora direi che la serata è stata un successo» disse James, anche se Meg sentì la leggera tensione nel suo tono.

Sentiva dentro la stessa tensione. Un successo, a quanto pareva, si misurava nel fatto che non c'era stato nessuno scandalo e la gente le rivolgeva ancora la parola. Uno standard piuttosto basso su cui misurare l'esito dell'evento. Soprattutto quando guardando dall'altra parte della stanza vedeva il suo fidanzato stare per i fatti suoi.

Non la guardava nemmeno.

Simon la evitava dal giorno dopo che avevano fatto l'amore, un comportamento che la feriva più di quanto avrebbe potuto fare una frustata. A questo punto avrebbe preferito una sferzata fisica. Almeno quel tipo di ferita offriva speranze di guarigione se veniva curata. Ma questa distanza prolungata che ora sembrava profilarsi tra lei e Simon... era qualcosa di completamente diverso. E più a lungo andava avanti, più lasciava cicatrici permanenti, per *entrambi*.

Emma tamburellava col piede sotto l'orlo del vestito e Meg le lanciò uno sguardo con la coda dell'occhio. Una volta Emma faceva da tappezzeria, e all'inizio era stata riluttante a ballare. Ma pochi mesi di matrimonio con James e Meg sapeva che la nuova duchessa si era molto appassionata a fare giravolte in quadriglia o a stare tra le braccia di suo marito per un valzer. Ben presto la pancia sarebbe cresciuta e le avrebbe impedito di fare entrambe le cose.

«Dovreste ballare voi due» disse Meg, indicandole la pista da ballo. «Non ballate da quando è iniziata la festa, e se dobbiamo fingere che tutto questo sia normale e giusto, allora dovete comportarvi come fareste a qualsiasi ballo. E nel vostro caso significa ballare così appiccicati da scandalizzare tutto il *ton*.»

Emma arrossì, ma per la prima volta in tutta la serata, James sorrise. «Mi piace scandalizzare tutto il *ton* quando posso.»

Emma gli diede una piccola pacca sul braccio. «James!»

Lui le prese la mano e la attirò a sé. «Vieni, Emma, facciamoli morire d'invidia, ti va?»

Sorrise a Meg, poi condusse via sua moglie. Meg lo vide mormorare qualcosa nell'orecchio di Emma che per tutta risposta spalancò gli occhi. Fedele alla parola data, la tenne troppo vicina quando cominciarono le note del valzer.

Meg sospirò vedendo l'amore che manifestavano così facilmente. Avevano superato così tanti ostacoli per avere il loro momento, il loro futuro. Non li invidiava, ma osservarli la rendeva ancor più consapevole della propria terribile situazione.

«Buonasera, Lady Margaret.»

Meg si irrigidì e si voltò verso la voce femminile che aveva pronunciato il suo nome. Si accigliò ancora di più quando si rese conto che la persona che l'aveva accostata era Sarah Carlton. Era la stessa ragazza che aveva ballato con Simon all'inizio del ricevimento, la ragazza di cui Meg era stata gelosa quando non ne aveva avuto alcun diritto. A giudicare dall'espressione acida sul volto della giovane, sembrava che la gelosia fosse reciproca adesso.

«Siete la signorina Carlton, non è vero?» chiese, cercando di assumere un tono amichevole e disinvolto.

La giovane donna annuì e le si mise accanto, osservando per un momento gli ospiti sulla pista da ballo.

«Vi state divertendo?» chiese Meg, sforzandosi di comportarsi come avrebbe fatto normalmente.

La signorina Carlton si strinse nelle spalle. «Non più.»

«Oh» commentò Meg, pregando che non si trasformasse in una conversazione su di lei. «C'è qualcosa che posso fare, dato che i nostri ospiti stanno ballando in questo momento?»

La signorina Carlton si voltò verso di lei, e strinse gli occhi. Meg si sentì mancare il fiato a quello sguardo, perché era chiaro che la furia di questa donna era diretta contro di lei. E poteva voler discutere solo di un argomento.

Quello che Meg stava cercando di evitare.

«Lo avevate già un fidanzato» sibilò la signorina Carlton, per fortuna non troppo forte. «Un fidanzato del tutto accettabile, per di più un duca. Un duca ancora più ricco di Crestwood, a quanto ne so, se devo credere a mia madre.»

Meg strinse i pugni lungo i fianchi. «Voi ed io non ci conosciamo abbastanza bene da avere questa conversazione incredibilmente impertinente.»

«Non m'interessa se è impertinente» sbottò la signorina Carlton scuotendo i suoi capelli biondi. «Buon Dio, c'è un uomo che sia al sicuro da voi? Quanto ci metterete ad annoiarvi del Duca di Crestwood e a passare a un altro? Vi ripasserete tutti gli scapoli della contea senza lasciarne nessuno per qualunque altra?»

«Non avete idea di cosa state parlando» scattò Meg, la sua pazienza si stava esaurendo. «Crestwood ed io siamo amici da molto tempo e...»

«Amici, milady? Solo amici?» disse l'altra donna, lasciando trasparire un'insinuazione oscura e crudele con le sue parole.

La signorina Carlton sbatté le palpebre e Meg notò le lacrime di frustrazione e disperazione nei suoi occhi. Non la conosceva bene, ma ricordava che la signorina Carlton si trovava in una situazione finanziaria piuttosto negativa. Se si era convinta che a Simon era piaciuta quando ballavano, era facile intuire perché la giovane aveva la sensazione che le fosse stato sottratto qualcosa. Qualcosa di cui Meg non aveva bisogno.

E Meg avrebbe voluto provare compassione per questa donna. Ma in quel momento tutto ciò che sentiva era il desiderio di sfuggire al suo biasimo e alla sua rabbia.

«Siete stressata» disse Meg con fermezza. «E forse avete bevuto troppo punch.»

«Non sono stressata» borbottò l'altra. «Semplicemente non mi piace vedere qualcuno afferrare tutto quello che c'è al mondo perché pensa di poter solo prendere, prendere, prendere. La mia unica consolazione è che questo scandalo è così enorme che potreste non riprendervi mai. E quando sparleranno di voi, sarò la prima a raccontare ciò che ho osservato con i *miei* stessi occhi.»

«Adesso basta.»

Entrambe le donne si voltarono e Meg diventò paonazza in viso. Il Conte di Idlewood si era messo al suo fianco, e fissava la signorina Carlton dall'alto in basso. Era un vecchio amico di James, Simon e Graham, uno del loro club di duchi, anche se era l'unico che non aveva ancora ereditato il titolo.

Meg lo conosceva, ovviamente, perché era venuto a trovare suo fratello molte volte nel corso degli anni. Erano sempre stati cordiali. Ma dopo quello che era successo con Graham, a volte aveva sentito i suoi occhi critici su di lei... Idlewood era un tipo leale e Meg sentiva che la condannava per la propria mancanza di quella virtù.

«Lord Idlewood» lo salutò la signorina Carlton, distogliendo lo sguardo. «Non vi avevo visto.»

«Scommetto di no, o non avreste detto cose così meschine» disse piano Idlewood. «Andatevene adesso e tornate da vostra madre. Vi suggerirei anche di cominciare a pensare come dirglielo.»

«Dirle cosa?» squittì la signorina Carlton.

Idlewood inarcò un sopracciglio. «Quando il Duca di Abernathe scoprirà che avete offeso sua sorella, i vostri inviti a molti eventi spariranno. Immagino che dovrete dire a vostra madre perché. Filate via adesso.»

La signorina Carlton strinse forte le labbra, poi si voltò e si diresse dall'altra parte della sala. Meg buttò fuori il fiato che non si era nemmeno resa conto di aver trattenuto e si voltò verso Idlewood.

«Grazie» gli disse. «Per essere venuto in mio aiuto.»

Lui la guardò, e aveva ancora un'aria sprezzante quando rispose: «Non potevo permettere che si parlasse in quel modo alla sorella di uno dei miei più cari amici.»

Meg deglutì. «Anche se siete d'accordo con quello che viene detto?»

Idlewood strinse la mascella e fissò la folla con aria assente. Meg si rese conto che stava guardando Simon con un'espressione di rammarico.

«Io, a differenza della signorina Carlton, riconosco che la situazione è molto più complicata di semplici circostanze compromettenti.» Scosse lentamente la testa. «Riferirete ad Abernathe quello che vi ha detto? Se non lo farete voi, lo farò io.»

Meg schiuse le labbra. «Apprezzo il vostro desiderio di difendermi, nonostante le vostre perplessità sul mio carattere. Ma la signorina Carlton è già in una posizione precaria. Avevate ragione quando avete detto che James si sarebbe arrabbiato se l'avesse sentita parlarmi in quel modo. Non voglio che quella donna perda il suo posto in società per causa mia.»

Idlewood corrugò la fronte. «Lascereste correre?»

Lei annuì. «Sì. Le... piaceva Simon. Non posso certo biasimarla per questo. Per disperazione si fanno cose di cui ci si potrebbe pentire in seguito.»

Lanciò un'altra occhiata a Simon e scoprì che finalmente lui la stava guardando. Ne fu subito catturata. Quante volte l'aveva fissata da un capo all'altro di sale come quella? E lei lo aveva fissato a sua volta, dicendosi che lui la vedeva solo come un'amica, che i suoi stessi sentimenti erano solo una fugace follia che sarebbe svanita se avesse cercato di ignorarli con sufficiente convinzione.

Niente di tutto questo era mai stato vero. Adesso capiva meglio. Ora vedeva il desiderio negli occhi di Simon, sentiva il suo stesso desiderio rispondergli. Si rese conto che era sempre stato così, le loro anime si protendevano l'una verso l'altra da qualunque distanza ci fosse tra loro. Le si stringeva il cuore al pensiero di quello che erano stati sul punto di perdere, di quello che avevano dovuto sacrificare, perché non era sicura che Simon si sarebbe mai permesso di essere felice a causa di quel sacrificio.

«Non meritate alcun biasimo» disse Idlewood a bassa voce.

Lo guardò ancora una volta, sorpresa dalle sue parole e dal tono più gentile con cui le pronunciava. «No?»

«Come ho detto, è complicato, non è vero?»

Meg annuì e poi indicò Simon con un cenno del capo. «E *lui*? Merita di essere biasimato?»

Idlewood abbassò lo sguardo. «Crestwood vi ha parlato del nostro scontro nella sala da biliardo?»

Meg si irrigidì. «Simon non mi ha ancora rivolto la parola stasera. Non avevo idea che avesse avuto una qualche discussione. Ma ho occhi anch'io, vedo come mi guardate, come guardate lui. Ognuno si sta schierando, vero, nella vostra cerchia di amici? E *voi* in particolare state prendendo le distanze da Simon.»

«C'erano altri modi per arrivare a quello che è successo» rispose Idlewood. «Modi che sarebbero stati meno dannosi. Ma...»

Si interruppe e Meg gli si avvicinò. «Ma?»

«Forse non avrei dovuto essere così duro con lui. Crestwood si sta punendo a sufficienza per tutti.»

Meg fece una smorfia. Sì, era esattamente così. Si stava punendo per quello che aveva fatto, per chi aveva tradito. Si voltò di nuovo verso Simon e scoprì che la stava ancora guardando. E in quel momento, capì che cosa doveva fare. Doveva tendergli una mano perché lui non si sentiva degno di farlo per primo.

Aveva bisogno di conforto e lei *voleva* confortarlo.

«Vi ringrazio ancora, Lord Idlewood» disse con un sorriso. «Vogliate scusarmi.»

Il conte annuì e lei lo lasciò, con il cuore che batteva all'impazzata mentre si dirigeva verso il suo futuro, il suo migliore amico, il suo destino. E pregò che la lasciasse entrare, anche solo un po', e le desse la speranza che un giorno avrebbero potuto essere felici insieme.

CAPITOLO DODICI

Simon sapeva che non avrebbe dovuto fissare Meg dall'altra parte della sala, ma non aveva potuto farne a meno. Non ci era mai riuscito. Ora, però, lei era con Christopher e dalle loro espressioni era ovvio che erano impegnati in una discussione seria.

Dopo lo sfogo di rabbia di Kit nella sala da biliardo, Simon poteva ben immaginare cosa si stessero dicendo. E se lo meritava in pieno. Il cuore gli balzò in petto quando Meg disse qualcosa al conte, poi iniziò a venire verso di lui.

Simon aveva passato anni a dirsi che doveva resistere a questa donna. Ma come avrebbe potuto riuscirci quando lei si muoveva leggera tra la folla, con lo sguardo fisso su di lui? Era bella oltre la sua capacità di descriverla. Ed era sua. Ma solo perché l'aveva sottratta a un uomo cui voleva bene come a un fratello. Perché nonostante tutto quello che era successo, voleva bene Graham.

Ma amava di più Margaret. Alla fine era stata l'unica cosa a contare. L'unica cosa che aveva guidato il suo egoismo.

Quando Meg lo raggiunse, ignara dei pensieri inquietanti che gli ribollivano dentro, gli sorrise. Quel sorriso illuminava il mondo, illuminava il *suo* mondo. «Ti va di ballare con me, Simon?»

Si fece teso davanti a quella richiesta e all'impressione che avrebbe dato. Il fatto che fossero felici e allegri insieme sembrava uno schiaffo crudele a Graham.

«È una buona idea?» le chiese.

Il sorriso di Meg vacillò e la vide deglutire a fatica prima di dire: «Abbiamo sempre ballato prima, Simon. Sempre.»

Lui scosse la testa. «E guarda dove ci ha portato.»

Adesso il sorriso non c'era più, era rimasto solo un lampo di dolore e turbamento. «Sei deciso a essere così infelice per la nostra situazione?»

«Come non esserlo?» Si guardò intorno, notando tutti gli occhi che erano più o meno palesemente puntati su di loro. «Guardali, ci fissano, ci giudicano, sparlano. Osserva la tensione sul viso di James mentre lascia la pista da ballo con Emma. Dovrebbero essere felici e invece ora devono occuparsi di questo scandalo. Guarda come ho tradito tutti i nostri amici. Hai parlato con Kit: deve aver rimarcato il suo disprezzo nei tuoi confronti tanto quanto ha fatto con me.»

Meg scosse la testa. «In realtà, non lo ha fatto. Idlewood mi ha detto che si è pentito di qualunque parola sia corsa tra voi stasera. E pensa, come me, che tu ti stia punendo a sufficienza.»

Simon avrebbe voluto che fosse vero. Non gli sembrava vero. Gli sembrava di dover soffrire.

«Per favore, non dirmi di no» sussurrò Meg e gli prese la mano sorridendogli. Non il sorriso radioso che gli aveva rivolto quando si era avvicinata, ma dolce. Gentile. Un sorriso che era per lui, solo per lui. Ne fu attratto, attratto da lei, come ne era stato attratto per anni. Se era stato sbagliato all'epoca, non gli era importato. Era un sentimento che aveva provato pur cercando di resistergli.

Alla fine aveva perso la battaglia. Quando Meg lo guardava in quel modo, perdeva sempre la battaglia.

Lei sembrò percepirlo e senza dire una parola lo condusse sulla pista da ballo. Lui la cinse con le braccia, tremando quando le mise la mano sul fianco e le strinse le dita intrecciandole alle sue in modo così intimo. La voleva, disperatamente. Toccarla non aveva mai alleviato il desiderio. Adesso che l'aveva assaggiata, posseduta, era anche peggio.

Cominciarono a volteggiare, in silenzio mentre lei teneva gli occhi fissi nei suoi. Non poteva sfuggire a quegli abissi marrone scuro: ci annegava dentro, come sempre. In quel momento, erano solo loro due al mondo. Adamo ed Eva, fatti l'uno per l'altra, ma caduti in tentazione.

Quella tentazione aveva il suo prezzo. Ma mentre la teneva così vicina, ne riconobbe anche i vantaggi. Dopotutto, stava stringendo tra le braccia la donna che amava. Tra una settimana si sarebbe sposato con lei. Avrebbe ottenuto quello che aveva sempre desiderato.

«Ho un nuovo indovinello per te» disse Meg.

Gli strinse le dita contro il fianco e Simon le sorrise. Da quando si conoscevano, lui e Meg si erano sfidati a gare di indovinelli, anche se l'anno precedente non si erano dedicati al loro passatempo. Non da quando la risposta a un indovinello che le aveva fatto Simon era l'amore. Dopo quella volta, il gioco non era sembrato altrettanto divertente.

«Non giochiamo agli indovinelli da molto tempo» osservò.

Meg si illuminò in viso. «Questo non te lo avevo ancora fatto. Ti piacerebbe sentirlo?»

Lui annuì. «Avanti, milady.»

«Ha le gemme, ma non è un gioiello. Ha una chioma, non un cappello. Si sfoglia ma un libro non è. Sai tu dirmi che cos'è?»

Simon strinse le labbra mentre si concentrava sull'indovinello. Poi inclinò la testa. «Un albero?»

Lei rise. «Esatto, è un albero. Bravo, Simon.»

Simon sentì allentare la tensione alle spalle mentre prendevano il loro solito ritmo. In quel momento, gli sembrò di ballare come ai vecchi tempi, il sorriso di Meg era come ai vecchi tempi. Erano amici, come lo erano sempre stati e il dramma che li seguiva in quel momento non faceva così male.

La musica finì e lui eseguì un rapido inchino prima di prenderla per il braccio e iniziare a condurla fuori dalla pista da ballo. Per la prima volta da molto tempo, Simon nutriva un po' di speranza.

E poi passarono vicino a un gruppetto di invitate. Da dietro un ventaglio udì bisbigli e notò occhiate al loro passaggio. Gli si gelò il sangue, portando via con sé tutti i suoi pensieri positivi. Quando guardò Meg con la coda dell'occhio, vide che aveva le guance rosso fuoco. Le vide luccicare le lacrime negli occhi.

Tutta colpa sua. Non poteva fingere che non fosse colpa sua. O che le conseguenze non fossero reali e importanti. Quando le si avvicinava, le faceva del male. Era un semplice dato di fatto, anche se non voleva che fosse vero.

«Simon» disse Meg, voltandosi verso di lui.

Lui scosse la testa. La amava. L'aveva sempre amata. Ma James aveva fatto bene a scegliere un altro per lei. Simon non era mai stato alla sua altezza, e non lo era ancora.

«Scusami, Meg. Devo andare» disse, poi le voltò le spalle e lasciò la sala da ballo il più velocemente possibile.

Meg osservò Simon non solo allontanarsi da lei, ma dirigersi verso l'uscita. Quando avevano ballato, si era sentita in sintonia con lui. Non era stato solo un risveglio della loro amicizia quello che era successo quando lei gli aveva raccontato il suo indovinello, ma qualcosa di più. L'aveva guardata in faccia e lei aveva scorto i suoi sentimenti negli occhi. Aveva visto qualcosa di più profondo dell'amicizia, più potente persino del desiderio.

Simon aveva lasciato che quel legame continuasse, lo aveva sentito abbandonarsi a quella sensazione e a lei. E poi avevano sentito i mormorii degli ospiti e si era richiuso nuovamente.

Meg strinse i pugni e gli andò dietro, sapendo che tutti nella stanza la stavano guardando: non gliene importava un accidente. Lo seguì, restando dieci passi indietro. Lo seguì su per le scale, fino in camera sua.

Era così distratto che non aveva la più pallida idea che lei gli fosse dietro. Era sul punto di chiudere la porta della sua camera quando lei allungò la mano per tenerla aperta e si intrufolò dentro dietro di lui prima di chiudere. Portò la mano dietro la schiena e serrò a chiave.

Simon si voltò e la fissò a occhi spalancati, ma anche carichi di passione.

Il corpo di Meg reagì a quella passione e le cominciarono a tremare le mani lungo i fianchi.

«Non dovresti essere qui» sussurrò Simon con voce roca.

Meg sollevò il mento. Il desiderio che nutriva per lei era l'unica debolezza che Simon si concedeva. L'unico modo in cui avrebbero potuto essere vicini senza che lui alzasse barriere create dal suo senso di colpa. Forse un giorno fare l'amore con lei gli avrebbe permesso di provare qualcosa di più profondo per lei.

Forse era l'unica strada che poteva portarla verso il futuro che desiderava tanto.

Fece un passo avanti e gli avvolse le braccia intorno al collo, sollevandosi in punta di piedi per baciarlo. Simon si fece sfuggire un'imprecazione quando gli sfiorò le labbra, ma poi le infilò la lingua in bocca in profondità, la spinse contro la porta con tutto il suo peso e la tenne ferma lì mentre la sconvolgeva con baci profondi e disperati.

«Non dovresti essere qui» ansimò di nuovo, ma con le mani le strinse la gonna, e cominciò a tirarla su un centimetro dopo l'altro mentre le faceva scivolare la bocca lungo il lato del collo.

Lei gli tolse la giacca, gettandola a terra dietro di lui per poi occuparsi del complicato nodo della sua cravatta. Le dita di Simon le sfiorarono la coscia nuda e ansimò quando sentì le sue mani calde e maschie sulla pelle.

Simon si bloccò a quel suono, e la fissò con un'espressione combattuta. Poi si allontanò e a Meg si strinse il cuore.

«Non dovresti essere qui» disse per la terza volta, ora con voce calma e bassa. Meg si aspettava che lui la costringesse a uscire, ad andarsene.

Invece, si sbottonò la camicia e la gettò via facendola finire insieme alla giacca. Poi allungò una mano e con un semplice movimento del polso le aprì i bottoni del suo abito. Le tirò giù il vestito e la camiciola, e all'improvviso lei si ritrovò davanti a lui senza nulla addosso, a parte le calze e le scarpine.

Simon scosse lentamente la testa mentre la guardava dall'alto in basso, lasciandola a domandarsi come giudicava ciò che vedeva. Quest'uomo che avrebbe potuto avere e aveva avuto tutto quello che voleva dalle donne. Era abbastanza bella? Abbastanza desiderabile?

La risposta arrivò quando Simon si slacciò i pantaloni e rivelò la sua erezione. Era lungo e duro. Scalciò via i pantaloni e si chinò in avanti, ingabbiandola contro la porta e sfiorandole le labbra avanti e indietro con le sue.

Fece un respiro come se volesse parlare di nuovo. Lei alzò la mano e gliela mise sulle labbra. «Ma io sono qui, Simon.»

«Sì, sei qui» sussurrò, poi le prese i fianchi con entrambe le mani e la sollevò.

Meg gli strinse le gambe intorno alla vita, aggrappandosi alle sue spalle per ritrovare l'equilibrio. Sorrise quando la sbatté con forza contro la porta e poi spinse, scivolando dentro di lei con un singolo movimento fluido.

Rimase a bocca aperta quando la penetrò, un'invasione così diversa dall'ultima volta in cui aveva sentito male. Stanotte sentì solo piacere, intenso e istantaneo. D'istinto gli sfregò contro i fianchi e il piacere aumentò in modo esponenziale.

Simon chiuse gli occhi ed esalò un lungo respiro prima di iniziare a pulsare dentro di lei. Spinte profonde che finiva sempre roteando i fianchi, per sfregarle il clitoride con ogni movimento.

«Oddio» le cominciò ad annebbiarsi la vista mentre tutto il suo mondo si focalizzava sul punto in cui erano uniti.

Simon spinse più forte, più veloce. La guardava in viso con intensa attenzione, variava il ritmo quando la vedeva cambiare espressione, la teneva sempre a un passo dall'orgasmo ma senza mai consentirle di trovare un completo abbandono. Meg provava piacere, ma in qualche modo sembrava anche una punizione. Come se Simon le stesse mostrando che poteva dare o togliere, che poteva farla supplicare per averlo.

Se tutto questo doveva servire a farla dubitare della sua decisione di andare da lui, non funzionava. Meg si sollevò contro di lui, gli strofinò i seni nudi contro il petto mentre gli infilava la lingua in bocca. Simon sapeva di menta, whisky, e di qualche altra dolce essenza che era solo Simon e nient'altro. Ne era inebriata, e fu allora che le consentì di lasciarsi andare.

Tre spinte perfettamente sincronizzate le fecero esplodere in corpo tutto il piacere che stava cercando. Scosse i fianchi contro quelli di Simon, i suoi muscoli interni si incresparono contro il suo membro ancora dentro di lei.

«Cristo, mi fai impazzire» mormorò Simon, mettendola finalmente a terra e separando i loro corpi.

Lei gli fissò il sesso ancora duro, luccicante grazie ai fluidi del suo orgasmo, e poi lo guardò. «Non hai intenzione di... di...»

«Venire?» finì per lei, dando un nome a quello che era appena accaduto. «Oh sì, Meg, ho tutte le intenzioni di venire. Dopo che sarai venuta di nuovo tu.»

Meg trattenne il respiro. Le tremavano già le gambe per quello che era appena successo e si sentiva esausta e rilassata in tutto il corpo. Non pensava di poter sostenere un secondo round di tale intensità.

«Ci... ci posso riuscire?» gli chiese, la voce le tremava forte come le mani.

Lui la prese per la vita e la trascinò in avanti, stretta contro il suo corpo duro. «È una sfida? Vorrà dire che vieni altre due volte prima che abbiamo finito.»

«Simon...»

La interruppe con un bacio violento e la portò di peso dall'altra parte della camera. La lasciò andare davanti allo specchio a figura intera nell'angolo della stanza. Meg arrossì quando si vide, i capelli ancora perfettamente raccolti, ma completamente nuda e ancora in preda ai tremiti dell'orgasmo.

Simon afferrò una sedia davanti al camino e gliela mise di fronte, con lo schienale imbottito rivolto verso di lei. La sedia le bloccava parte della visuale nello specchio, ma riusciva ancora a vedersi, con Simon che si profilava dietro di lei nel riflesso, il suo corpo nudo che quasi la sfiorava.

Le prese le mani da dietro e le guidò verso lo schienale della sedia, chiudendole delicatamente le dita intorno alla parte superiore. «Tieniti stretta» le ordinò con un tono denso di desiderio. «E guarda. Pensi di non poterne prendere ancora? Ti faccio vedere io.»

Questo nuovo lato dell'uomo che sarebbe diventato suo marito le tolse il respiro. Simon era pericoloso adesso, eppure lei era tutt'altro che spaventata. La sua passione era qualcosa che lei desiderava, non che temeva.

Simon si posizionò dietro di lei, le sollevò leggermente i fianchi prima di allargarla e scivolare di nuovo dentro il suo sesso fremente. Questa nuova posizione, che le consentiva di guardarlo mentre era ripiegato su di lei, sapendo che la stava prendendo, le riaccese in corpo un piacere nuovo e più potente.

Le si spalancarono gli occhi quando lui iniziò a spingerle dentro, forte e veloce. Stava colpendo qualcosa dentro di lei, un punto nascosto che le dava sensazioni meravigliose come quando le stimolava il clitoride. Meg si aggrappò più forte allo schienale della sedia, fissò il viso teso di Simon, ipnotizzata dalle proprie labbra dischiuse e dai movimenti sfrenati del suo corpo che si inarcava per andare incontro alle sue spinte. Era qualcosa di animalesco e lascivo e... perfetto.

Simon le afferrò i seni da dietro, li sollevò, le stuzzicò i capezzoli mentre allo specchio guardava loro due dimenarsi insieme. Lei sollevò la testa all'indietro, appoggiandola contro la sua spalla nuda mentre lui continuava a prenderla.

Lo sentì fare un gemito gutturale e poi le prese una mano, la staccò dallo schienale della poltrona e gliela mise tra le gambe. Le fece premere le dita contro la protuberanza scivolosa del suo clitoride e massaggiò. Fu attraversata da una fitta di piacere e gli si inarcò contro.

«Brava, così» le sussurrò all'orecchio, spingendo più forte mentre le liberava la mano e lasciava che si toccasse senza il suo aiuto. Meg continuò a strofinarsi il clitoride con la mano e a spingere indietro contro il suo uccello, in una tensione che non trovava rilascio finché per la seconda volta il suo corpo fu sconvolto da convulsioni di piacere estremo. Questa volta la sensazione fu ancora più intensa e Meg lanciò un grido. Si guardò venire allo specchio. Guardò lui mentre la faceva venire, con un sorriso perverso sulle labbra.

Il piacere aveva appena cominciato a svanire quando Simon scivolò fuori e la fece voltare verso di sé. La baciò con prepotenza, le succhiò la lingua, roteandole intorno la propria. Si staccò e girò intorno alla sedia contro cui l'aveva posseduta. La spinse indietro con gentilezza finché Meg non si ritrovò seduta a fissarlo eccitata e confusa, e pronta ad arrendersi a qualsiasi cosa volesse mai farle.

Lui si inginocchiò davanti a lei, la aprì facendole appoggiare ciascuna delle gambe sui braccioli della sedia. La fece scorrere in avanti, fino al bordo, e incontrò il suo sguardo quando abbassò la bocca e iniziò a leccarla. Il suo corpo si stava appena riprendendo dai due orgasmi precedenti quando la lingua di Simon vorticò sul suo clitoride, riportandola all'estremo confine tra piacere e dolore.

Meg gli conficcò le dita nei capelli, incoraggiandolo ad andare più a fondo, andando incontro alla sua lingua come una sgualdrina sfrenata. L'orgasmo arrivò rapidamente e le provocò tremiti così forti che la fece quasi cadere dalla sedia. Lui le premette le mani sui fianchi, tenendola ferma mentre prolungava il suo piacere più di quanto Meg pensasse di poter sopravvivere.

La osservò venire per la terza volta, e quando i suoi tremori svanirono la sollevò dal bordo della sedia, e la penetrò di nuovo mentre la portava a letto. La appoggiò contro il bordo e sostenne il suo sguardo quando sfregò forte e veloce una manciata di volte. Fece una smorfia e ringhiò chiamandola per nome mentre le versava dentro il suo seme caldo.

Per un momento rimasero così, con i corpi congiunti, lui appoggiato con le mani sul letto, sopra di lei, a fissarla. Poi Simon spalancò gli occhi e spostò lo sguardo. Quasi come se si fosse ridestato e adesso avesse davvero capito quello che aveva fatto.

«Simon?» sussurrò Meg.

Lui si alzò, indietreggiando. Era pallido come un cencio. «Scusa, Meg.»

«Scusa?» ripeté lei abbassando con cautela le gambe e scoprendo che in qualche modo poteva ancora sopportare il proprio peso.

«Ti ho trattato come una qualsiasi...» Si interruppe. «Ecco cosa mi succede con te. Perdo completamente la ragione.»

«Se questo è perdere la ragione, ci sto» disse lei scuotendo la testa.

«Ma guarda a cosa porta. Li hai sentiti bisbigliare, Meg. Sai quanto è costato.»

«Simon...»

Lui alzò una mano, distogliendo il viso. «No» mormorò. «Per favore, no, Meg. Io... lascio che ti rivesti. Che... ti rimetti a posto. Scusa.»

Non disse altro, si voltò e aprì la porta comunicante del suo camerino. Dopo che se ne fu andato, Meg sentì la chiave girare nella serratura e rimase a fissare la barriera che si era frapposta tra loro.

Era sconvolta dal fatto che lui l'avesse lasciata sola, ovviamente. Ogni volta che Simon si allontanava, faceva male. Meg però aveva anche speranza. Simon stava combattendo un conflitto interiore. Un conflitto che, se ne fosse uscita vincitrice, avrebbe potuto significare che potevano essere felici.

Così raccolse da terra la camiciola districandola dal groviglio disordinato del suo vestito e cominciò a pianificare la loro prossima schermaglia.

«Ho intenzione di vincere, Simon» disse facendo passare il tessuto sottile sopra la testa. «Ho intenzione di vincere.»

CAPITOLO TREDICI

Meg era alla finestra a guardare giù il vialetto sottostante dove James, Emma e sua madre erano intenti a dare il saluto di congedo ai loro ospiti. Questo rito siglava la fine del ricevimento di campagna, che sembrava essere iniziato una vita fa. In un certo senso, era così. Tante cose erano cambiate da quando era cominciato.

Cambiò posizione e gemette per il male ai muscoli che le fece venire in mente il momento di passione passato con Simon dopo il ballo della sera prima. In qualche modo si era costretta a tornare in sala da ballo dopo essersi rimessa in ordine. Per fingere che non fosse successo anche se ci pensava costantemente.

Simon non l'aveva imitata, provocando così molti sussurri tra la folla. Era certa che anche il fatto che non fosse stato visto da nessuno quella mattina sarebbe stato argomento di conversazione in molte carrozze sulla via del ritorno a Londra.

«Sembra che l'incubo non finisca mai» mormorò con un sospiro.

Dietro di lei, sentì qualcuno che si schiariva la gola e quando si voltò, vide Simon in piedi sulla soglia. Il suo viso era teso, ma altrimenti indecifrabile, e lei non aveva idea se avesse appena sentito le sue parole o fosse solo turbato dalla sua presenza in generale.

«Mi dispiace» le disse. «Non volevo disturbare.»

Si voltò come se stesse per lasciare la stanza e lei gli tese una mano, avvicinandosi con cautela. «Per favore, non andare.»

Simon rimase mezzo voltato dall'altra parte, mostrandole il viso solo di profilo. Chiuse gli occhi e lei vide di nuovo quel suo conflitto interiore. Quella guerra che doveva vincere lei.

«Meg» sussurrò lui, con tono supplichevole.

Lo ignorò e continuò ad andargli incontro. «Simon, non possiamo fare finta per un momento di essere ancora amici? Per favore, cerca solo di dimenticare il fidanzamento, quello che abbiamo... fatto insieme ieri sera o prima.»

Lui sussultò. «Chiedi l'impossibile. Non posso farlo.»

«Per favore» ripeté lei, raggiungendo finalmente il suo fianco. Gli prese la mano delicatamente, e lo sentì irrigidirsi, ma anche se lui avesse voluto tirarsi indietro, lei non glielo permise, e rinsaldò la presa. «Per un istante, mentre stavamo ballando la scorsa notte, entrambi abbiamo sentito riaccendersi la nostra sintonia.»

«E poi il mondo ha fatto i suoi commenti, Meg. Non mi dirai che non ti hanno rivolto frasi crudeli a causa mia?»

Meg ripensò un attimo allo spiacevole incontro tra lei e Sarah Carlton la sera prima, ma ne rimosse il ricordo. «Be', nessuno dirà niente adesso. Sono andati via tutti, è rimasta solo la mia famiglia, Simon. Per favore, vieni a sederti con me. Sii mio amico. Ne ho bisogno adesso e credo che ne abbia bisogno anche tu.»

Il conflitto interiore infuriò per un attimo, ma alla fine la guardò e lei capì che almeno questa battaglia era vinta. «Va bene.»

Meg sorrise e quasi lo trascinò sul divano. Praticamente lo spinse a sedere e si accomodò al suo fianco. Si chinò per versare il tè, mettendoci la quantità di zucchero che piaceva a lui prima di porgerglielo e preparare la sua tazza.

«Di cosa vuoi parlare?» le chiese con tono teso.

Meg intuì che Simon temeva che lei affrontasse il tema del loro fidanzamento o delle loro nozze o, addirittura, del loro *matrimonio*. Una parte di lei voleva parlare di tutti e tre questi argomenti.

Ma oggi voleva tornare alla loro amicizia, quindi sorrise come se non fossero oppressi da enormi problemi e disse: «Hai visto Sir William Hargrave in giardino ieri?»

Simon scosse la testa. «Non mi sembra. Cosa stava facendo?»

«Be', sai che gli sta cedendo la vista e ho saputo da fonte certa che ha gli occhiali, ma si rifiuta di indossarli. È vanitoso come un pavone.»

Simon aveva cominciato a sorridere. «Da fonte certa, eh?»

«Certissima, ma non intendo rivelarla» rispose lei con una risata. Provò sollievo in cuore quando ancora una volta ricaddero in quel tipo di amicizia giocosa e immediata che avevano condiviso per così tanti anni.

«Proteggere le fonti è una cosa della massima importanza, sono d'accordo» disse Simon, e sorseggiò il suo tè. «Quindi abbiamo un Sir William mezzo cieco che se ne va in giro in giardino, presumo senza occhiali.»

Lei annuì. «Esatto, ed era ormai tardo pomeriggio, per cui tra i cespugli e le statue che vi sono disperse in mezzo stavano allungandosi le ombre.»

«E poi?» la incoraggiò Simon.

«Ho sentito parlottare mentre stavo raccogliendo dei fiori freschi da mettere nell'atrio e quando ho seguito la voce, ho scoperto che Sir William stava facendo una lunga chiacchierata...» Fece una pausa d'effetto. «... con Venere.»

Simon scoppiò a ridere. «Stava parlando con la statua di Venere di James, quella seminuda? Quella che rivestivi di mantelli con tanto di cappello?»

«A onor del vero, ero poco più che una bambina quando mi divertivo a vestirla» disse Meg ridendo a sua volta. «Sono sorpresa che te ne ricordi.»

Simon si fece un po' più serio in volto. «Ricordo tutto» disse dolcemente.

Le batté più forte il cuore a quelle parole, all'aumentata intensità del suo sguardo quando le pronunciò, ma si costrinse a mantenere un tono leggero.

«Be', Sir William avrebbe probabilmente apprezzato la signorina

Venere in tutta la sua eleganza, perché era molto assorto nella conversazione che stava facendo con lei. Non riusciva quasi a respirare» aggiunse con un'altra risatina. «Ho pensato di fermarlo per spiegargli come stavano le cose, ma si stava divertendo molto. E non volevo metterlo in imbarazzo.»

Simon era scosso dalle risate e inclinò la testa all'indietro. Lo fissò, affascinata alla vista del Simon che aveva sempre conosciuto e amato, di nuovo qui con lei.

«Ovviamente sei troppo gentile per correggerlo. Poveretto, mi chiedo cos'abbia pensato quando la sua amica non gli ha risposto o non lo ha riaccompagnato dentro.»

Meg scrollò le spalle. «Che era brava ad ascoltare? O che faceva la difficile? In ogni caso, presumo che si sposeranno prima della fine dell'anno.»

L'ultima frase interruppe di colpo la risata di Simon che si fece di nuovo scuro in volto. Meg aggrottò la fronte. Apparentemente il riferimento a un matrimonio gli aveva riportato in mente le loro nozze imminenti.

«Immagino che tu ed io non siamo nella posizione di ridere del comportamento altrui» disse lentamente Simon. «Non dopo quello che abbiamo fatto.»

Meg strinse le labbra, riluttante a lasciarsi alle spalle il conforto che aveva trovato ancora una volta in compagnia di quest'uomo. In effetti, si rifiutava di rinunciarci.

Posò la tazza da tè e lo guardò negli occhi, inarcando la fronte in segno di sfida. «Stai parlando dello scandalo creato da Lady Margaret e dal bel Duca di Crestwood?»

Simon corrugò la fronte e la fissò. «Cosa stai cercando di fare?»

«Ovviamente c'era da aspettarselo che si sarebbero trovati in una situazione del genere presto o tardi.» Meg si sporse in avanti con aria cospiratoria. «Dopo tutto, sono *anni* che sono molto amici.»

Simon s'incupì ancora di più mentre cominciava a capire. «Margaret...»

«Dai, non fare il timido, Simon» gli disse. «Hai sempre notizie di prima mano sui nuovi pettegolezzi. Come stanno veramente le cose?»

Lui si schiarì la gola e per un momento Meg pensò che Simon avrebbe potuto alzarsi e scappare come scappava da giorni. Ma poi lo sentì sospirare. «Penso che c'è chi direbbe che il duca è un mascalzone e che avrebbe dovuto essere sfidato a duello dall'ex fidanzato di Lady Margaret o da suo fratello. C'è chi è morto in duello per molto meno di quello che ha fatto lui.»

Meg fu presa dal panico al solo pensiero di una cosa del genere. Al pensiero che Simon sarebbe stato disposto a battersi, a morire, per le offese che aveva causato a Graham e a suo fratello. E che solo la decenza di quei due uomini aveva impedito che avesse effettivamente luogo un duello.

Si costrinse a fare dei bei respiri per calmarsi prima di commentare: «Immagino che c'è chi direbbe anche che Lady Margaret avrebbe dovuto essere segregata in campagna, espulsa per sempre dalla buona società e persino dalla sua stessa famiglia.»

Simon sollevò un sopracciglio. «C'è chi direbbe che è stata la prima a suggerire quella soluzione.»

Meg sorrise, anche se il ricordo di quella orribile giornata nello studio di James non la rendeva affatto felice. «Potrebbe essere vero. Ma penso che tutte quelle persone si sbaglierebbero, a prescindere.»

«Davvero?» disse lui. «Allora *tu* cosa ne pensi?»

Meg gli si avvicinò un po', lasciando che le loro ginocchia si sfregassero tra loro. Anche quell'innocua frizione di tessuto su tessuto la rese consapevole del suo desiderio di avere molto di più.

«Penso» sussurrò, sollevando una mano tremolante per sfiorargli la guancia. «Che Margaret e il duca siano solo esseri umani. Che le persone commettano errori, soprattutto quando sono disperate.»

Il viso di Simon fu attraversato da un lampo di tristezza. «Pensi che sia stato un errore?»

«Forse il modo in cui è stato fatto.» Si sporse in avanti, lasciando che i seni gli sfregassero il braccio, inclinandogli il mento verso di lei. Le loro labbra quasi si toccarono quando aggiunse: «Ma non ne sono pentita, Simon. Vorrei che non ne fossi pentito nemmeno tu.»

Simon la fissò, mentre era scosso da una forte tensione in tutto il corpo. Ma poi le prese il mento e le posò le labbra sulle sue. La passione pulsò tra loro quando intrecciò la lingua con la sua, quando la attirò più vicino a sé, quasi in grembo. Ma c'era qualcos'altro in quel bacio. Qualcosa di più profondo del semplice desiderio. Qualcosa che Meg percepiva e a cui voleva aggrapparsi a piene mani.

Simon le accarezzò la bocca con la sua, delicato all'inizio, ma con crescente passione mentre lei gli avvolgeva le braccia intorno al collo. Lui inclinò la testa, e le spinse la lingua tra le labbra mentre il mondo intorno a loro svaniva e tutto ciò che restava era una potente sensazione fisica e una brama che guidava ogni loro azione.

Meg ne fu quasi travolta. Sentiva che anche Simon era vicino a provare la stessa sensazione quando si udì un lieve rumore venire dalla porta del salotto.

Si separarono di scatto, voltandosi entrambi verso il suono, e videro Emma sulla soglia. Era paonazza in viso e si era messa a osservare il soffitto come se ci fosse qualcosa di interessante da scovare, poi disse: «Oh, guarda, eccovi qua. Mi chiedevo dove foste finiti.»

Simon balzò in piedi e si allontanò da Meg scuotendo la testa. Ancora una volta tornò ad alzare il muro che aveva frapposto tra loro, le fece un inchino formale e disse: «Scusatemi, signore. Penso che farei meglio ad... andare.»

Pronunciò l'ultima parola con voce rotta, e senza ulteriori spiegazioni passò accanto a Emma e scomparve alla vista.

Meg si alzò lentamente in piedi e si avvicinò alla finestra. Guardò fuori a lungo, e alla fine vide Simon uscire dalla villa e avviarsi verso le dolci colline della tenuta, lontano dal cancello, in direzione dei boschi.

Non poté fare a meno di emettere un gemito di frustrazione. Emma non disse nulla, ma alla fine Meg la sentì chiudere la porta del salotto. Si voltò e trovò la sua amica appoggiata allo stipite, che la osservava attentamente.

«Non hai nessun altro con cui parlare» disse Emma. «Conosco

quel senso di isolamento quando le cose sono così... *complicate*. Ti va di dirmi che cosa sta succedendo?»

Meg chinò la testa. «Sono stata riluttante a discutere la situazione con te per via del tuo matrimonio con mio fratello. So che non avete segreti tra voi.»

«Hai paura che vada da lui, a raccontargli tutto quello che sento?» chiese Emma.

«Non è così?»

«Be', non ricordo di aver promesso niente del genere nei voti che ci siamo scambiati quando ci siamo sposati» disse Emma con una risata. «Ammetto che siamo onesti l'uno con l'altra. Ne abbiamo passate troppe sia da soli che insieme per non esserlo. Ma onestà non vuol dire che gli racconti ogni dettaglio di tutte le mie conversazioni. E penso che James vorrebbe che tu avessi un'amica nella situazione difficile in cui ti trovi. Solo se avessi la sensazione che ti stai mettendo in pericolo, riterrei necessario discutere con tuo fratello quello che ci diciamo in privato.»

Le parole di Emma erano di grande conforto e Meg la adorava. L'idea di condividere la verità con un'amica era davvero allettante.

Tuttavia, si mantenne cauta e le disse: «Se non ti metterà in una posizione difficile.»

Emma fece un passo avanti e le prese la mano. «Tu ed io siamo amiche. Ti voglio aiutare. Parlami.»

«Simon...» iniziò, e poi fu come se fosse venuta giù una diga e le parole si riversarono fuori tutte d'un colpo. «Oddio, Emma, si *detesta* per quello che ha fatto a Graham, a James, a tutti i compagni del loro club. So che viene visto come un tipo un po' superficiale, penso sia dovuto al fatto che è sempre pronto a ridere o a scherzare, ma non è vero.»

«No, tutti quelli che lo conoscono davvero riconoscono quanto sia profondo di carattere» disse Emma. «È molto sensibile.»

Meg annuì mentre le lacrime le offuscavano gli occhi. «E in questo momento ha deciso di punirsi. Di tenersi lontano dalla felicità perché sente di non meritarsela. Non ho idea di dove ci porterà tutto questo.»

Emma annuì lentamente. «James ha detto qualcosa di simile. Che è tipico di Simon castigarsi. Ma sappiamo dove ci conduce tutto questo, Meg.»

«Dove?» chiese Meg, terrorizzata dalla risposta.

«A un matrimonio» disse Emma con un sorriso. «Tutto questo conduce a un matrimonio, no? Arrivateci e vedi se poi la situazione cambia.»

Meg deglutì a fatica. «E se non cambiasse?»

«Allora ti fascerai la testa quando te la sarai rotta.» Emma le strinse delicatamente la mano. «Ce la puoi fare, so che puoi farcela. Le cose non sono state facili neanche per me e James. Lo sai. Ma adesso siamo felici. Forti della nostra consapevolezza che ci amiamo e che ci impegneremo per rendere il nostro amore più robusto ogni giorno. Ci vuole impegno, dedizione e comprensione, ma ne vale la pena. E so che intraprenderai lo stesso cammino.»

«Ma lui invece?» chiese Meg.

Emma arrossì di nuovo. «Di sicuro sembra nutrire una grande passione per te, se devo basarmi su quello in cui mi sono imbattuta entrando.»

Meg scosse la testa mentre la bombardavano i ricordi, dal bacio appassionato nel cottage la notte che aveva dato inizio a tutto questo al calore del suo tocco la sera prima, quando aveva rivendicato il suo piacere più e più volte.

«Passione» rispose con un brivido. «Oh sì, quella c'è. Almeno *quella* se non altro, ed è l'unica speranza a cui mi aggrappo, l'unico modo per fare in modo che mi ceda un po' di se stesso.»

«Devo presumere che voi due abbiate già...» Emma agitò la mano per indicare l'ovvio.

Meg sorrise nonostante l'argomento difficile. Nonostante la passione che l'amica provava per suo marito fosse palese come poche, Emma non si sentiva a suo agio nel parlare di certe cose ad alta voce. Nemmeno in privato tra amiche.

Meg esitò. «Non abbiamo fatto davvero niente quella notte nel cottage quando tutto è saltato per aria, Emma. Mi ha baciato una sola volta, ma non è andato oltre.»

«Ma certo» disse Emma. «Non ho mai pensato diversamente. Credo che neppure James lo abbia pensato, e nemmeno Graham. Ma le cose ora sono cambiate, ovviamente.»

«Simon e io ci siamo girati intorno per anni» sussurrò Meg. «Solo come amici in apparenza, ma sotto la superficie sapevamo entrambi quello che non osavamo ammettere. Che c'erano sentimenti più profondi e desideri che non avrebbero mai potuto essere realizzati.»

«Ma ora si possono realizzare» concluse Emma.

Meg annuì. «Almeno i desideri. Simon si rifiuta di affrontare i sentimenti. Ma dopo che ci siamo fidanzati, tutta quella passione, tutto quel desiderio, sono esplosi.»

«E ti è... piaciuto?» balbettò Emma.

«È meraviglioso» ammise Meg con un sospiro. «Così diverso da come lo descrivono alcuni. Non c'è sopportazione o sofferenza. Sono sua pari nella ricerca del mio piacere e del suo. E il piacere è immenso.»

Emma sorrise, e la luce nei suoi occhi fece capire a Meg che aveva compreso sul serio. «Ne sono contenta. Ti meriti quel tipo di sintonia. Ed è un buon segno. Se Simon permette quella passione, significa che un giorno potrebbe permettere il resto.»

«Ci spero anch'io. So di non poter tenere separati i desideri della mia mente e i bisogni del mio corpo. Posso solo sperare che sia lo stesso per lui. Forse un giorno potrò aiutarlo a capire che tenere un muro tra noi non cambierà quello che abbiamo fatto. Ci impedirà solo di essere felici.»

Emma le fece scivolare un braccio intorno alla vita, e insieme guardarono fuori dalla finestra, in silenzio, mentre riflettevano sui segreti che avevano condiviso. Meg si sentiva meglio dopo essersi confidata.

Ma non era stato risolto niente. E sapeva che aveva ancora una grande battaglia davanti a sé se voleva che il suo futuro fosse stabile e felice come quello di Emma e James.

CAPITOLO QUATTORDICI

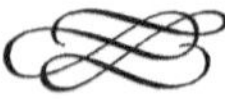

Simon trattenne il fiato quando Meg uscì dalla villa e prese posto accanto a lui sulla grande scalinata contro cui terminava il vialetto d'ingresso. Era stupenda in quell'abito verde scuro dal taglio scollato, non in modo scandaloso, ma abbastanza perché la sua immaginazione prendesse il volo.

Ovviamente l'aveva vista negli ultimi cinque giorni. Avevano condiviso i pasti, si erano incontrati per i corridoi e avevano conversato del più e del meno con la sua famiglia. Ma non erano stati soli insieme da quando si erano incontrati in salotto la mattina in cui gli altri ospiti erano partiti. Né gli era stata offerta la possibilità di andare nella sua stanza o di farla venire nella propria di notte.

Poteva forse fingere che fosse perché entrambi erano stati molto impegnati con i preparativi per l'imminente cerimonia di nozze, fissata per il giorno successivo. Lui e James avevano discusso la licenza speciale e preparato altri documenti e accordi formali. Sapeva che anche Meg ed Emma erano state coinvolte in un turbinio di attività, a giudicare dai servitori costantemente indaffarati e dalla schiera infinita di sarte che entravano e uscivano dalla villa con rotoli di tessuto.

Ma lui aveva un vago sospetto che non fosse questo il motivo per cui non aveva avuto un momento da solo con Meg. Emma aveva assistito al loro abbraccio appassionato in salotto. Era quindi propenso a credere che tutta questa attività fosse in parte organizzata per impedire loro di arrendersi di nuovo al desiderio prima che avessero pronunciato i voti.

Così si struggeva per lei mentre Meg gli prendeva posto accanto. Aveva voglia di toccarla. Di baciarla. Di sentire il suo corpo contro il suo. Oh, la voleva, certo, ma soprattutto gli mancava la sua compagnia. Quella sintonia che era sempre stata così immediata tra loro ma che ora sembrava così impossibile e fuori portata.

In quel momento di presa di coscienza, lei lo guardò con un tenue sorriso. «Simon.»

«Sei bellissima» le disse dolcemente.

Meg dischiuse le labbra per la sorpresa a quel complimento e il senso di colpa lo trafisse. Era una causa persa in partenza, da qualsiasi punto di vista la guardasse. O si teneva a distanza, a mo' di castigo per le sue cattive azioni e feriva Meg, oppure le si avvicinava e prendeva ciò che voleva senza pensare a tutto ciò che aveva distrutto.

Aggrottò la fronte e rivolse lo sguardo in avanti per osservare una carrozza che attraversava il cancello di gran carriera, risaliva il lungo viale e si fermava nello spiazzo circolare davanti a loro. Il sigillo sulla portiera della carrozza era il suo, il nome dei Crestwood rappresentato da una *C* infiorettata circondata da cavalli impennati intagliati e filigrana d'oro, e gli venne un nodo in gola quando un valletto corse ad aprire la porta per aiutare a scendere i nuovi arrivati.

Sua madre scese dalla carrozza in un'esplosione di profumo e sdegno. Guardò su per le scale, il suo sguardo sorvolò sugli altri e infine si posò su Simon. La donna strinse gli occhi e assottigliò le labbra, e lui ne percepì il disprezzo più forte che mai.

Lady Crestwood salì le scale e iniziò a porgere i suoi saluti partendo dall'estremità opposta della fila, andando prima dalla Duchessa Madre di Abernathe. Le sue parole arrivarono alle orecchie di Simon, scuse per il pasticcio in cui Simon li aveva messi, rammarico per tutti i guai, vaghe congratulazioni a Emma e James, anche se tirò su col naso quando squadrò Emma da capo a piedi.

Alla fine arrivò da lui e Meg. Meg alzò il mento quando la duchessa di Crestwood li fissò. «Ed eccovi qui voi due» fu tutto quello che disse.

«Benvenuta, Vostra Grazia» disse Meg, tendendo una mano che sua madre ignorò.

Simon si irrigidì, frustrato dal fatto che il disprezzo per lui si estendesse chiaramente anche alla sua futura sposa.

«Madre» la salutò.

La donna tirò su col naso ancora una volta e si voltò verso gli altri. «Sto morendo di sete dopo quell'orribile viaggio. Possiamo ritirarci in un salotto per un tè?»

«Certo» disse Emma, facendo un cenno a Grimble mentre lei e James facevano strada. «Seguiteci, vi prego.»

La Duchessa di Crestwood voltò bruscamente le spalle al figlio e si avviò insieme alla madre di Abernathe, lasciando Meg e Simon soli sulle scale. Lui fece un grande sospiro prima di porgere il gomito a Meg.

Invece di prenderlo a braccetto lei restò ferma a guardarlo con un'espressione carica di comprensione ed empatia. Naturalmente conosceva sua madre da moltissimi anni. Conosceva parte della storia alla base del conflitto che ancora esisteva tra loro.

«Non ti ha perdonato?» gli chiese con un filo di voce.

Lui si irrigidì, distolse il volto, e senza guardarla rispose: «No.»

Meg alzò la mano e gliela mise sulla guancia per riportare il suo sguardo su di lei. Si alzò lentamente in punta di piedi e gli sfiorò le labbra con le sue. Ogni altro bacio tra loro era stato appassionato, trascinante, possessivo, disperato. Questo era diverso. Quando lei si ritrasse con un timido sorriso, il cuore gli traboccò di tutti i sentimenti che non avrebbe dovuto provare.

Meg gli fece scivolare la mano nell'incavo del gomito e gli diede una tiratina. «Vieni, affrontiamola insieme.»

Simon fece come gli aveva ordinato, permettendole di guidarlo in casa e lungo il corridoio fino al salotto dove erano andati gli altri. Non disse nulla, ma si meravigliò della sua forza gentile, della sua solidarietà con lui in quel momento. Non aveva avuto fratelli con cui crescere. Si era sentito quasi senza una famiglia fino a quando non aveva incontrato James e Graham e avevano dato vita al loro club con tutti gli altri. Questo era in parte il motivo per cui il suo tradimento era così maledettamente orribile.

Ma entrare in salotto con Meg, sentire la sua presenza e il suo sostegno mentre sua madre gli rivolgeva un'altra occhiataccia, sembrava qualcosa di più profondo di semplice famiglia.

Questa era la possibilità di un vero sodalizio, di non essere mai soli anche se erano separati, perché le loro anime erano unite tanto quanto i loro corpi e le loro vite. Ed era elettrizzante e terrificante allo stesso tempo, perché sapeva di non meritare un simile legame.

Si staccò da Meg con gentilezza e andò verso la credenza dove Emma gli stava già porgendo una tazza di tè. Si sforzò di sorridere a sua madre e disse: «Sono felice che siate arrivata in tempo per le nozze, madre. Pensavo che avreste potuto raggiungerci prima: la mia lettera vi è giunta in ritardo?»

La duchessa inarcò un sopracciglio, la linea crudele delle sue labbra si inclinò in un mezzo sorriso sgradevole. «No. Semplicemente non ho ritenuto ci fosse motivo di precipitarmi a celebrare l'umiliazione che ci hai causato. E per quanto riguarda quello che hai pensato, *io* ho *pensato* molto a te, ragazzo mio. Vuoi che ti elenchi tutti i pensieri che ho avuto?»

Simon sussultò non solo per la feroce crudeltà delle sue parole, ma per il modo in cui tutti gli altri presenti si agitarono, a disagio davanti a quella pubblica reprimenda. Tutti, tranne Meg che si affrettò a raggiungere la duchessa sorridendo come se nulla fosse accaduto, anche se i suoi occhi brillavano di rabbia, difensiva com'era nei confronti del suo nuovo fidanzato.

«Vostra Grazia, perché non vi sedete? Avete avuto una giornata impegnativa. Vi porto il tè» disse. «Due cubetti di zucchero e latte, giusto?»

La duchessa apparve sorpresa che Meg lo sapesse e annuì. «Sì, proprio così. Grazie.»

La donna si allontanò da Simon, andò ad accomodarsi in un posto davanti al camino e cominciò a conversare con la madre di Abernathe mentre Meg ed Emma preparavano il tè per gli altri. Simon si mise accanto alla finestra dall'altra parte della grande stanza ad osservare.

James impiegò meno di trenta secondi per congedarsi dalle signore e unirsi a lui. Simon si rifiutò di voltarsi verso il suo amico, ma continuò a guardare Meg trattare la sua irritabile madre con grazia e gentilezza. Di tanto in tanto, lei lo guardava, incrociando apposta i suoi occhi, lanciandogli il messaggio che era sua alleata.

Ed era molto di più, in verità. Era la sua migliore amica. Lo era stata per quella che sembrava un'eternità, molto più di quanto lo fossero mai stati James o Graham.

«Tutto bene?» gli chiese infine James.

Simon continuò a non guardarlo. «Oh sì. Mia madre mi disprezza da anni, come ben sai. Ora ha solo un gruppo più nutrito di persone che concordano con la sua cattiva opinione sul mio carattere. La renderà felice sapere che in molti mi vedono come un fallito sia come uomo che come amico.»

James si mise di fronte a lui, costringendo Simon a guardarlo. Aveva la mascella tesa, gli occhi lucidi dall'emozione. «*Io* non ti disprezzo» gli disse a bassa voce.

Simon trattenne il fiato. Dopo lo scandalo che aveva dato inizio a tutto questo, lui e James non avevano parlato di ciò che aveva fatto. Aveva evitato l'argomento, a dire il vero, perché non voleva sentir dire a James che lo odiava. Non voleva perdere una delle persone che amava di più, soprattutto perché aveva già perso Graham e chissà quanti altri nella loro cerchia.

Ma ora James gli confermava il suo affetto, e stava rendendo la sua posizione chiara come la finestra che si affacciava sul giardino dietro di loro.

«No?» chiese Simon.

James per tutta risposta scosse lentamente la testa.

Simon voleva tenersi aggrappato a quella risposta. Voleva sentire di meritarsela. Ma poi pensò alla smorfia di Graham prima di andarsene, al modo in cui si era congedato non solo da Simon e Meg, ma anche da James e dagli altri.

«Dopo che ho distrutto la tua amicizia con Graham, rovinato tua sorella e danneggiato il tuo nome di famiglia, non mi disprezzi *ancora?*»

«No» confermò James con fermezza.

«Be', dovresti» sussurrò Simon.

«Ti disprezzi abbastanza da solo» ribatté James.

Simon era pronto a rispondere, ma prima che potesse farlo, sua madre si alzò in piedi. «Vorrei ritirarmi.»

Simon sospirò e si fece avanti. «Posso condurvi alla vostra camera, madre?»

Lei lo guardò dall'alto in basso, poi scosse la testa. «No grazie. Preferisco che lo faccia Grimble. Buon pomeriggio.»

Simon strinse i denti mentre se ne andava. Non sopportava il modo in cui il resto dei presenti, i suoi amici e la sua futura sposa lo fissavano tutti e lo compativano quando meritava biasimo, non comprensione. «Scusatemi» sbottò tutto d'un fiato.

Senza aspettare una risposta, lasciò la stanza, scappando da quello che sentiva, da quello che voleva e da quello che sapeva di non dover avere.

Meg era in piedi su una scatola di legno al centro della sua stanza, e se ne stava perfettamente immobile mentre la sarta faceva gli ultimi ritocchi al suo abito. Tra meno di ventiquattro ore l'avrebbe indossato per diventare la moglie di Simon.

Questo era un evento che aveva spesso sognato, soprattutto dopo il suo fidanzamento con Graham. In effetti, a volte l'immagine del suo abito da sposa era l'unica cosa di quel matrimonio che aveva effettivamente aspettato con ansia. Eppure oggi non ci pensava affatto, nonostante il vestito fosse bellissimo, con le sue sete rosa pallido, il

rivestimento in pizzo color crema e le perle cucite a mano che danzavano lungo la gonna.

«Posso farti una domanda?» chiese Emma mentre la sarta si
scusava per andare a prendere dell'altro tessuto.

Meg annuì. «Certo.»

«Quando è arrivata la Duchessa di Crestwood oggi, me
l'aspettavo...»

«Diversa?» chiese Meg stringendo i denti, mentre pensava al
comportamento sgradevole della sua futura suocera. Si era sforzata di
essere gentile per alleviare il disagio di Simon, ma avrebbe preferito
dare uno schiaffo in faccia alla duchessa.

«Sì» confermò Emma. «Perché è così crudele con Simon?»

Meg fece un profondo sospiro mentre scendeva dal suo trespolo, e
si avvicinò al camino. Fu assalita dai ricordi, incluso quello vivido di
Simon nella stalla sei anni fa, con le lacrime che gli scorrevano sul
viso mentre cercava di elaborare la morte di suo padre. Gli aveva
tenuto la mano: era tutto quello che aveva potuto fare.

«Il padre di Simon non era come il nostro» disse alla fine. «Non
era così crudele e abietto. Ignorava Simon, però. Lo ignorava completamente. Niente di quello faceva riusciva mai ad attirarne l'attenzione.
Buoni voti a scuola, buona condotta, cattiva condotta, era tutto
inutile.»

«Deve aver desiderato ardentemente qualcuno con cui creare un
legame» disse piano Emma, portandosi la mano sulla pancia, come
per proteggere il bambino dentro di lei da tanta crudeltà.

Meg annuì. «E lo ha trovato, con mio fratello e il loro club di
amici.» Sospirò. «Credo sia parte del motivo per cui è così devastato
dal ruolo che ha avuto nella rottura della sua amicizia con Graham.»

«E sua madre era come suo padre?» chiese Emma, tornando all'argomento originale.

"No, a lei importava solo mantenere le apparenze. Sembrare la
famiglia perfetta, il duca perfetto, tutto perfetto.» Meg incrociò le braccia. «Ma quando Simon ha trovato il riconoscimento con i suoi amici,

ha smesso di cercarlo da suo padre. Passava le vacanze con noi, non con loro. Poco prima che suo padre morisse, il duca inviò una lettera a Simon. Era orribile, piena di richieste.» Tremò. «Simon non rispose. Suo padre morì poco dopo e Simon non tornò a casa per il funerale.»

«Immagino che la duchessa si arrabbiò» disse Emma scuotendo triste la testa.

«Quella cerimonia doveva essere uno dei suoi momenti clou, con tutti gli occhi su di lei per la sua perdita. Sono sicura che avesse pianificato ogni minimo dettaglio, dai singhiozzi al fazzoletto stropicciato in mano» disse Meg, incapace di trattenere il disgusto nel suo tono. «E invece dovette passare la giornata a spiegare perché suo figlio non era venuto. Certo, la ragione era che Simon era *qui* che cercava di elaborare la morte di un padre che non aveva mai avuto veramente. Ma lei non lo ha mai perdonato.»

Emma sospirò. «Be', questo spiega sicuramente molte cose riguardo a Simon.»

Meg corrugò la fronte. «Tipo cosa?»

Emma si strinse nelle spalle. «Be', a parte le ultime settimane, non è mai serio. Quando è con gli altri, spesso finge di essere un tipo superficiale, anche se è ovvio che non è vero. E non... *combatte*, nemmeno per quello che vuole o in cui crede.»

Meg trasalì. Quest'ultima osservazione la toccava da vicino. Simon non aveva mai combattuto per lei.

«E... E pensi che sia a causa di quello che ha passato da ragazzo?» sussurrò.

Emma annuì. «Tutti portiamo con noi il nostro passato, no? Io di sicuro. James lo ha fatto per molti anni, e anche ora che il fardello è più leggero, gli pesa ancora. Simon non è diverso. Immagino che se ha passato la vita senza mai ricevere l'attenzione di suo padre o senza soddisfare gli standard incredibilmente elevati di sua madre, sia diventato restio a cercare di conquistare qualsiasi cosa.»

Meg ci pensò su. Non ci aveva mai pensato in quei termini prima. «Suppongo che tu abbia ragione. Fingere di essere felice e contento in ogni momento è più facile che lottare per ciò che sembra irraggiungibile.»

In quel momento rientrò la sarta. Meg tornò al suo posto ed Emma passò ad un argomento meno personale di fronte all'estranea. Ma le parole di Emma le risuonavano ancora in testa.

Era possibile che Simon fosse incapace di combattere per quello che voleva. Ma se non l'avesse fatto, Meg non era certa di essere in grado di combattere abbastanza forte per entrambi.

CAPITOLO QUINDICI

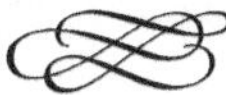

Simon era sposato da otto ore. Sebbene fosse stata una cerimonia semplice, con solo il vicario e le loro famiglie presenti, in qualche modo la giornata era andata avanti per le lunghe. Lui e Meg erano stati trascinati da un impegno all'altro e non erano mai stati soli.

Ma ora, mentre se ne stavano in salotto, con il liquore del dopocena in mano, Simon cominciava a vedere una luce alla fine di questo lunghissimo tunnel. E la luce conduceva a letto... con sua moglie.

Rabbrividì al pensiero di averla dopo tanti giorni di separazione. Di averla ora che era veramente sua e lui era veramente suo. C'era un significato in questo, anche se voleva negarlo con disperazione.

James stava parlando, e per la prima volta da quando aveva cominciato, Simon prestò attenzione alle parole che uscivano di bocca al suo amico. «... a Londra tra due giorni» disse James.

Simon sbatté le palpebre. «Mi spiace, ero distratto. Perché tornare a Londra così presto?»

Emma inclinò la testa e il suo sguardo scivolò tra lui e Meg. «James crede che tornare a Londra come gruppo familiare, invece di nascondersi in campagna, dimostrerà al mondo che diamo pieno sostegno al vostro matrimonio. Incoraggerà l'accettazione indipendentemente da quanto sia ancora forte lo scandalo.»

Simon strinse le labbra. Gli era facile immaginare che lo scandalo non fosse ancora rientrato, anzi. A meno che qualcun altro non avesse fatto qualcosa di veramente orribile, lui e Meg sarebbero stati l'argomento di conversazione per ciò che era rimasto di questa Stagione e probabilmente per tutta la prossima.

«Dobbiamo andare avanti con la nostra vita» disse Meg con un tono di finta allegria. «Sono d'accordo che un ritorno a Londra ci darà la possibilità di farlo.»

Poi gli lanciò un'occhiata e lui trattenne il respiro. Erano sposati. Quando sarebbero tornati a Londra, si sarebbe trasferita nella sua residenza in città. Avrebbero vissuto veramente come marito e moglie.

Si schiarì la gola e cercò di trovare un minimo di concentrazione. «Sì, be', suppongo sia tutto quello che possiamo fare. Adesso mi sento molto stanco. È stata una giornata lunga.»

Meg mise giù il bicchiere e si mosse verso di lui. «Io... vengo con te» disse, con le guance in fiamme.

Simon deglutì a fatica e le offrì il braccio. Insieme si accomiatarono dagli altri e poi lui la guidò verso la porta del salotto. Avevano fatto solo pochi goffi passi verso le scale quando sua madre uscì dalla stanza dietro di loro.

«Simon» lo chiamò.

Si voltò, portandosi dietro Meg nel movimento, e trattenne a malapena un sospiro. L'ormai Duchessa Madre di Crestwood aveva un'espressione acida e critica come sempre. Questo chiaramente non doveva essere un momento di solidarietà tra di loro. Non che si ricordasse che ce ne fosse mai stato uno prima.

«Sì, madre?» sbottò, concentrandosi il più possibile sulla delicata sensazione delle dita di Meg contro il suo braccio. Lo stava stringendo leggermente di più adesso, un salvagente contro ciò che lo aspettava.

«Dato che ho poca scelta, ti sosterrò come meglio posso in pubblico» disse la vedova. «Se andassi contro di te renderebbe solo tutto più difficile per *me*.»

Simon scosse leggermente la testa. «Be', sono sicuro che Meg e io apprezziamo il sostegno, a prescindere dal motivo per cui viene offerto.»

Fece per andarsene, e sua madre scattò dicendo: «Non ho finito.» Sentì Meg irrigidirsi al suo fianco mentre riportavano la loro attenzione sulla Duchessa Madre che continuava a parlare. «Sei sempre stato una delusione, Simon, quindi non avrei dovuto aspettarmi niente di più da te in questo. Ma voglio essere perfettamente chiara sul fatto che il mio sostegno pubblico non riflette in alcun modo un sentimento privato. La tua ridicola decisione di agire col cuore piuttosto che con la testa mi dimostra che sciocco tu sia. Rimettiti in sesto, o perderai tutti i tuoi alleati. Inclusa me.»

Simon strinse i denti. Aveva sentito diverse varianti di questo discorso nel corso degli anni. Oggi sua madre aveva colpito nel segno, perché aveva ancora i nervi scoperti per tutto quello che aveva fatto per arrivare a questa situazione. Aprì la bocca per rispondere, ma Meg sottrasse la mano dal suo braccio e fece un passo avanti.

«Vostra Grazia, Simon ed io siamo infinitamente consapevoli del male che abbiamo fatto a noi stessi e a coloro che ci circondano, sia come contraccolpo sociale che in termini di danni emotivi. Non c'è bisogno di dircelo, perché a parte il Duca di Northfield, non credo che nessuno stia soffrendo tanto quanto noi. Non che voi siate di alcun conforto, ma è così.»

«Margaret...» iniziò sua madre, con gli occhi che le lampeggiavano.

Meg alzò una mano. «*Non* ho finito. Il fatto è che Simon avrà bisogno di sostegno, non solo in pubblico, ma in privato, mentre cerchiamo di gestire questo momento difficile. Se non siete in grado o non siete propensa a darlo, allora vi offro una soluzione: stateci lontano.»

La donna dischiuse le labbra e ansimò tanto forte che il suono sembrò echeggiare nel corridoio. «Come osate? Che diritto avete di parlarmi in questo modo?»

«Oggi ho sposato vostro figlio» ringhiò Meg. «Questo fa di *me* la Duchessa di Crestwood adesso, e sono responsabile dell'immagine che scegliamo di dare al mondo. Vedo di spiegarmi: se parlerete di nuovo a mio marito come avete appena fatto, vi escluderò dalla nostra cerchia così in fretta che quasi non ve ne accorgerete.» Meg sorrise, ma non era il solito sorriso caldo e accogliente che le abbelliva le labbra. «Voi ed io possiamo essere alleate, oppure possiamo essere nemiche pubbliche. È una vostra scelta. Ma scegliete saggiamente, perché so quanto significano per voi le apparenze.»

Rimasero tutti fermi sul posto per un momento, sia Simon che sua madre, scioccati dalla dichiarazione di Meg. Alla fine, la Duchessa Madre gli si avvicinò. Simon si irrigidì, pronto per un altro attacco, o rimprovero, o ordine.

Invece sua madre lo guardò negli occhi. Aveva le narici allargate e le lampeggiavano gli occhi per la rabbia, ma con suo estremo stupore gli disse: «Ti porgo le mie scuse, Simon. Ho parlato a sproposito. Ovviamente hai il mio pieno sostegno.»

Simon rimase ipnotizzato a guardare. In tutti i suoi anni su questa terra, sua madre non gli aveva mai chiesto scusa. Lui lo aveva fatto decine di volte, ma quel gesto non era mai stato ricambiato. Adesso sapeva a malapena cosa fare.

Non che Meg ne fosse preoccupata. Fece un altro sorriso tirato e si chinò a dare un bacio sulla guancia a sua madre. «Grazie, Vostra Grazia. Adesso io e mio marito ci ritiriamo. Vieni, Simon » disse, prendendolo di nuovo per il braccio e lo fece voltare verso le scale.

La seguì, quasi alla cieca, con le orecchie che gli ronzavano ancora per quello che era appena successo. Quello che Meg aveva detto e fatto.

Il fatto che lei lo avesse difeso, cosa che nessuno aveva mai fatto in vita sua. Quando raggiunsero la porta della sua camera, si voltò verso di lei.

«Meg» sussurrò.

Lei alzò il viso, gli occhi scuri limpidi e concentrati su di lui. Gli venne da trattenere il fiato, sapeva che era sua, ma era ancora esitante a concedersi questa realtà.

«Grazie» mormorò.

«Per cosa?» gli chiese Meg, alzando una mano per toccargli il viso.

Lui scosse la testa. «Lo sai. Per quello che hai detto a mia madre.»

Un'ombra le attraversò il viso. «So che le ho mancato di rispetto e normalmente non sarei così schietta, ma sono stanca del modo in cui ti tratta, Simon. E non lo sopporterò in casa mia, non finché sono duchessa.»

Lui non poté fare a meno di sorridere. «Sei duchessa da appena otto ore e già detti le tue regole.»

Lei annuì e gli mise una mano dietro la schiena per aprire la porta della sua camera. «Esatto. Ora vieni dentro e possiamo...»

Meg si interruppe di colpo e lui si voltò a vedere cosa ci fosse nella stanza da aver attirato l'attenzione di sua moglie. Quando lo vide, gli mancò il fiato. La stanza era illuminata da dozzine di candele, c'erano fiori che adornavano ogni tavolo e il fuoco che ardeva nel camino. C'era una bottiglia di vino sul tavolino accanto al letto e due bicchieri.

Meg scosse la testa. «Emma.»

Simon inarcò le sopracciglia. « Pensi sia stata lei?»

«Sì» poi entrò nella stanza, e andò in giro ad annusare le rose più vicine. «Questa sarà la prima volta che lo facciamo senza sgattaiolare in giro.»

Simon chiuse la porta dietro di sé e girò lentamente la chiave nella serratura. «Sì. E dato che tutti gli altri ospiti se ne sono andati e mia madre è stata messa in una stanza nell'ala di famiglia, nessuno potrà sentirci.»

Meg si voltò a guardarlo, gli occhi ora illuminati dal desiderio. «Sembra molto promettente» sussurrò.

Lui aggrottò la fronte quando la realtà cominciò a farsi strada. «Meg» sussurrò.

Lei gli si avvicinò con pochi lunghi passi. «Basta» ordinò. «Avrai tutta la vita per dirmi quanto sia sbagliato. Quanto ti senti in colpa. Quanto meritiamo di soffrire. Stanotte toccami e basta. Per favore.»

Gli prese la mano mentre parlava e la sollevò delicatamente, premendola contro il seno mentre manteneva il contatto visivo. Simon osservò le sue dita contro l'abito di pizzo rosa, e le chiuse intorno al suo morbido seno. Meg trattenne il respiro e lui sorrise.

«Mi state seducendo, Vostra Grazia?» le chiese.

Lei annuì. «Proprio così, Vostra Grazia.» Gli voltò le spalle. «Ora slacciami.»

A Simon tremarono le mani quando le sollevò sull'allettante fila di minuscoli bottoncini che andavano dalla parte superiore del suo abito fino a dove le si rigonfiava il sedere sotto il tessuto. Li allentò uno a uno, armeggiando in fretta con le dita nell'ansia di vederla senza quel bel vestito. Le sfiorò la camiciola e lei sussultò come se tra loro fosse passata una scossa elettrica.

Simon sorrise e si chinò a baciarle gentilmente il collo. «Lo sento anch'io» sussurrò.

Lei inclinò la testa all'indietro e gliela appoggiò sul petto, spinse il corpo contro il suo e sfregò leggermente il sedere contro il suo sesso. Simon trattenne il respiro, perché Meg stava rapidamente diventando esperta di quel che gli piaceva, di come farlo impazzire di desiderio. Vero è che lo aveva sempre fatto impazzire, senza nemmeno provarci. Che adesso lo facesse consapevolmente lo rendeva solo più intenso e potente.

Simon sganciò gli ultimi bottoni, ma prima che potesse abbassarle il vestito, lei si allontanò. Si voltò verso di lui, lo guardò negli occhi e liberò lentamente un braccio, poi l'altro. La seta scivolò verso il basso, centimetro dopo centimetro, finché non si fu tolta di dosso il vestito e si trovò davanti a lui con solo la sua camiciola.

Lui riusciva a malapena a respirare. La sottoveste era dello stesso rosa tenue dell'abito, ma era così sottile che era quasi trasparente. Sotto vide l'ombra dei capezzoli inturgiditi e il triangolo del suo sesso ancora più in basso. Con un sospiro, Meg si tolse la camiciola e restò davanti a lui nuda. Lui rimase paralizzato, a fissarla, ad assorbirla con lo sguardo godendosi quanto fosse bella.

«Togliti i vestiti» gli ordinò Meg, con voce tremante.

Simon inarcò un sopracciglio. Per qualche ragione non si era mai immaginato che Meg prendesse il controllo in quel modo. Ma scoprì che gli piaceva. Sostenne il suo sguardo mentre si levava la giacca, poi si portò le mani alla cravatta, la slacciò e srotolò la lunga fascia di seta bianca finché non gli penzolò dalle dita.

«Ho un'idea su cosa farne» sussurrò Simon.

Meg aveva le pupille dilatate. «Anch'io.»

Lui si ritrovò a sorridere nonostante il crescente ardore tra di loro. «Cosa faresti?» le chiese.

Meg deglutì. «Sei troppo... grosso.»

Simon corrugò la fronte. «Hai smesso di lamentartene quasi subito, se ricordo bene.»

Lei alzò gli occhi al cielo, ma stava ridendo e all'improvviso tutto fu di nuovo semplice tra loro. Anche questo. «Non *quello*, Simon. Tu. Per te è troppo facile prendere il controllo quando lo facciamo. E io voglio... esplorare. Quindi suppongo che se mi dessi quella cravatta, la userei per legarti le mani in modo che tu non possa muoverti.»

Simon spalancò gli occhi all'idea, che Meg sarebbe stata così audace da legarlo al letto per scatenare su di lui le sue fantasie. Era quasi troppo erotico da sopportare. Lentamente, fece un passo in avanti e le avvolse la cravatta intorno alla vita, poi la tirò verso di sé, trascinandola in avanti con le redini che aveva creato.

Quando gli fu schiacciata contro e la sentì tremare tra le sue braccia, le sussurrò: «Allora fallo.»

Si chinò per baciarla, bevendo dalle sue labbra per quella che sembrò un'eternità. Poi si allontanò e le sollevò la cravatta fino al collo, lasciandola lì, con le code che le pendevano sui seni e fino alle cosce.

Vederla vestita solo con quel sottile pezzo di seta gli fece pulsare l'inguine. Si tolse la camicia in fretta, poi si appoggiò al letto per togliersi gli stivali e i pantaloni.

Quando si alzò, lei trattenne il respiro mentre lo fissava. «Non mi abituerò mai a vederti così» mormorò. «Nemmeno tra cent'anni.»

«Ci conto» scherzò lui indietreggiando verso il letto. «Voglio sempre vedere quello sguardo di pura adulazione sul tuo viso quando mi vedi in tutto il mio duro splendore.»

Meg spalancò gli occhi e poi rise. Era un suono musicale che riempì la stanza, e ancora una volta tutto fu semplice tra loro, come lo era stato in tutti gli anni in cui avevano finto di essere solo amici. In quel momento, vide quanto poteva essere bello il loro matrimonio. O avrebbe potuto esserlo se non fosse iniziato così male.

Ma ora non sapeva come sistemare le cose. Come riparare quel che era già stato fatto. Come fare in modo che ciò che avevano fatto fosse in qualche modo accettabile.

«Smettila di pensare» sussurrò Meg scuotendo lentamente la testa. «E sali sul letto.»

Simon la fissò attentamente. «Come fai a sapere che sto pensando?»

«Ti conosco. E ti sta venendo una ruga sulla fronte. Lascia che stasera sia per noi. Per il resto c'è tempo, il resto lo affronteremo quando ci arriveremo.»

Lui non disse nulla, ma fece come gli aveva chiesto e si arrampicò sul letto. Si sistemò sui cuscini e le sorrise. Meg aveva ragione a dire che quella sera non c'era da pensare. Domani tutto sarebbe tornato come prima. Stasera però voleva rubare questo momento e fare di lei sua moglie in tutto e per tutto.

Ne avrebbe patito le conseguenze domani. Com'era giusto che fosse.

«Eccomi, Vostra Grazia» le disse sornione. «Allora cos'hai intenzione di fare esattamente?»

Meg si sentiva la bocca arsa mentre fissava Simon, nudo sul suo letto che l'aspettava, guardandola con un mezzo sorriso in volto. In quel momento lui era tutto il suo mondo, tutto il suo cuore, il suo tutto.

Ma non era pronta a dirglielo, per cui stanotte doveva dimostrarglielo. Era l'unico modo in cui si sarebbe arreso a lei, quindi doveva usarlo contro di lui. Doveva usare la passione per aprirgli il cuore.

Ma quando si trattava di seduzione, aveva pochissime cognizioni da cui partire. Quando aveva detto che lo avrebbe legato per concedersi la libertà di esplorare, era stata una frase affrettata, e ora, con un po' più tempo per riflettere, se ne pentiva.

«Hai la cravatta» disse lui gentilmente. «Legami, dai.»

Lei annuì mentre attraversava la stanza. Afferrò un'estremità della cravatta, espirando tra i denti per il piacere mentre faceva scorrere il tessuto setoso sulla pelle per rimuoverla.

Simon spalancò gli occhi. «Meglio che ti sbrighi, Meg, o farò esattamente come temi. Ti butterò sul letto di schiena, ti ci legherò io e farò l'amore con te finché non ti avrò sfinito.»

Lei deglutì, perché quel tipo di punizione non sembrava tanto male. Ma si chinò comunque, e avvolse la lunga cravatta bianca intorno ai polsi di Simon girandogli intorno più volte finché non si ritrovò con le mani premute insieme. Le era rimasta della stoffa, per cui si guardò intorno per capire cosa farne.

Il letto aveva un poggiatesta riccamente intagliato, con piccole scanalature e buchi sulla superficie scura. Senza esitare, fece passare le estremità della cravatta attraverso un foro e le allacciò strette, lasciandolo legato alla testiera.

Quando fece un passo indietro, lo trovò che la fissava. In qualche modo gli era diventato ancora più duro mentre lei armaneggiava con la cravatta, e aveva il respiro corto, sollevava rapidamente il ventre tonico. «Hai un talento naturale» ringhiò. «Ora mi hai bloccato, che cosa vuoi fare adesso?»

Le tremavano le mani mentre sollevava le dita. «Sciogliermi i capelli» sussurrò Meg.

Lui ridacchiò. «Allora vuoi torturarmi. Sopporterò la tortura.»

«Lo spero» lo prese in giro Meg facendo scivolare le dita attraverso la sua elaborata acconciatura. Fece cadere le forcine sul pavimento tutto intorno e lunghe ciocche le rimbalzarono intorno alle spalle nude. Lui rimase a fissarla, leccandosi le labbra come se Meg fosse un dolcetto che stava per assaporare.

Lei si sentiva allo stesso modo, naturalmente. Quando guardò quell'uomo, quell'uomo vigoroso, ora legato a un letto e interamente a sua disposizione, fu quasi sopraffatta dall'immagine di quello che poteva fare. La libertà che aveva di poter fare qualsiasi gioco desiderasse.

La sensazione di potere era inebriante e terrificante.

«Non puoi fare niente di male» la rassicurò, come se potesse leggerle la mente proprio come lei poteva leggere la sua. «Fai quello che vuoi.»

Strisciò accanto a lui sul letto, incoraggiata dal suo suggerimento. Da quando era stata con lui, era sempre stato lui a prendere e lei a ricevere. Ora voleva prendere lei. Voleva che fosse lui a ricevere. Si chinò su di lui, facendogli cadere i capelli sul petto, e lo baciò.

A Simon scappò un lieve gemito gutturale e si aprì, trattenendosi per consentirle di assaggiarlo, di tracciargli la lingua, di invaderlo come era stata invasa lei tante volte prima di adesso. Meg sentì la tensione repressa del suo corpo mentre le permetteva di governare il bacio, la vide nel modo in cui le sue mani si stringevano a pugno contro il nodo leggermente allentato. Non si illudeva che lui non fosse in grado di strappare la stoffa in due e di fare a modo suo.

Era un regalo che si trattenesse, e lei lo sapeva.

Meg si abbassò su di lui, assaggiandogli la gola, lasciando scivolare la mano sugli angoli della sua clavicola e più in basso, sul suo petto. Con la bocca seguì il percorso fatto con le dita e si godette il sapore della sua pelle calda, il modo in cui gli si contrassero i muscoli sotto la sua lingua e gli si fermò il respiro.

Procurargli piacere era un'esperienza incredibile, e all'improvviso capì esattamente cosa voleva fargli. Sollevò lo sguardo sul suo corpo mentre gli accarezzava il capezzolo con la lingua, imitando un gesto che aveva fatto lui così tante volte prima. Simon si inarcò con la schiena e lei sorrise.

Si era dimostrata vera la sua teoria. Quello che piaceva a lei, piaceva anche a lui. E questo la incoraggiava mentre gli faceva scorrere la bocca lungo lo stomaco, oltre le increspature dei muscoli. Quando si spostò ancora più in basso, lui alzò la testa e la fissò.

«Cosa stai facendo, Meg?» sussurrò Simon con voce roca dal desiderio.

Meg sorrise e gli sfiorò il fianco con le labbra. «Quando mi baci il sesso, l'esplosione è potente. Voglio vedere se succederebbe lo stesso anche a te.»

Simon grugnì, lasciandosi scappare una maledizione che Meg non aveva mai sentito prima, e cercò di mettersi a sedere. «Meg, non devi...»

Lo ignorò, gli avvolse le dita intorno al membro inturgidito e lo accarezzò delicatamente. Ora che lo aveva accolto dentro di sé più di una volta, ora che aveva sentito il piacere che quell'atto poteva procurarle, non ne aveva più paura. Era semplicemente affascinata dalla sua erezione. Dalla sensazione setosa della sua pelle. Dal duro acciaio che ricopriva.

Si sporse in avanti e tirò fuori la lingua per tracciare solo la testa. Lui reagì lasciandosi ricadere sul letto, con i fianchi che si sollevavano verso di lei quasi di loro spontanea volontà mentre emetteva un latrato di incoerente piacere.

«Sembra che la risposta alla mia teoria sia sì» sussurrò Meg, e lo leccò di nuovo, questa volta facendogli roteare lentamente la lingua intorno.

Lui spinse verso l'alto, oltrepassandole le labbra con l'uccello per un istante, e lei spalancò gli occhi. Anche se lui si era limitato a leccarla con la lingua quando le aveva dato piacere in questo modo, lui probabilmente avrebbe trovato piacere in modo diverso. Dopotutto, quando veniva risucchiato nella caverna calda e umida della sua bocca, era molto simile a quando le spingeva dentro. Ecco come avrebbe potuto farlo godere.

Gli afferrò la spessa base dell'asta e gli avvolse le labbra intorno, assorbendolo in profondità, per quanto il suo corpo glielo permetteva, prima di ritirarsi. Simon si agitò sotto di lei, chiuse gli occhi ed emise un sospiro irregolare che le disse tutto ciò che aveva bisogno di sapere.

Meg ripeté il gesto, strofinandogli la lingua contro il membro inturgidito ogni volta che lo faceva, senza fermarsi. Quando lui gemeva, lei ci faceva caso. Quando cambiava velocità, osservava la reazione di Simon. Lentamente, iniziò a capire che cosa gli procurava più piacere e il fatto che lei potesse fargli tremare le gambe, con i talloni affondati nel materasso, era pura forza.

«Meg» ansimò Simon alla fine. «Cristo santo, mi farai venire.»

Alzò lo sguardo su di lui con un sorriso. «È questo l'obiettivo, no?»

«Non stanotte» grugnì. «Stanotte voglio venirti dentro. Ti prego.»

Meg spalancò gli occhi quando disse *ti prego* e gli liberò con gentilezza il sesso per fissarlo. Aveva il viso teso per il piacere e l'eccitazione, gli occhi spalancati, supplichevoli e carichi di desiderio allo stesso tempo.

E alla loro prima notte di nozze non poteva dirgli di no più di quanto potesse dire di no a se stessa. Gli tornò al fianco, ricoprendo di baci lo stesso percorso che aveva seguito durante la discesa. Quando raggiunse le sue labbra, lo baciò profondamente mentre si posizionava su di lui, a cavalcioni sul suo grembo, perché sembrava il modo migliore per prenderlo.

Simon si agitò e lei capì che voleva di nuovo liberarsi dai lacci. Tirava con le braccia, aveva i muscoli tesi e le nocche bianche mentre stringeva forte il tessuto chiuso nei suoi pugni. Meg voleva quelle mani su di lei. Lo voleva completamente.

«Se ti sciolgo» gli chiese mentre gli sfiorava la linea dura della mascella con le labbra. «Mi capovolgi di schiena per prendere il controllo?»

«È quello che vuoi?» mormorò Simon. La sua voce adesso era cupa, pericolosa.

Lei scosse la testa. «No. Be', sì, sono sicura che sarebbe bellissimo. Ma voglio... voglio...»

«Cavalcarmi» suggerì lui.

Meg sollevò la testa e lo fissò. «Sì. Io sono già stata rivendicata. Stasera è il mio turno di reclamare te. Me lo permetterai, se ti slego?»

Lui annuì con un rapido scatto della testa. «Sì.»

Meg si sporse in avanti per slacciare la cravatta, armeggiò con i nodi che aveva fatto. Lui le sorrise da sotto in su mentre lei trafficava con i lacci. Diede un forte strattone e strappò la seta sottile, facendone volare i pezzi intorno a loro sul letto mentre liberava le mani.

«Il mio valletto non ne sarà affatto contento» disse Simon mettendosi in posizione seduta, e la avvolse con le braccia. In quella posizione adesso erano faccia a faccia e lei rabbrividì per l'intimità cui tanto anelava. Intimità dello spirito oltre che del corpo.

«Ti dispiace?» sussurrò lei.

«Neanche un po'.» Inclinò la testa e la baciò. Meg gli mise intorno le braccia e lo tenne stretto, cercando di memorizzare la forza elegante del suo corpo mentre percepiva il suo sesso duro e pronto in mezzo a loro.

Alla fine Simon tornò a distendersi, facendole scivolare le mani lungo i fianchi. «Ho promesso che non avrei dettato io il ritmo. Stasera sono tuo, Meg. Prendi ciò che vuoi.»

Meg trattenne il respiro. *Suo.* Come voleva che fosse vero, ma temeva che non fosse così. La passione tra loro spesso sembrava completamente separata dal resto. Ma ci avrebbe comunque provato, non avrebbe mai rinunciato a fare di quest'uomo suo marito in tutti i modi su cui aveva segretamente fantasticato da quando era poco più che una ragazza.

Si spostò, e portò la mano tra di loro per allineare i loro corpi. Quando lo fece scivolare al suo posto, accogliendolo dentro di sé per i primi pochi centimetri, entrambi rabbrividirono di piacere, insieme. Quando Meg contrasse i fianchi, lui le scivolò dentro fino in fondo e lei chiuse gli occhi per un attimo. Simon le strinse le dita sulla pelle e la cullò dolcemente.

Il tripudio di sensazioni che le attraversò il corpo le fece spalancare gli occhi. Lui sorrise e disse: «Sì» in risposta a una domanda che lei non aveva la forza di fare ad alta voce.

Si mosse insieme lui mentre Simon la guidava, roteando i fianchi, strofinando il bacino contro il suo e attirandolo sempre più in profondità finché non riuscì più a trovare un posto dove lei esisteva e lui no. Il piacere crebbe man mano che lo prendeva, piacere del corpo, piacere della stessa anima e, a giudicare dalla tensione che gli faceva contorcere i lineamenti del suo bel viso, anche lui si stava avvicinando al picco.

E poi le sembrò di spiccare il volo, di saltare giù dallo spaventoso precipizio di una scogliera mentre era scossa da cima a fondo dall'orgasmo, e gridò il suo nome. Lui si tirò di nuovo su a sedere con un movimento fluido, le coprì le labbra con le sue e si sollevò spingendo dentro di lei. Lo sentì grugnire il suo nome contro la sua lingua e percepì il caldo spruzzo del suo seme dentro di lei mentre la stringeva al suo corpo sudato.

Rimasero così per quella che sembrò una beata eternità, gambe e braccia aggrovigliate, corpi intrecciati, la bocca di Simon che sfiorava la sua. Si aggrappò a lui, in preda a una crescente gioia per il fatto che potessero avere questo tipo di sintonia, uno spiraglio di un futuro che desiderava disperatamente.

Ma poi Simon si ritrasse, fissandola in viso, a pochi centimetri di distanza. E lo vide trasformarsi da un uomo travolto dalla passione all'uomo che avrebbe eretto dei muri tra loro.

Tuttavia Simon non si alzò. Non la abbandonò. Si limitò ad avvolgerla tra le braccia e a tenersela stretta contro il petto. Meg gli si aggrappò con tutte le forze, le lacrime le pizzicavano gli occhi, la speranza le gonfiava il petto. Aveva troppa paura di parlare, per timore che l'incantesimo si spezzasse e così rimase lì; gli occhi le si fecero più pesanti, cominciò a fare respiri più profondi, finché il sonno le rubò tutte le paure.

S imon abbassò lo sguardò e studiò il viso di Meg, bello quando era rilassata nel sonno come quando rideva o parlava. Adesso lo sapeva. Perché era sua in tutto e per tutto. Eppure, non provava una gioia incondizionata. Quando la guardava, vedeva la smorfia di dolore sul viso di Graham, sentiva la voce aspra del suo amico. Vedeva il male che aveva fatto.

Fu travolto e sopraffatto dai sentimenti. Si staccò da Meg con delicatezza e si alzò. Accese il fuoco e poi afferrò una vestaglia stesa sul divano vicino al letto. Mentre si copriva, la sentì riprendere fiato.

«Cosa stai facendo?»

Simon strinse forte gli occhi. Non aveva voluto una discussione con lei, non proprio quella notte. Non aveva voluto farle vedere quanto fosse distrutto da quello che aveva fatto. Ma ora sembrava inevitabile.

«Penso che sarebbe meglio se io andassi a dormire da un'altra parte» gracchiò.

Ci fu una lunga pausa, poi Meg parlò con voce più sicura. «Siamo sposati, Simon.»

Lui fece un respiro profondo e la guardò. Adesso era seduta, coperta dalle lenzuola aggrovigliate. La sua espressione però era chiara. Addolorata e piena di paura. Si detestava per averle fatto tutto questo.

«Sì, c'ero anch'io» sussurrò, pensando alla felicità che aveva provato quando li avevano dichiarati marito e moglie. Non potevano più essere separati da nessuno. Tranne che dalle sue emozioni contorte.

Meg scosse la testa. «Non c'è gioia nella tua voce anche se provi a scherzare, ma sai cosa sto dicendo. Tu ed io siamo uniti ora, dalla legge e agli occhi di tutto il mondo. Non si può annullare.»

«Cosa vuoi da me, Meg?» le chiese, più frustrato con se stesso e con la situazione generale che con lei. «Sembri pensare che ora che abbiamo pronunciato i voti, si possa cancellare il passato. Ma non è così. In questo momento Graham è tornato a Londra, e ci disprezza entrambi. Chiunque abbia partecipato al ricevimento sta raccontando ai quattro venti dello scandalo, il che significa che tu ed io affronteremo un putiferio che forse ridurrà la tua reputazione a brandelli. Dovrei esserne contento? Dovrei far finta che niente di tutto ciò sia vero, solo perché...»

Si interruppe di colpo. Meg si alzò in piedi e gli si avvicinò senza pensare alla sua nudità, di corpo o spirito che fosse. «Perché cosa?» lo incalzò.

Simon la fissò e deglutì a fatica. «Perché ti voglio.»

Avrebbe voluto dirle molto altro. Avrebbe voluto dirle il resto. Che l'amava, che l'aveva sempre amata. Che voleva la possibilità di un futuro, ma che la sola idea lo portava a disprezzarsi. E che temeva di deluderla ancora più di quanto non avesse già fatto.

Meg allungò il braccio, ma lui schivò la sua mano andando verso la porta della camera adiacente.

«Ti prego, non farlo» le disse piano.

Le lacrime le riempirono gli occhi. «Perché? È proprio necessaria questa tua determinazione a distruggerti?»

Simon rimase in silenzio per quella che sembrò un'eternità e poi disse: «Ho distrutto tutti gli altri, Margaret. Perché non dovrei bruciare anche io nel fuoco che ho creato?»

Non disse nient'altro, né aspettò la risposta di Meg. Si limitò a voltarsi perché non poteva più nascondersi da lei. E quello che aveva da mostrare era a dir poco mostruoso.

CAPITOLO SEDICI

Simon guardava fisso davanti a sé mentre il suo cavallo sfrecciava lungo la strada. Meno di quarantotto ore dopo il suo matrimonio, lui, sua madre e la famiglia Abernathe erano tutti diretti a Londra e all'incerta accoglienza che vi avrebbero trovato. Le carrozze gli rombavano alle spalle e lui faceva del suo meglio per non voltarsi indietro.

Avrebbe potuto fare il viaggio in carrozza con sua moglie, ma invece aveva scelto di andare a cavallo. Si era aspettato che Meg protestasse, ma la smorfia sul suo viso e la sua arrendevole acquiescenza erano stati più difficili da accettare che se gli avesse chiesto categoricamente di unirsi a lei.

«Parliamo un po'?»

Simon si irrigidì quando James gli si affiancò al trotto e aggiustò l'andatura per andare alla stessa velocità. Non c'era modo di evitarlo, apparentemente. Forse era meglio affrontare il discorso adesso e farla finita.

«Sono sorpreso che ti ci sia voluto così tanto per chiedermelo» disse Simon, tenendo gli occhi sulla strada piuttosto che osare guardare il suo amico di oltre un decennio.

James si strinse nelle spalle. «Stavo aspettando che tu avessi l'occasione di parlare con me. O meglio ancora, con lei.»

Lei. Non c'erano dubbi su chi fosse la *lei* a cui James si riferiva. Simon si costrinse a guardare James. «Ci parlo con lei.»

James alzò gli occhi al cielo. «Cerca di non offendere quel poco di intelligenza che possiedo, Simon. Ho occhi che funzionano e vedo quel che stai facendo.»

Simon strinse la mascella e cercò di mantenere il suo tono calmo e indifferente. «E cosa vedi?»

«La stai evitando. Anche se non sapessi che voi due avete dormito in camere separate la scorsa notte, lo capirei dal modo in cui vi comportate in pubblico.»

Simon sussultò. Le camere separate non erano state una sua idea a dire il vero. La scorsa notte aveva aspettato che sua moglie lo raggiungesse nella stanza che avevano condiviso dopo il loro matrimonio. Non era venuta. Alla fine era andato a cercarla lui e l'aveva trovata nella sua camera da letto, addormentata, con tracce di lacrime sulle guance visibili alla luce del fuoco.

Non poté frenare la vampata d'odio per se stesso a quel ricordo.

«Non... non mi va di parlarne con te» ribatté Simon.

James si voltò di scatto verso di lui. «Nemmeno io desidero discutere delle consuetudini coniugali di mia sorella, ma mi resta poca scelta. Il futuro di Meg e la sua felicità sono importanti per me. E lo sono anche i tuoi.»

Simon trattenne il fiato e si girò sulla sella per guardare James. Non c'era ombra di falsità nell'espressione del suo amico. Sembrava frustrato, forse persino arrabbiato, ma non odiava Simon, anche se era esattamente quello che si meritava.

«Non preoccuparti per me» disse piano.

James serrò la mascella. «Allora insisti a punirti?» chiese.

«Merito di essere punito.»

«Punirai Meg facendo così» scattò James. «Maledizione, Simon, non hai causato abbastanza distruzione?»

Simon riportò la sua attenzione su un punto all'orizzonte.

James sospirò. «Senti, se vuoi odiare te stesso, accomodati. Se vuoi distruggere il rapporto che avevi con me, a quanto pare non posso impedirtelo. Ma giuro su Dio che se distruggi Meg...» Allungò una mano e afferrò Simon per la spalla, costringendolo a guardare verso di lui. «Te la farò pagare cara, Crestwood.»

Senza distogliere il suo sguardo intenso, James alzò il pugno per indicare che la colonna di veicoli e animali doveva fermarsi. Mentre tutti si arrestavano, scese da cavallo.

«Faccio un tratto in carrozza con mia moglie e mia sorella» disse, «per darti la possibilità di pensare a quello che ho detto. Ti suggerisco di farlo, Simon. Capisco perché la rispettabilità è una tale sfida per te. Conoscevo tuo padre, ho passato del tempo con tua madre. Capisco anche perché ti detesti per Graham. Ma sei sul punto di commettere un tremendo errore. Un errore irrimediabile. Pensa bene a quello che vuoi fare o ti ritroverai a perdere *tutto*.»

Quando Simon non disse nulla, James si allontanò, lanciando le redini del cavallo a un valletto che si era affrettato a scendere dal tetto della carrozza e ora sarebbe andato a cavallo per un po'. Simon sapeva che il suo amico aveva ragione.

Semplicemente non era sicuro di come avrebbe potuto accettare il futuro che gli era stato dato e allo stesso tempo espiare il passato. Fino a quando non lo avesse capito, non poteva essere un marito per Meg o un amico per James. Di certo non poteva essere amico di se stesso.

Così fu lasciato alle tortuosità della sua mente, che al momento era un posto molto pericoloso in cui trovarsi.

Meg entrò nell'atrio della sua nuova casa a Londra e fece un bel respiro quando si trovò di fronte a una fila di domestici sorridenti, pronti a porgerle i loro saluti. Ovviamente ne conosceva già alcuni. Era venuta a casa di Simon molte volte nel corso degli anni, quando James gli faceva visita. Aveva praticamente imparato a memoria la disposizione delle stanze. Sapeva quale sedia era la preferita di Simon, sapeva come sistemava la sua scrivania, sempre in quel modo.

«Benvenuta, Vostra Grazia» disse il maggiordomo, Finley, avvicinandosi per prenderle il soprabito, oltre al cappello e ai guanti di Simon. «Siamo molto lieti di avervi a casa.»

Meg sorrise quando venne presentata al resto del personale, in ordine di fila. Tutti sembravano sinceri nei loro saluti e nessuno rifletteva alcun accenno che potessero aver sentito pettegolezzi sulla loro nuova signora. Ovviamente, lei sapeva che avevano sentito le dicerie su di lei. Le voci su uno scandalo monumentale come la posizione compromettente in cui si erano trovati lei e Simon si sarebbero propagate non solo nel suo mondo, ma anche nel mondo dei domestici e dei commercianti.

Il che non la aiutava minimamente con Simon. In parte era per questo che si era allontanato da lei. Lui e la sua maledetta penitenza.

«Vostra Grazia, so che voi e la duchessa avete cenato dal Duca di Abernathe dopo il vostro arrivo a Londra» stava dicendo Finley mentre gli altri domestici tornavano ai loro doveri. «Ma possiamo portarvi un dessert o qualcosa da bere?»

Simon le lanciò un'occhiata e lei scosse leggermente la testa. Lo vide sorridere al maggiordomo. «Grazie, Finley. Per quanto apprezziamo l'offerta, e so che la signora Giles probabilmente farebbe qualcosa di molto allettante se glielo chiedessimo, penso che Sua Grazia e io siamo semplicemente troppo stanchi per il viaggio per approfittarne stasera.»

Finley annuì. «Capisco, signore. Ovviamente, suonate se doveste cambiare idea. Altrimenti, la vostra camera è pronta.»

Simon inarcò le sopracciglia e Meg percepì una sorta di comunicazione silenziosa tra i due uomini. «Pronta del tutto?» chiese il duca.

Finley sorrise di nuovo. «Sì, Vostra Grazia»

«Bravo, grazie» Simon lo congedò, annuendo ancora una volta mentre il maggiordomo si inchinava e li lasciava soli.

Simon le offrì il braccio. «Consentimi di mostrarti la nostra camera.»

Meg rabbrividì quando lo toccò. La *loro* camera. In realtà, la stanza di Simon era una delle poche in quella casa che non avesse mai visto. Si chiese che aspetto avesse, quella come la stanza della duchessa che sarebbe stata adiacente.

Non dovette aspettare a lungo per scoprirlo. Simon la guidò su per le scale e fino alla fine di un lungo corridoio. Era l'ultima stanza. La fece passare attraverso una porta a doppia anta riccamente intagliata. Entrò in un'anticamera che aveva una forte impronta maschile e sapeva di Simon da cima a fondo. Aveva pareti grigie con inserti bianchi e un grande camino dove due sedie erano rivolte verso le fiamme luminose. Meg inclinò la testa mentre ne fissava una, una poltrona giallo sole che sembrava molto familiare e molto fuori posto in quella stanza.

«Quella è... quella è la mia sedia, la sedia della mia stanza a casa di mia madre?» gli chiese, girandosi verso di lui un secondo prima di avvicinarsi a guardare l'arredo.

Simon sorrise. «Sì.»

Meg si voltò di scatto verso di lui. «Che diavolo ci fa qui?»

«Be', ho parlato con la tua cameriera e le ho chiesto che cosa consigliasse di trasferire da casa tua per farti sentire più a tuo agio qui. Mi ha confidato quanto ti piacesse leggere sulla tua sedia preferita, così quando ho scritto ai miei domestici perché cominciassero i preparativi per il nostro ritorno, ho chiesto che la andassero a prendere. James e tua madre erano d'accordo, ed eccola qui.»

Meg schiuse le labbra, e fissò prima la sedia, poi di nuovo lui. «Hai fatto tutto questo per me?»

Simon sembrò imbarazzato. «Sì» disse piano.

Meg gli si avvicinò, ma lui fece un passo indietro e indicò con la mano una delle porte chiuse su entrambi i lati dell'anticamera. «Vieni, ti mostro la tua stanza.»

Lei deglutì a fatica, commossa dalla gentilezza di suo marito, frustrata dal fatto che si fosse allontanato. «Va bene.»

Simon aprì la porta e la lasciò passare per prima. Le mancò il fiato quando entrò. La stanza, che si aspettava fosse spoglia e semplice dopo anni in cui non era stata utilizzata, era invece luminosa, soleggiata, accogliente e dipinta nella sua tonalità preferita di giallo. C'erano dei fiori sul tavolo davanti a uno specchio, ma non erano fiori qualsiasi. Erano digitalis purpuree, delle campanule viola giganti che aveva sempre adorato. Intrecciati insieme c'erano rami di caprifoglio, così la stanza aveva un profumo caldo e accogliente.

«Tu... questa stanza non poteva essere così prima che arrivassi» osservò Meg. «Perché queste sono tutte le mie cose preferite.»

Lui annuì. «Come ho detto, date le circostanze, volevo fare tutto il possibile per metterti a tuo agio. E farti felice.»

Meg gli si avvicinò di nuovo e questa volta lui rimase al suo posto, anche se vide il suo sguardo scivolare verso la porta. Gli prese le mani prima che riuscisse a trovare una via di fuga.

«Grazie» sussurrò sollevandosi in punta di piedi e premette le labbra sulle sue.

Lui gemette e la circondò con le braccia, schiacciandola contro il petto mentre le infilava la lingua in bocca. Meg sentì il suo desiderio, ma anche la sua disperazione mentre la spingeva più dentro nella stanza e contro il bordo del letto. Le strofinò contro i fianchi e la dura cresta di lui premette contro il suo ventre, accendendole un fuoco che solo lui poteva spegnere.

Anche se lei lo desiderava, il fatto che fosse l'unica cosa che lui le avrebbe dato di sua sponte era ancora inquietante. Come se avesse percepito i suoi pensieri, Simon allontanò la bocca di scatto e fece un passo indietro. Gli tremavano le mani.

«Scusami» ansimò.

«Perché?» gli chiese, raddrizzandosi e lisciandosi il vestito spiegazzato.

Lui scosse la testa. «È stata una lunga giornata di viaggio. So che sei stanca e non dovrei...»

«Non sono di vetro, Simon» lo tranquillizzò dolcemente. «E finora l'unica cosa che abbiamo stabilito in questo matrimonio è quanto siamo compatibili quando si tratta di sesso.»

Simon spalancò gli occhi quando la sentì parlare in modo così schietto.

Meg scrollò le spalle. «Non essere così sorpreso. Posso dire quello che vedo come chiunque altro. Tu vuoi me. Io voglio te.»

«Tu sei una dama e...»

«Sono tua moglie. E ho dei bisogni che tu soddisfi. Come io spero di soddisfare i tuoi» gli rispose, mentre con la mente tornava a quello che James aveva detto sulle inclinazioni di Simon settimane fa. Non era ancora sicura di cosa pensare di quel passato licenzioso di cui non avrebbe dovuto essere a conoscenza.

Simon si voltò dall'altra parte. «Non ti sono arrivati inviti, Meg.»

Lei aggrottò la fronte al cambio di argomento. Serviva solo ad aumentare la sua insicurezza su come soddisfarlo. Ma non era ancora pronta ad affrontare quell'aspetto.

«Di cosa stai parlando?» gli chiese. «Non abbiamo chiesto a Finley se qualcuno avesse lasciato qualcosa per me.»

Simon spostò lentamente lo sguardo su di lei. «Finley è prevedibile come il sole che sorge ogni mattina. Ogni volta che torno a casa, mi consegna immediatamente i miei inviti e la mia corrispondenza. Se non lo ha fatto, significa che non ce n'erano.»

Meg scrollò le spalle. «Siamo appena tornati e...»

«Non ti hanno invitata a nessun ricevimento per colpa mia» la interruppe lui con voce improvvisamente tesa. «A causa di quello che ho fatto.»

La frustrazione le ribollì in superficie al punto da farle stringere le labbra. «Per colpa *nostra*» lo corresse bruscamente. «Per quello che *abbiamo* fatto. Puoi provare a fingere il contrario, ma eravamo in due in quel cottage quella notte, Simon. Ed ero io quella che è scappata nel bosco piuttosto che affrontare il fatto che non volevo sposare Graham. Sono altrettanto colpevole per tutto ciò che è accaduto a causa del mio comportamento avventato.»

«Non ti saresti tolta i vestiti e non avresti passato la notte nel cottage con me se non lo avessi suggerito io» disse lui, incrociando le braccia.

«E probabilmente sarei morta di freddo sulla via di casa» ribatté Meg. «Sarebbe stata una soluzione migliore?»

Lui sussultò e lei vide il lampo di dolore e orrore sul suo volto a quell'idea. «No. No, certo che no.»

«Questa non è solo una tua responsabilità.»

Simon rimase in silenzio per un momento e lei pregò che stesse riflettendo su quello che aveva detto. Forse anche che fosse disponibile a crederci.

Ma poi scosse la testa. «Adesso dici così, Meg. Ma un giorno ricorderai quanto ti piaceva essere al centro dell'attenzione. E mi odierai tanto quanto lui per aver distrutto il tuo futuro.»

Poi si voltò e la lasciò da sola, chiudendo la porta dietro di sé con un clic silenzioso che sembrò uno sparo che le trafisse il cuore. Si voltò, cercando disperatamente di riprendere fiato, e batté i piedi per terra.

«Sei *tu* il mio futuro, pezzo d'idiota» sbottò.

Si coprì il viso con entrambe le mani. Qui aveva tutto ciò che aveva sempre desiderato. Il matrimonio con l'uomo che amava, una casa, una stanza perfetta, ma era tutto vuoto. Vuoto perché non aveva idea di come dare una scossa a suo marito e costringerlo a uscire dalla nebbia del suo senso di colpa e autopunizione.

E temeva che il tempo che aveva a disposizione per riuscirci si stesse esaurendo.

CAPITOLO DICIASSETTE

Meg cercò di tenere la testa alta e il sorriso sul volto a casa di suo fratello il giorno successivo, ma quando Emma entrò in salotto, tutto il coraggio che aveva cercato di dare a vedere crollò sotto il suo stesso peso. Quando le cominciò a tremare il labbro e le si riempirono di lacrime gli occhi, Emma le corse incontro.

«Oh, mia cara» fece Emma, portandola al divano e indicando di andarsene alla domestica che era venuta a chiedere se volevano del tè. «Su, su.»

Meg affondò la testa nella spalla di Emma mentre era scossa da grandi respiri affannosi. «Mi dispiace» mormorò alla fine, allontanandosi dall'abbraccio dell'amica. «Non avrei dovuto venire a trovarti in questo stato.»

«Proprio quando sei in questo stato, devi venire a trovarmi!» ribatté Emma. «Voglio vederti, per aiutarti. Sei stata molto coraggiosa in queste ultime settimane. Ti sei guadagnata il diritto a farti un bel pianto e un posto dove essere completamente onesta. Ora dimmi cosa c'è.»

Meg la guardò negli occhi. «Oh, Emma, ne abbiamo già parlato, lo so, ma sono così persa. Ho sognato quasi tutta la mia vita di sposare Simon. Anche quando ero fidanzata con Graham e fingevo di pianificare la mia vita con lui, sognavo Simon. Era sbagliato, lo so, ma assolutamente vero. Lo amo da quando avevo quindici anni!»

L'espressione di Emma si addolcì. «È quel che pensavo, anche se non avevi usato quelle parole.»

«Ma è reticente a qualsiasi cosa vada al di là di quello che condividiamo nel suo letto» continuò Meg. «Mi dispiace essere così schietta, ma è questo il nocciolo della questione.»

Emma aveva le guance in fiamme, ma non sembrava offesa quando rispose: «Capisco. Quindi fa l'amore con te ma non vuole un legame con te al di fuori di quell'ambito.»

«Sì, e mi disorienta da matti» disse Meg, alzandosi in piedi irrequieta per poi cominciare a fare avanti e indietro per il salotto. «Quando siamo insieme... fisicamente... è meraviglioso. Sento tutta la passione che nutre per me, il suo desiderio, sento che ci tiene. E ogni volta mi auguro, o almeno spero, che permetta che la sintonia continui anche dopo.»

«Invece lui si allontana» concluse Emma, e un'espressione triste le offuscò il viso.

Meg annuì. «Si allontana fisicamente, ma alza anche dei muri tra noi.» Smise di camminare e guardò Emma. «So... so che in parte la causa è il suo senso di colpa per aver tradito Graham. Ma comincio a chiedermi se ci sia... di più.»

«Di più?» chiese Emma. «Che altro potrebbe esserci?»

Adesso fu Meg a sentire calore soffuso sulle guance. Andò alla porta e la chiuse. Ci si appoggiò contro e disse: «Il giorno in cui James ci trovò nel cottage... Dio, sembra una vita fa... lui e Simon stavano litigando, e mio fratello disse qualcosa. Disse... disse che il motivo per cui aveva scelto Graham per il fidanzamento con me era che Simon all'epoca se la spassava in giro per Londra. E che lui e il Duca di Roseford andavano a letto con le stesse donne... *insieme.*»

Emma spalancò gli occhi e aprì e richiuse la bocca un paio di volte. «Oh. Santo cielo. Io... io... oh...»

Meg annuì. «Sì, ho avuto la stessa reazione. Non sono nemmeno sicura di come si potrebbe fare.»

Emma inclinò la testa di lato. «Suppongo che uno dei due uomini potrebbe prenderla mentre lei succhia... be', non importa. Sembra che stessero parlando di qualcosa che è successo molto tempo fa. Per quanto sia un'idea intrigante, cos'ha a che fare con te?»

«E se io non fossi abbastanza?» sussurrò Meg. «E se tutto il suo rifiuto, che dice essere a causa di Graham, in realtà è perché ha bisogno che io sia più di quella che sono, di quella che potrei mai essere?»

Emma si alzò e le si avvicinò, prendendole le mani. «Meg, tu sei abbastanza. James di tanto in tanto accenna ai guai in cui Roseford continua a cacciarsi in giro per la città, ma ad essere sincera, non ha *mai* detto nulla su Simon. Se un tempo è stato poco prudente con le amanti che sceglieva, se ha fatto qualcosa di folle, quel momento è passato. Non credo nemmeno per un attimo che il suo problema sia che tu non lo soddisfi. Diversamente, perché ti sarebbe venuto a cercare per fare l'amore appena è stato annunciato il fidanzamento? Se non ti avesse voluto, avrebbe aspettato.»

Meg annuì lentamente. «Immagino di sì. E suppongo che quando penso al modo in cui mi tocca, al modo in cui mi bacia, so che mi vuole, anche se un tempo desiderava qualcosa di molto più scandaloso di quanto sono in grado di offrire io. Ma non mi fa sentire meglio, perché continua ad allontanarsi. Si rifiuta ancora di avere un vero matrimonio o una vera vita con me. Cosa devo fare, Emma?»

Emma la fissò per un momento e sul suo viso apparve una luce che Meg non aveva mai visto prima. Normalmente Emma era dolce, gentile, ma c'era un fuoco da guerriero nella sua espressione quando afferrò Meg per le braccia e la tenne stretta.

«Combatti!» disse Emma scuotendole leggermente le spalle.

«Ho lottato, o no?» sussurrò Meg, perché da quella notte al cottage aveva sicuramente combattuto molte battaglie con Simon.

«Sì. Ma so che non hai affrontato le cose in maniera diretta, non è vero? Sei andata coi piedi di piombo? Hai cercato di essere comprensiva nei confronti di Simon?»

Meg annuì. «Sì. Gli ho dato spazio.»

Emma scosse la testa. «Allora devi smetterla. Questa è stata una guerra di piccole battaglie, potrebbe essere il momento per una guerra molto più grande. Qualcosa di più diretto. Simon ti ama: chiunque vi guardi insieme lo capisce, anche se vuole negarlo per un senso di colpa mal riposto. Devi costringerlo a capire che deve guardare al futuro, non vivere nel passato.»

Meg si ritrasse, perché Emma aveva appena detto la cosa che desiderava di più. La cosa a cui non poteva credere al momento. «Mi ama?» ripeté con un filo di voce. «Mi vuole, ci tiene a me, ma non ha mai detto altro.»

«Lo so. E tu glielo hai detto?»

Meg si irrigidì. «No» ammise. «Ho avuto troppa paura del suo rifiuto. Se mi respingesse, penso che dovrei... andarmene. Non potrei sopportare che sapesse che lo amo e che a lui non importi affatto.»

«*Questo* vuol dire combattere» disse Emma. «È sapere che potremmo perdere ciò che desideriamo, ma farlo comunque per poter ottenere ancora di più ciò di cui abbiamo bisogno.»

«Tu hai combattuto per James?» chiese Meg, ripensando all'inizio dell'estate, quando suo fratello ed Emma si erano girati intorno. Non aveva mai creduto che il loro amore fosse stato facile, ma non aveva considerato che Emma avesse dovuto combattere.

Emma sorrise dolcemente. «Sì. Fraintesi qualcosa che gli vidi fare e la mia vita diventò molto chiara in quel momento. Nonostante tutto ciò che mio padre stava minacciando, nonostante il pericolo rappresentato per me da forze esterne, dissi a James che non volevo sposarlo.»

Meg rimase a bocca aperta. «Davvero?»

«Già, addirittura la mattina del nostro matrimonio. Gli dissi che lo amavo e che da lui non avrei accettato niente di meno.» Emma rabbrividì, come se perfino il ricordo la innervosisse ancora. «Fu terrificante stare lì a guardarlo dopo aver detto quelle parole, aspettando che rispondesse. Penso che quel momento debba essere durato un'eternità. Ma il gioco valeva la candela. James non sapeva che cosa provavo. E dopo avergli parlato, si aprì un mondo di onestà, passione e amore che ha fatto svanire nella sua intensità tutto ciò che io abbia mai affrontato, sostituito da appagamento e gioia.»

«Ma se James non avesse detto che ti amava?» chiese Meg, tremando mentre immaginava Simon che si allontanava da lei.

Emma deglutì a fatica. «Allora almeno non avrei vissuto una menzogna come ha fatto mia madre o come ha fatto tua madre. Almeno avrei saputo come procedere ad occhi ben aperti.»

«Ho paura» ammise Meg, stringendo e aprendo le mani lungo i fianchi mentre le passavano per la testa tutti i peggiori esiti del coraggio descritto da Emma.

Emma annuì. «Lo so. Ma essere coraggiosi significa avere paura e fare comunque qualcosa. Sii coraggiosa per te stessa e per lui. Qualunque cosa accada, almeno non ti pentirai di rimanere passiva o in silenzio sul tuo futuro.»

Quando si alzarono in piedi insieme, Meg sentì parte della forza di Emma turbinarle dentro e darle ciò che le mancava. «Sì, certo, hai ragione» sussurrò. «Mi sono trattenuta con Simon, anche se l'ho accusato di fare altrettanto. Lo affronterò di persona. A questo punto, credo di doverlo fare.»

Fece un bel respiro e si diresse verso la porta del salotto. Emma rise: «Vai adesso?»

«Sì. Simon è andato al suo club, ma dovrebbe tornare prima di cena. Penso che farei meglio a tornare a casa e fare alcuni preparativi prima che torni.» Lanciò a Emma un'ultima occhiata che sapeva riflettere la sua paura. «E prima che io perda il coraggio.»

Simon se ne stava seduto in un angolo del suo club, White, con un drink in mano e un giornale ripiegato in grembo. Avrebbe dovuto sorseggiare la bevanda e leggere il quotidiano, ma al momento non era interessato né all'uno né all'altro. Era troppo distratto dai pensieri di Meg e anche dall'accoglienza gelida che aveva ricevuto al suo arrivo un'ora prima.

Oh, gli uomini intorno a lui lo avevano salutato, ma nessuno aveva osato avvicinarglisi e dichiarare pubblicamente che sarebbe rimasto suo amico. Naturalmente, riconosceva di meritarsi in pieno quel risultato.

Meg no. Ma lui sì. Tuttavia li avrebbe distrutti socialmente entrambi grazie alla sua mancanza di decoro quando si trattava dei suoi sentimenti per lei.

«Perché l'ho seguita?» borbottò aprendo il giornale di scatto per cominciare a leggerlo.

«Me lo chiedo anch'io» disse una voce biascicata.

Simon si bloccò, perché conosceva quella voce come se fosse sua. Abbassò il giornale e vide Graham lasciarsi cadere sulla sedia di fronte a lui. Gli occhi blu normalmente luminosi del suo amico erano annebbiati dall'alcol ed era evidente che non si faceva la barba da una settimana.

Simon si agitò, notando tutti gli occhi puntanti su di loro. In quel momento, tutto ciò che gli importava era il suo amico.

«Graham» disse piano. «Non... non mi aspettavo di vederti.»

«Dovrei essere *io* a nascondermi per lasciarti White a tua disposizione?» sbottò Graham.

«No, certo che no» disse Simon, abbassando la testa. «Non c'è motivo per nasconderti da nessuna parte. Tu non hai fatto niente di sbagliato.»

Sul viso di Graham passò un lampo di emozione a quell'affermazione, ma poi scomparve. Rimase solo la comprensibile rabbia, il disgusto.

«Giusto, maledizione!» mormorò Graham, vuotando il bicchiere e posandolo sul tavolo in mezzo a loro.

«Vuoi... vuoi che rinunci alla mia iscrizione?» chiese Simon.

Graham lo fissò. «Non torneresti da White?»

Simon annuì. «Se ti rendesse le cose più facili.»

«Be', se parliamo di cose più facili» disse Graham, sporgendosi in avanti. «Perché non te ne vai da Londra?»

Simon sussultò. «Potrei... potrei farlo.»

«E quella casa che abbiamo comprato in Scozia» continuò Graham.

«Il capanno da caccia?» Simon sbatté le palpebre. Quella era proprietà comune di tutti gli uomini del loro club. «Ognuno di noi ne possiede una quota.»

«Vendi la tua quota a me o a James» chiarì Graham.

Simon fu lacerato dal dolore all'idea che sarebbe stato rimosso dalla sua cerchia di amici. Perché era questo che avrebbe significato vendere la sua parte del capanno: che era stato rimosso dal club. Avrebbe perso tutto.

«Molto bene, posso vedere di accontentarti.» Simon inclinò la testa, perché Graham non sembrava aver finito. «Cos'altro?»

«Cosa ti fa pensare che ci sia qualcos'altro?» biascicò Graham, anche se adesso il suo sguardo era molto concentrato, quasi limpido.

Simon scrollò le spalle. «Ti conosco. So quanto valore dai alla lealtà e so che pensi che ti abbia tradito con quello che ho fatto. La mia penitenza non può essere così facile. Cos'altro ti serve? Cos'altro vuoi prendere per pareggiare i conti tra di noi?»

Graham lo fissò a lungo. «Meg.»

Simon si irrigidì. «Che c'entra Meg?»

«Potreste smetterla di andare in giro pavoneggiandovi come una coppia felice» disse lentamente Graham, la sua voce all'improvviso bassa e cupa.

Simon tentennò un attimo. Ciò che Graham stava chiedendo era esattamente quello che Simon aveva già fatto, cercando di prendere le distanze da Meg per espiare i suoi peccati. Ora che Graham gli domandava di farlo, la cruda realtà della richiesta gli risuonava nelle orecchie.

Meg era già al limite con lui. Lei gli tendeva la mano e lui indietreggiava, non perché lo volesse, ma perché sentiva di doverlo fare. Non sarebbe passato molto tempo prima che Meg smettesse di provarci. Sarebbe stata una sciocca a non farlo. E poi l'avrebbe persa.

Quindi quello che Graham stava chiedendo era che Simon distruggesse il suo matrimonio. Del tutto, per sempre.

Prima che potesse rispondere, Graham si alzò in piedi. Barcollò leggermente mentre fissava Simon. «Sei un maledetto vigliacco, vero?»

Simon si alzò lentamente, non per combattere, ma per difendersi se necessario. Graham aveva sempre avuto un destro micidiale ed era meglio non essere seduti quando arrivava.

«So che ho ferito...» iniziò, con l'intenzione di scusarsi. Di essere in qualche modo di aiuto.

«Dannazione, Simon, piantala di scusarti con me» lo interruppe Graham spingendolo forte.

Simon barcollò ma non attaccò a sua volta, anche se gli altri uomini nella stanza iniziarono a girargli intorno, diffidenti ma interessati a questo scontro pubblico.

«Cosa vuoi che faccia allora?» sbottò Simon, ormai al limite della pazienza.

«Combatti» ringhiò Graham.

«Non ho intenzione di battermi con te» disse piano Simon.

Graham alzò gli occhi al cielo. «Certo che no. Non combatti mai. Nemmeno per una donna che ami. Mi hai detto che la ami, no? Ma basta che io accenni che devi allontanarti da lei e dalle amicizie che hai avuto per oltre un decennio e... te ne stai lì e basta.» Gli diede un'altra spinta, e questa volta la forza lo fece arrivare contro il tavolo che si rovesciò di lato così che entrambi i bicchieri andarono in frantumi sul pavimento.

«Smettila» disse Simon. «Non voglio battermi con te, Graham.»

Graham buttò la testa all'indietro e rise. «Ti rispetterei di più se mi prendessi a pugni in faccia e mi dicessi che Meg è tua moglie e che la questione è chiusa. Ti rispetterei di più se tu combattessi per qualcosa, *qualsiasi cosa.*»

Gli diede un'altra spinta, ma questa volta Simon ne ebbe abbastanza. Serrò la mascella e spinse a sua volta più forte che poté. Graham si mosse come se volesse farsi di nuovo avanti, con un sorriso sul volto, ma prima che potessero venire alle mani, gli altri si lanciarono su di loro. Alcuni afferrarono Simon per le braccia, altri presero

Graham e alla fine li separarono. Stranamente, Simon ne fu dispiaciuto. Forse una scazzottata era esattamente ciò di cui avevano bisogno per alleviare la tensione.

«Muoviti» disse uno dei gentiluomini, accompagnando Simon verso la porta. «È ubriaco e la tua presenza non fa che peggiorare le cose. Meglio che te ne vai.»

Simon si avvicinò alla porta, ma lanciò un'ultima occhiata da sopra la spalla a Graham. Il suo amico... o era un ex amico... ora aveva una bottiglia in mano e stava brindando a squarciagola a un futuro incerto mentre gli altri lo circondavano, e chiaramente cercavano di calmarlo.

Simon si accigliò mentre usciva dal club e aspettava che gli fosse portato il suo cavallo. Aveva sempre saputo che avrebbe incontrato Graham. Erano entrambi troppo in vista per non avere quello scontro. Ma non era stato quello che si aspettava. Graham era arrabbiato, sì. Graham si sentiva tradito, glielo si leggeva in faccia. Aveva perfino cercato una rissa.

Ma la sfida che aveva lanciato a Simon di prendere quello che voleva, e smetterla di scusarsene, era stata inaspettata. Come poteva essere quello il desiderio di Graham dopo tutto quello che era successo? Essere felice e spensierato con Meg non era come sputargli in faccia?

Da settimane si diceva di sì. E ora era incerto su cosa fare e come procedere.

CAPITOLO DICIOTTO

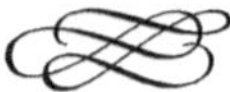

Meg fu scossa da un tremito mentre si guardava intorno un'ultima volta nella camera da letto padronale. Era perfetta. Ovvio che lo fosse, considerato quanto tempo e fatica aveva impiegato per prepararla. Aveva fatto mettere fiori dappertutto, un fuoco ardente illuminava e riscaldava l'ambiente, le coperte erano tirate indietro nella speranza che quello che avrebbe fatto sarebbe andato bene.

Si voltò verso lo specchio. Indossava il suo vestito più bello e Fran le aveva acconciato i capelli alla perfezione. Cosa le aveva detto Emma prima? Che i suoi vestiti e la sua acconciatura erano la sua armatura. Be', se così era, adesso era pronta per la guerra. Doveva solo aspettare Simon e poi in qualche modo riuscire a pronunciare le parole che aveva provato per tutto il pomeriggio.

Mentre camminava su e giù per la stanza, cercò di calmare il suo cuore, che batteva all'impazzata. Per anni aveva aspettato, e aveva amato Simon da lontano, facendo ciò che riteneva fosse la cosa più giusta per tutti quelli che la circondavano, tranne che per lei. Oggi stava per fare il primo passo verso il futuro che desiderava. Con l'uomo che amava.

Eppure non aveva la più pallida idea di quale risposta avrebbe rice-

vuto. Simon *avrebbe potuto* caderle tra le braccia e arrendersi finalmente ai sentimenti che si era sforzato così tanto e a lungo di negare
per senso di colpa e dovere. Meg aveva la sensazione che Simon
volesse farlo. O almeno ci sperava.

Ma suo marito aveva una grande consapevolezza di ciò che
aveva fatto di sbagliato. Il che significava che avrebbe potuto erigere
un muro più forte che mai tra di loro. Un muro che Meg temeva
non sarebbe mai stata in grado di scavalcare, qualunque cosa avesse
fatto.

Il rischio era molto alto. La ricompensa era ancora più alta. Ed era
finalmente il momento di prendere il coraggio a due mani. Di
combattere quest'ultima battaglia sperando che lui avrebbe fatto
altrettanto. Di pensare ai suoi desideri e di smetterla di preoccuparsi
di qualsiasi altra cosa che non fosse il suo cuore.

Sentì bussare leggermente alla porta e sussultò, poi si voltò verso
l'entrata. «Sì?»

La porta si aprì e rimase delusa. Era solo il maggiordomo di
Simon.

«Sì, Finley?» chiese, cercando di mantenere un'espressione serena.
«Avete notizie di Sua Grazia?»

«No, Vostra Grazia, non ancora» disse Finley, con tono dispiaciuto. «So solo che è andato al suo club, temo che non abbiamo ancora
sue notizie. Ma avete un ospite, il Duca di Roseford.»

Meg si accigliò. Roseford non aveva fatto sapere che sarebbe
venuto in visita. «È venuto a trovare *me*?»

«No, è venuto per Sua Grazia, ma dato che non è qui...»

Meg annuì. «Certo, scendo subito.»

«Molto bene, Vostra Grazia. Glielo riferirò.»

Finley se ne andò e Meg si guardò di nuovo allo specchio. Non era
dell'umore giusto per avere compagnia, soprattutto non Robert.
Grazie al lapsus di James qualche settimana prima, sapeva che Roseford una volta era stato il compagno di bagordi di Simon. Chi poteva
dire cosa stesse incoraggiando a fare suo marito adesso?

Si lisciò le gonne, fece il breve tratto fino al piano di sotto ed entrò in salotto. Roseford era voltato verso il camino, ma si girò quando sentì la porta aprirsi, e trattenne il respiro quando la vide.

«Roseford» lo salutò arrossendo. «Non vi aspettavo.»

Il duca prese la mano che gli porgeva e se la portò brevemente alle labbra. «Perdonatemi, Vostra Grazia, avrei dovuto mandare un biglietto per avvertire della mia visita, soprattutto perché sembrate in procinto di uscire. Siete bellissima.»

Meg sorrise al suo complimento. «Grazie. Non stavo per uscire, a dire il vero, sto solo aspettando Simon. Dovrebbe tornare dal suo club a breve.» Un'ombra attraversò il viso di Roseford per un attimo e a Meg balzò il cuore in petto. «Che c'è? Avete notizie?»

«No, per niente. In realtà io stesso sono venuto qui in cerca di Simon. Vedete, non è al club.»

Meg deglutì. «No?»

«No, quando sono arrivato da White poco fa, era già andato via.» Roseford si agitò per il disagio. «Sembra che... abbia incontrato Northfield al club.»

A quel punto Meg barcollò e Robert si protese in avanti per impedirle di cadere. La aiutò a sedersi e lei fece qualche respiro profondo nel tentativo di restare calma.

«Lui e Graham si sono visti. È andata molto male?»

«Un po' di spintoni, tutto qui» rispose Roseford, assottigliando la bocca a una linea cupa. «Almeno questa volta.»

Meg chinò la testa. «Dio, non sopporto che la loro amicizia si sia rovinata fino a questo punto a causa mia.» Sospirò e si fissò le mani che stringeva in grembo. «Avete visto Graham?»

Roseford annuì. «Lui c'era ancora.»

«E come... come stava?»

Il duca esitò. «Volete la verità, milady, o qualche bugia che vi faccia star meglio?»

Meg rialzò il viso di scatto al debole disprezzo nel suo tono. Se lo meritava, dopotutto, perché le amicizie tra tutti gli uomini del loro club erano state messe a dura prova per colpa sua. «La verità, Vostra

Grazia. Non sono un fiorellino delicato in cerca solo di parole positive.»

Roseford inarcò un sopracciglio alla sua risposta calma e lei pensò di intravedere un lampo di apprezzamento nel suo sguardo. «Molto bene. Graham è... turbato. Tradito. Non la sta prendendo bene.»

Meg strinse gli occhi al pensiero del dolore che stava patendo Graham. «È colpa mia.»

Il duca non la contraddisse, ma fece un lungo sospiro. «Abbiamo tutti avuto la nostra parte in questa debacle. Voi non avreste dovuto scappare in preda a un impeto di rabbia. Simon non avrebbe dovuto seguirvi quel giorno. Io avrei dovuto costringere Crestwood a partire subito dopo che aveva detto di voler andarsene...»

Meg si alzò lentamente in piedi e lo fissò. «Partire?» ripeté mentre si sentiva ghiacciare da capo a piedi. «Di cosa state parlando?»

Roseford serrò la mascella. «Non lo sapete?»

Lei scosse la testa. «Cosa dovrei sapere?»

«È meglio che non dica niente se Simon non ne ha parlato.»

Meg gli si avvicinò con le mani serrate lungo i fianchi. «State insinuando che mio marito intendeva andarsene, ma non volete darmi altri dettagli. Voi non potete lanciare un'accusa così esplosiva nel mio salotto e poi andarvene come se nulla fosse. Parlate, Roseford. Cosa vuol dire che avreste dovuto far partire Simon? Quand'è che *voleva* partire?»

Roseford arrossì e si rifiutò di guardarla negli occhi. Aveva la voce tesa quando disse: «Quando voi e Graham avete annunciato la data del matrimonio, Simon è venuto da me e abbiamo deciso di andare in Irlanda. O in Italia. Non importava dove. Voleva solo andarsene e non tornare fino a dopo che fosse stato celebrato il vostro matrimonio. Pensavo che ve lo avesse detto lui stesso, ma sembra che io abbia rivelato un segreto che evidentemente ferirà entrambi.»

A Meg ronzavano le orecchie mentre fissava il bell'uomo che aveva di fronte. Roseford era molte cose, e certamente non era mai stato il suo preferito tra gli amici di suo fratello, ma non era un bugiardo.

«Stava per andarsene» sussurrò.

Roseford annuì. «Capirete certo che era l'unica cosa onorevole da fare.»

Meg strinse la mascella, le tremavano le mani mentre lo fissava. «Onorevole. *Balle!*» disse infine con voce soffocata «Sono stufa di quella stramaledetta parola!»

Roseford spalancò gli occhi, stupito di sentirla imprecare in quel modo, ma prima che potesse replicare, Simon entrò in salotto.

«Roseford» cominciò. «Finley mi ha detto che eri qui e...»

Si interruppe quando gli scivolò lo sguardo su Meg. Meg sapeva quello che doveva vedere, perché non poteva nasconderlo. Le tremavano le mani, aveva il respiro corto e gli occhi pieni di lacrime per quanto cercasse di trattenerle sbattendo rabbiosamente le palpebre per impedire di rivelare la sua debolezza in modo così umiliante.

«Meg» disse Simon, avvicinandosi a lei. «Che c'è?»

«Roseford, andatevene» sussurrò.

Roseford si schiarì delicatamente la gola e le fece un inchino. «Certo, milady. Mi spiace avervi turbato.» Si avvicinò alla porta e aggiunse: «E Crestwood, mi spiace, davvero.»

Simon non gli prestò attenzione e mentre il suo amico se ne andava, chiudendosi la porta alle spalle chiese di nuovo «Che c'è?»

«Stavi per andartene» disse Meg. Non chiese, *disse*, perché non voleva dargli la possibilità di arrampicarsi sugli specchi per spiegare l'inspiegabile.

Simon sbiancò in viso e la fissò in silenzio per quella che sembrò un'eternità. «Te lo ha detto Roseford?» chiese infine.

Meg annuì, ma fu un movimento convulso e sbilanciato. «Sì. E grazie a Dio me lo ha detto lui, perché a quanto pare tu non lo avresti mai fatto. Ma questo è quello che ti riesce meglio, non è vero, Simon? Nascondere le cose.»

L'accusa lo fece trasalire e Meg capì che voleva avvicinarsi a lei. Ma non lo fece, come sempre. Sembrava palesemente incapace di farlo.

«Non stavo cercando di nasconderti niente, Meg» le spiegò con calma. «*Non* me ne sono andato, quindi non ero certo che avesse senso dirti che il mio piano iniziale era andarmene.»

Meg gli si avvicinò, con le mani serrate lungo i fianchi. «Vorresti averlo fatto?»

«Che cosa? Dirtelo o andarmene?»

«Andartene!» urlò lei. «Avresti preferito andartene?»

Simon chinò la testa. «Se lo avessi fatto, non avrei ferito nessuno.»

Meg tirò su l'aria tra i denti e si allontanò barcollando, indietreggiò come se lui l'avesse colpita. In un certo senso, era come se lo avesse fatto, perché la verità su di lui... su di loro... ora gravava tra loro in un modo da cui lei aveva cercato di nascondersi. Un modo che aveva cercato di evitare, facendo finta che avrebbe potuto porvi rimedio.

Adesso era chiaro che era stata una sciocca.

«Avresti ferito *me*» gli disse con appena un filo di voce.

Simon alzò lentamente lo sguardo. «Prego?»

«Maledizione, non fingere di non sapere cosa provo per te» sbottò lei scuotendo violentemente la testa. «Non fingere di non averlo sempre saputo. Io e te avevamo una sintonia più profonda dell'amicizia, più profonda della sola passione, da anni. La sentivamo entrambi. E sai che se tu te ne fossi andato via con Robert e io avessi sposato Graham, ne avrei sofferto. Il fatto che sia stata solo una notte di cui ti penti che ti ha impedito di farlo... be', mi fa altrettanto male.»

«La situazione era... complicata» commentò Simon a bassa voce.

«Ma certo che era complicata» rispose lei, alzando le mani. «Ero innamorata di uno dei migliori amici di mio fratello e sposavo l'altro. Pensi che non ne sia stata tormentata per anni? Che vederti e voler esserti vicino e voler toccarti non mi abbia spezzato il cuore e lo spirito?»

Simon spalancò gli occhi. «Mi ami.»

«Se non lo hai capito, allora sei cieco oltre che vigliacco» sussurrò. «Perché non sono mai stata molto brava a nasconderlo. Soprattutto non quando eravamo soli insieme.»

«Meg...»

Lei scosse la testa. «No. No! Ti conosco, Simon. Adesso comincerai a elencare tutti i motivi per cui non andiamo bene e che abbiamo sbagliato e che non meritiamo di essere felici. Che *tu* non te lo meriti. Ma è un mucchio di... be', è un mucchio di qualcosa che una signora non dovrebbe dire. E tu lo sai.»

«Non ho mai provato...»

«Non ci hai mai provato!» Meg si rese conto che stava gridando. E non le importava. Voleva gridare. Voleva urlare perché era rimasta in silenzio per troppo tempo.

«Pensi che *volessi* andarmene?» sbottò Simon.

Lei incrociò le braccia. «Stavi per farlo, quindi in questa situazione suppongo che non importi quale fosse la tua intenzione.»

Simon restò a fissarla ammutolito, boccheggiando come un pesce.

Meg scosse la testa. «Simon, so che provavi qualcosa per me, come io provavo qualcosa per te. Ma non sei mai stato disposto a combattere per me. Mentre io *ho* combattuto. E ho combattuto da quando siamo stati beccati insieme quella notte nel cottage ed era chiaro che saremmo stati costretti a sposarci. Sapevo che avremmo potuto essere felici, che avremmo potuto stare bene insieme. Ma ora mi rendo conto che sono stata una stupida.»

Lo fissò, fissò il suo bel viso. Vide il suo dolore. Ma vide anche la sua esitazione. E fu questo a distruggerla, perché era una dimostrazione di ciò che già sapeva.

Simon non era disposto a superare gli ostacoli che li dividevano. Non la trovava abbastanza importante per provarci. E come Emma, Meg si rese conto che non voleva vivere una vita del genere. Non poteva amare un uomo incapace di permettersi di provare lo stesso sentimento.

A quel punto, preferiva starsene da sola.

Indietreggiò, erigendo tra loro un muro come aveva fatto lui tante volte. «Me ne vado.»

Lui spalancò gli occhi. «Te ne vai?»

Meg annuì lentamente. «Ho bisogno di tempo. Ho bisogno di pensare. Andrò da James ed Emma. Ho solo bisogno... di non essere qui.»

«Ti prego, Meg» disse Simon, avvicinandosi a lei. La prese per le braccia, ma lei riuscì a divincolarsi anche se il suo tocco la faceva bruciare di desiderio e amore.

«No» insistette. «Devo... andarmene.»

Simon fece un passo indietro, con un'espressione contrita e gli occhi scuri per l'emozione. Poi annuì. «Fai pure.»

Quelle parole avevano lo scopo di renderla libera, ma le si spezzò il cuore quando le pronunciò. Perché alla fine era quello il problema. Non avrebbe cercato di fermarla. E questo significava che lei non avrebbe mai avuto quello che voleva.

Gli voltò le spalle. Tremava mentre usciva in silenzio dal salotto. Tremava mentre aspettava che Finley chiamasse una carrozza. Ma non si voltò e lui non la chiamò.

In quel momento, Meg seppe che era finita.

Simon andava avanti e indietro per il salotto, con un bicchiere in mano, proprio come faceva da... Dio, non sapeva nemmeno lui da quanto. Da ore, di sicuro. La stanza si era fatta buia, poi era tornata la luce.

Meg invece no.

Aveva passato la notte a rimuginare, le accuse di Graham sul fatto che non combatteva, quelle di Meg. Le loro parole si intrecciavano, gli scavavano nell'anima e gli facevano mettere in discussione tutte le sue convinzioni.

Era portato a mettere pace. Lo aveva fatto tra sua madre e suo padre, tra gli amici del suo gruppo. Aveva passato una vita a cercare di essere tutto ciò che fosse necessario per rendere le cose... piacevoli.

E ora gli veniva detto che non era abbastanza. Peggio ancora, sapeva che era vero. Ma essere di più, combattere, richiedeva che corresse un rischio. E esporsi, aspirare a qualcosa di più, non gli era mai andato a finire bene in tutti quegli anni.

«Vostra Grazia.»

Si voltò e vide Finley sulla soglia, l'espressione del maggiordomo era ansiosa e preoccupata mentre lo guardava. E perché no? Il poveruomo continuava a suggerirgli invano di mangiare qualcosa e riposarsi, ma Simon non ci riusciva.

Doveva trovare un modo per affrontare tutto questo e non sapeva proprio come fare.

«Che c'è?» chiese, la sua voce roca per la stanchezza.

«Sono io.»

Il maggiordomo si fece da parte e James entrò in salotto. Simon si bloccò. Il volto del suo migliore amico era teso e dagli occhi emanava lampi di rabbia.

«Potete andare, Finley», disse piano Simon.

Il maggiordomo si accomiatò, chiudendosi la porta alle spalle senza che gli fosse chiesto di farlo. Appena si sentì il *click* della serratura, James lo affrontò a petto in fuori, con un linguaggio del corpo più che aggressivo. «Ti avevo chiesto di fare una cosa molto semplice. Cosa?»

«Di non ferire Meg» disse Simon con voce rotta. «E ti ho deluso. Se vuoi prendermi a pugni, sfidarmi a duello, distruggermi, fallo.»

«Non voglio fare nessuna di queste cose» scattò James. «Voglio che tu capisca cosa devi fare. Cosa *vuoi* fare. E voglio vederti felice.»

Simon chinò la testa. «Non credo di essere mai stato felice, James. Non sono sicuro di sapere da dove si cominci.»

Sprofondò sul divano e si prese la testa tra le mani mentre veniva travolto dalle emozioni che normalmente era in grado di controllare. Sentì James sedersi accanto a lui.

«So com'è stata la tua vita da ragazzo» disse James. «Tuo padre non era palesemente crudele come poteva essere il mio, non era violento come quello di Graham, ma so che hai passato la vita a camminare sul filo del rasoio. A cercare di essere ciò che tutti volevano che fossi per mantenere una sorta di pace. Diamine, hai anche fatto del tuo meglio per riportare me e Graham sulla retta via quando avevamo preso una brutta piega.»

«Siete entrambi dei combattenti» sussurrò Simon. «Io invece no.»

«Cosa vuoi?» chiese James.

«Lei» rispose Simon di scatto, guardando finalmente il suo amico.

Vide pietà nell'espressione di James, ma anche comprensione, e ne fu distrutto. «*Lei*, maledizione! Sempre e solo lei.»

James annuì. «Allora faresti meglio a capire come diventare l'uomo di cui ha bisogno, perché il tempo a tua disposizione sta finendo.»

«Che significa?»

«Era devastata quando si è presentata a casa nostra ieri» disse James, aggrottando la fronte. «Non l'ho mai vista così a pezzi. E...»

«E cosa?» chiese Simon, sporgendosi in avanti.

«È andata via, Simon. Era decisa a non rivederti più, non sopportava di sapere che non la ami abbastanza da fare di lei una priorità. È partita questa mattina.»

Simon balzò in piedi. «Partita? Dov'è andata?»

«È tornata a Falcon's Landing» disse James con un sospiro. «Ho provato a convincerla a non farlo, le ho detto che avrei fatto da mediatore tra voi. Anche Emma ha cercato di convincerla, ha persino invocato il nostro bambino non ancora nato nel tentativo di persuaderla a rimanere. Ma Meg continuava a dire che ti odiavi più di quanto amassi lei e che non ne voleva più sapere.»

Simon lo fissò, assimilando fino in fondo le parole del suo amico, assorbendole nell'anima, nella mente e nel cuore. Si mischiarono all'accusa di Meg di essere un vigliacco, alle aspre parole di Graham sul fatto che Simon non avesse mai combattuto per quello che voleva. Si fuse tutto insieme e, senza pensare, Simon buttò la testa all'indietro ed emise un ruggito che fece quasi tremare la stanza.

James si alzò lentamente mentre Simon ansimava a causa delle intense emozioni che lo laceravano.

«Devo andarle dietro» esclamò finalmente quando poté parlare. «Devo andarle dietro.»

Per settimane James lo aveva guardato solo con un misto di preoccupazione e disprezzo, ma ora il suo amico alzò leggermente l'angolo delle labbra. «Ce ne hai messo di tempo a capirlo. Cos'hai intenzione di fare?»

«Quello che avrei dovuto fare dall'inizio» rispose. «Quello che ho avuto paura di fare per tutti questi anni. Sarò onesto. Sarò aperto. E...

combatterò per lei e per quello che voglio. E non accetterò un rifiuto, a costo di metterci dieci anni. Non mi arrenderò finché non saprà che sono coinvolto tanto quanto lei.»

«Meg ti ama» disse James piano.

Simon chinò la testa. «Non me lo sono meritato finora. Ero convinto di non poter sacrificare i bisogni di qualcun altro per ottenere ciò che volevo. Ma d'ora in poi combatterò per essere degno del suo amore.»

«Bene. È un inizio» disse James, dandogli una pacca sulla spalla. «Allora, quando parti?»

«Ho un paio di cose da preparare» rispose, anche se avrebbe preferito precipitarsi a capofitto da Meg all'istante e gettarsi ai suoi piedi implorandole di perdonarlo. Ma l'aveva ferita troppo a lungo e troppo in profondità per pensare che fosse un'espiazione sufficiente. Doveva mettersi alla prova. E aveva bisogno di un piano.

E forse qualche giorno da sola l'avrebbe resa più aperta a ciò che voleva offrirle.

«Sistemerò tutto, James» disse Simon, fissando il suo amico negli occhi. «Prima con Meg, e poi con Graham.»

«Preoccupati di Meg adesso» suggerì James. «Cosa posso fare per aiutarti?»

Simon ci pensò un momento, poi annuì quando nella sua mente iniziò a prendere forma un piano. «Be', prima ho bisogno che il potentissimo Duca di Abernathe mandi un messaggio ai suoi servitori...»

CAPITOLO DICIANNOVE

Meg passeggiava nel giardino dietro la tenuta di campagna di suo fratello e fece un lungo sospiro. Falcon's Landing per lei era sempre stata una via di fuga, un piacere. Ma era a casa da cinque giorni e non provava nessuna di queste cose. Invece, quando si guardava intorno, tutto ciò che vedeva erano ricordi di Simon.

Là nell'angolo del giardino, proprio accanto alla fontana, era dove lo aveva incontrato per la prima volta. Sulla terrazza era dove una volta l'aveva fatta ballare la sera in cui aveva fatto il suo debutto in società ed era così nervosa che quasi non riusciva a muoversi. Quante volte si erano sussurrati battute e storielle durante le cene al tavolo della sala da pranzo?

E poi c'era la sua stanza. Una volta un santuario, tutto ciò a cui riusciva a pensare ora quando posava la testa sui cuscini era che questo era il luogo in cui Simon era venuto a rivendicare la sua innocenza dopo che erano stati costretti ad annunciare il loro fidanzamento.

Ogni posto in cui guardava c'era lui. C'erano *loro*.

Ed era così disperatamente ingiusto dal momento che sapeva che "loro" era una bugia che si era detta da sola. Simon non avrebbe mai permesso che esistesse un "loro". Non sul serio.

Alla fine, immaginava che avrebbe dovuto limitarsi a restare segregata in campagna. Forse James ed Emma le avrebbero permesso di costruire una casetta ai margini della proprietà, un posto che non avrebbe conservato alcun ricordo di Simon. Un posto dove non l'aveva mai toccata.

Dio solo sapeva che probabilmente Simon sarebbe stato altrettanto felice che venisse estraniata. Dopo non sarebbe stata più un ricordo costante di tutto ciò che aveva tradito e perso.

«Vostra Grazia?»

Si voltò e vide Grimble che veniva giù per il sentiero nella sua direzione. Meg corrugò la fronte, perché il maggiordomo era un tipo molto formale e non si vedeva quasi mai fuori dai confini della casa.

«Posso esservi di aiuto, Grimble?» gli chiese, liberando come meglio poteva la mente da tutti i suoi pensieri malinconici.

«C'è un piccolo problema che temo debba essere risolto» disse il maggiordomo, fermandosi davanti a lei a disagio. «Una questione domestica.»

Meg annuì lentamente. «Capisco. Bene, di cosa si tratta?»

«Avete presente quel cottage del custode a poche miglia di distanza dalla strada, al centro della tenuta?»

Meg si irrigidì alla menzione del cottage del custode. Probabilmente era questo il motivo per cui Grimble si stava agitando così furiosamente adesso. Tutti sapevano cos'era successo tra lei e Simon. Be', quanto meno pensavano di saperlo.

«Sì, penso che sappiate che conosco quel posto» riuscì a gracchiare Meg, e Grimble arrossì leggermente. «Che c'è?»

«Be', oggi Toby stava andando al mercato e ha preso il sentiero più lungo, attraverso la tenuta. Ha notato che il cottage era stato danneggiato e temeva che potessero mancare alcuni oggetti all'interno.»

Meg incrociò le braccia. «Grimble, apprezzo l'importanza del problema, ma perché ne parlate con me? Mi sembra una cosa che possa gestire più che bene il custode della tenuta. Chiedetegli di iniziare a riparare il danno e di fare un inventario. Poi scrivete ad Abernathe per informarlo della situazione.»

Grimble si schiarì la gola. «Sì. Certo. Lo farò, ma vedete, voi siete stata l'ultima persona a entrare nel cottage, Vostra Grazia. E poiché potrebbero mancare degli oggetti, abbiamo pensato che sarebbe stato meglio se voi poteste fare una sorta di elenco di tutto ciò che vi sembra essere sparito.»

Meg scosse la testa. «Per quanto sia stata lì di recente, non potrei...»

Si fermò. Era incredibile quanto fosse fisica la sua reazione a questa situazione. La sola idea di andare di nuovo al cottage del custode le fece venire brividi di ansia da capo a piedi. Tornare là, affrontare quel luogo...

Grimble la stava fissando. «Non voglio causarvi disagio, Vostra Grazia, ovviamente. Ho solo pensato che potevate essere di aiuto.»

Meg sospirò. «No, non state... non... non è colpa vostra, Grimble. E avete ragione, visto che sono l'ultima ad essere stata al cottage, potrei essere la più adatta a giudicare quello che vi si trova.» Fissò per un momento il giardino, cercando di calmarsi mentre considerava le sue opzioni. «Penso che mi farebbe bene una cavalcata in ogni caso. Passerò dal cottage e darò un'occhiata.»

Grimble sembrò sgonfiarsi per il sollievo. «Splendido, Vostra Grazia. Sarebbe molto apprezzato.»

Meg scosse la testa. «Vado a cambiarmi. Potete dare disposizioni di farmi sellare Stella?»

«Sì, Vostra Grazia» rispose Grimble, affiancandola al suo passo. «E vi farò preparare anche un pranzo al sacco.»

Meg fece del suo meglio per non fare un profondo sospiro. Doveva essere davvero ovvio che aveva il cuore infranto, se Grimble insisteva con tanta forza che si prendesse una mezza giornata per la sua escursione. Ma forse aveva ragione sul fatto che le avrebbe fatto bene farsi un giro. Avrebbe dato un'occhiata al cottage, avrebbe fatto le sue osservazioni e poi avrebbe fatto una lunga cavalcata.

«Molto bene» disse Meg mentre entravano in casa, e si diresse verso le scale. «Scenderò tra poco.»

Andò in camera sua e chiamò Fran per aiutarla a mettersi l'abito da equitazione. Era passato molto tempo dall'ultima volta che era andata a cavallo e Stella era il suo cavallo preferito, ma nonostante tutto questo, il pensiero non le dava gioia. Tornare al cottage del custode era quasi come tornare sulla scena di un crimine. E in quel momento non era pronta ad affrontare quel posto, o tutti i sentimenti che ancora ribollivano dentro di lei e che probabilmente non sarebbe mai riuscita a dirimere.

S imon vide sopraggiungere il cavallo molto prima che arrivasse. Trattenne il fiato, si portò all'occhio il cannocchiale e si appoggiò alla finestra. Meg indossava un abito da equitazione blu scuro e un cappello sbarazzino, ma quando Simon intravide il suo viso, si perse d'animo. Meg aveva un'aria davvero infelice.

E porvi rimedio avrebbe richiesto un bel po' d'impegno.

Mise via il cannocchiale e si guardò intorno. Era a Falcon's Landing da due giorni. Due giorni di duro lavoro durante i quali aveva rimesso il cottage del custode in ordine, pronto per Meg e per tutti i piani che aveva in serbo per lei.

Se fosse rimasta, cioè. Se non aveva già fatto così tanto danno che Meg avrebbe voltato le spalle a qualsiasi offerta le avesse fatto perché non si fidava più di lui.

In passato, una simile possibilità lo avrebbe forse scoraggiato. Ma non oggi. Non con Meg. Con lei doveva combattere. Era quello di cui Meg aveva bisogno, quello che si meritava. E forse per la prima volta nella sua vita, era quello che voleva fare anche lui.

Voleva conquistarla.

La sentì fermarsi vicino al cottage e dire paroline dolci alla sua cavalla. Era arrivato il momento.

Fece un bel respiro, andò alla porta e uscì a salutarla.

Meg stava fissando il cottage ma quando lui uscì di casa, quell'espressione cambiò. Per un breve momento vide pura gioia quando lei lo notò, amore, desiderio, piacere. Ma poi quei sentimenti furono spazzati via, sostituiti da una smorfia di dolore che le attraversò il viso e fece sorgere tra loro un muro di cui Simon sapeva di essere interamente responsabile.

Ma aveva visto la gioia. Sapeva che c'era una possibilità.

«Simon» sussurrò Meg, facendo un lungo passo indietro. «Io... che cosa... come...?»

Le si avvicinò di un passo, attento a non toglierle troppo spazio, ma mosso dal desiderio, dal bisogno, di esserle più vicino. «Scusami per il sotterfugio.»

Meg schiuse le labbra e fissò di nuovo il cottage. «Non c'era nessun danno, vero? Non manca niente?»

Lui scosse la testa. «No. Sono qui da un po' di tempo, a sistemare le cose, a prepararle. Prima che arrivassi James ha scritto a Grimble ordinandogli di fare quanto gli chiedevo. Quindi non biasimarlo per aver...»

«Mentito?» lo interruppe Meg, incrociando le braccia.

Lui annuì. «Mentito è la parola giusta, immagino.»

«E perché arrivare a tanto?» gli chiese, e la sua voce si fece più morbida. «Perché non andare alla villa e pretendere un incontro con me? Sei mio marito, hai questo diritto.»

Simon si accigliò. «Pensi che mi comporterei così, Meg? Che ti impartirei degli ordini? Che ti costringerei a provare o a fare qualcosa che non desideri?»

«Be', hai messo insieme una bugia molto elaborata per farmi fare qualcosa che non desidero» ribatté lei.

«Come vedermi?»

Le tremò leggermente il labbro inferiore e poi scosse la testa. «Sarò onesta anche se tu non lo sei. Sono felice di vederti. Sono sempre felice di vederti. Ma sono anche... anche... arrabbiata. E ferita. E sono stanca di girare a vuoto con te. È un gioco che abbiamo trascinato troppo a lungo.»

«Non è un gioco» sussurrò lui.

Meg scosse lentamente la testa. «Perché sei qui, Simon? Perché seguirmi quando hai chiarito le tue intenzioni alla perfezione nell'ultimo mese?»

Voleva chinare la testa e sfuggire alla sua rabbia. Ma non lo avrebbe fatto. Mai più. Con molta difficoltà, le si avvicinò di un altro passo e le prese la mano. Lei tremò, ma non si tirò indietro.

«Sono venuto qui perché so di aver combinato un casino, Meg. Hai detto che non ho combattuto. Anche Graham me lo ha detto a essere sinceri... e anche James. E avete ragione. Non è nella mia natura. Ma quando te ne sei andata da Londra, quando era chiaro che ti stavi arrendendo nella battaglia per il nostro futuro, ho capito che perderti sarebbe stata la cosa peggiore che mi sarebbe mai capitata. So di arrivare tardi, forse troppo tardi. Ma sono venuto qui per combattere, Meg. Per te.»

Meg schiuse le labbra e lui capì quanto significassero quelle parole per lei. Ma non gli cadde tra le braccia. Non si lanciò in un monologo su quanto lo amasse. Invece sfilò delicatamente la mano dalla sua.

«Non so, Simon. Non so davvero» sussurrò.

Lui annuì. «E va bene così. Lo so io per entrambi. Non ti chiedo di perdonarmi subito. Non ti chiedo di farmi promesse. Ma ti sto chiedendo di lasciarmi provare. Ci stai?»

Meg spostò il peso da un piede all'altro, ma non lasciò mai il suo sguardo. Era combattuta, temeva di essere ferita di nuovo. In quel momento, era così bella che Simon non poté resistere. Fece un passo avanti e chiuse le distanza tra loro.

Le mise un dito sotto il mento e le inclinò la bocca verso la sua. Le sfiorò le labbra con le sue, godendosi il bacio che aveva agognato dal giorno in cui era uscita dal salotto. Meg si aprì a lui con un piccolo sospiro e lui prese delicatamente quel che gli offriva, sforzandosi di non farsi travolgere dalla passione perché aveva bisogno di avere la mente lucida per il suo piano.

Alla fine, si ritrasse, e vide la confusione di Meg, il suo bisogno e il suo dolore ancora fusi insieme nella sua espressione tormentata.

«Per favore, Meg, fammi provare ad essere l'uomo che avrei dovuto essere fin dall'inizio.»

Lei fece un gran sospiro e poi annuì. «Va bene.»

«Ottimo!» esultò Simon, si allontanò da lei con grande difficoltà e batté le mani. «Allora rimuovi quella borsa da picnic dalla sella di Stella e io la legherò a un palo per quando verranno a prenderla i domestici.»

Meg lo fissò. «Come fai a sapere che c'è una borsa da picnic e che...» Si interruppe scuotendo la testa. «Oh, capisco. Hai organizzato tutto.»

«Ci ho provato.» Le fece cenno di avvicinarsi al cavallo. «Avanti allora.»

Meg fece un sorriso genuino quando fece quello che le aveva detto. Quando prese la bisaccia, grugnì. «Santo cielo, c'è abbastanza roba da durare giorni.»

«Lo spero» disse lui, conducendo la cavalla a un palo vicino al cottage dove la legò. «Era quello che avevo chiesto.»

Meg lo guardò un istante negli occhi. «Quanto tempo dovrò restare qui con te?»

«Finché vorrai» rispose lui scrollando le spalle. «Finché avrai abbastanza vestiti, che ti verranno portati quando verranno a prendere il cavallo.»

«Quanti servi hai coinvolto nel tuo piano?» chiese Meg, scuotendo la testa.

Simon sorrise. «Non molti. Grimble, ovviamente, e Fran. E quelli che hanno coinvolto a loro volta. Ma in tutto questo c'entriamo solo noi.»

Meg distolse il viso e lui aggrottò la fronte. Non era ancora pronta a credergli. Ed era giusto così. Adesso era pronto a combattere. A dire il vero non vedeva l'ora. Era la prima cosa che gli sembrava giusta da anni.

Si mise la bisaccia sulla spalla e le porse la mano. Meg si concentrò sulle sue dita tese per un momento, e lui ne intuì i pensieri, ma alla fine la prese. Lui la strinse dolcemente e poi la condusse sul sentiero e lontano dal cottage, negli stessi boschi in cui avevano vagato il pomeriggio in cui entrambe le loro vite erano cambiate.

Ma quel giorno non era l'unica cosa che voleva che Meg ricordasse. Avevano condiviso molte giornate in quei boschi. Molti ricordi che sperava l'avrebbero riportata da lui.

Meg rimase in silenzio qualche minuto mentre camminavano, poi buttò fuori il fiato come se l'avesse trattenuto per un po'. «Cosa vuoi che faccia?»

Simon si fermò in mezzo al sentiero e si voltò verso di lei. «Niente. Hai fatto tutto tu per troppo tempo. Lascia che faccia qualcosa io adesso. Mi basta che tu sia… aperta. È tutto ciò che ti chiedo.»

Le tremò il labbro inferiore. «Perché ora?»

«Potrei dirti che è perché ti amo. Perché ti amo da dieci anni. Perché il pensiero di perderti mi dilania il cuore.»

Le si riempirono gli occhi di lacrime e lui moriva dalla voglia di asciugarle o di fare una battuta per diminuire il loro potere, ma non lo fece. Era il momento di mostrarle tutto ciò che aveva nel cuore, penoso o meno che fosse. Aveva rischiato di perderla tenendosi a distanza. Adesso doveva darle tutto.

«Ma non te lo dirò» continuò. «Perché in questo momento le mie parole sono prive di significato senza qualcosa di più che le supporti. Quindi ti mostrerò che cosa provo, Meg. E spero solo che possa bastare.»

CAPITOLO VENTI

Simon si sedette per terra e cominciò a mettere cibo e bevande sulla coperta che era stata infilata nella bisaccia. Era molto concentrato, e Meg ne approfittò per osservarlo.

Quando era arrivata al cottage e lui era uscito per salutarla, avrebbe voluto lanciarsi tra le sue braccia con tutto il cuore e tutta l'anima.

Ma non lo aveva fatto. E lui non le aveva chiesto di farlo. Le aveva solo chiesto di avere una mente aperta e lei ci stava provando. Era quasi impossibile quando Simon faceva cose come dichiarare il suo amore per lei con tono calmo e sommesso, salvo poi dirle che lei non avrebbe dovuto decidere il suo futuro solo in base alle sue parole.

Sarebbe stato facile farlo, perché quelle parole erano quello che voleva sentire da molti anni.

«Sei sicuro di non aver bisogno di aiuto?» gli chiese, spostando il peso da un piede all'altro mentre lui rimetteva in piedi per la terza volta un calice di vino rovesciato.

«No, posso farcela» disse, e sorrise trionfante quando il bicchiere alla fine rimase al suo posto. «Vieni qua.»

Meg rise e si sistemò sulla coperta. Era un banchetto delizioso, con pollo freddo, pane fresco e formaggio a sufficienza per soddisfare anche lei. Simon le preparò un piatto e glielo porse, insieme a un bicchiere di vino, poi si riempì un piatto per sé.

Gli sorrise. «Sai cosa mi ricorda?»

A Simon si illuminarono gli occhi. «Quel picnic che abbiamo fatto tutti insieme quando avevi, quanto... sedici anni?»

Meg annuì. «James era così perso all'inizio quando ereditò il titolo. Penso che fosse la prima volta che rideva da quando era duca.»

«Lui e Graham andarono a pescare, no?» chiese Simon.

Meg rabbrividì al pensiero di quel giorno di tanto tempo prima. «E tu ed io rimanemmo da soli.»

Il sorriso di Simon scomparve. «Era la prima volta che eravamo soli da quando ti eri fidanzata. Stavo cercando di mantenere una certa distanza, ma in realtà tutto quello che volevo fare era baciarti» sussurrò.

Meg scrollò le spalle. «Io *volevo* che tu mi baciassi, ma sapevo che non lo avresti fatto.»

«Avrei dovuto farlo» disse lui, avvicinandosi un po'. Abbastanza vicino da sentire il calore della sua pelle, il suo respiro contro la sua guancia. «Avrei dovuto gettare la prudenza al vento e baciarti. Avrei dovuto dire a Graham e James che volevo sposarti. Avrei dovuto dirtelo.»

«Perché non lo hai fatto?» sussurrò Meg, alzando lo sguardo su di lui, attratta da tutta la passione che sapeva esserci tra loro ma sapendo che non sarebbe mai stata sufficiente come fondamenta della loro felicità. Ci erano già passati.

Lui allungò una mano e le fece scorrere la punta delle dita sulla mascella, lasciando che il pollice le tracciasse delicatamente il labbro inferiore. «Onore» sussurrò.

Meg aggrottò la fronte. Ecco di nuovo quella parola. L'onore era stato alla base di tutti i muri che aveva messo tra di loro.

Simon continuò: «Allora ti avrei detto che era stato l'onore a fermarmi. Ma non era così. Non proprio.»

Meg spalancò gli occhi a quell'ammissione. «Cos'era?»

«Paura» ammise lui, ed era chiaro quanto fosse difficile pronunciare quella parola. Lo vide nell'adombramento delle sue guance, nel modo in cui il suo sguardo saettò lontano. «Non è una scusa, ma ho passato la mia vita a cercare di adeguarmi a un modello, cercando di accontentare genitori incontentabili. Se sbagliavo, tutto ciò che volevo mi veniva negato.»

Lei ed Emma ne avevano parlato, del fatto che Simon non era stato educato a combattere, ma a compiacere. E capiva il suo desiderio di fare la cosa giusta piuttosto che di chiedere quello che voleva. «Capisco. Davvero. Ho visto il modo in cui tua madre ti tratta anche adesso. Non era giusto costringerti a guadagnare la tua ricompensa. Non quando la ricompensa era l'amore.»

Simon inclinò la testa. «Non ho mai conosciuto l'amore finché non ho incontrato i miei amici. Quella era fratellanza e accettazione. E avevo paura di perderle. E onestamente...» Si interruppe e poi scosse la testa. «Maledizione, è difficile da dire.»

Meg gli prese le mani e le strinse dolcemente. «Dillo e basta.»

Lui annuì. «E se avessi rischiato, Meg? E se mi fossi avvicinato e ti avessi baciato e ti avessi detto tutto quello che avevo in cuore? E poi tu mi avresti... odiato per questo. E *loro* mi avrebbero odiato per questo. Avevo il terrore di perdere tutto ciò che avevo di più caro e finire di nuovo da solo.»

Meg trasalì. «E così non hai provato.»

«No» disse con un sospiro. «Non ho provato. È stato codardo da parte mia.»

Meg lo guardò attentamente, aveva il volto tirato, un'espressione tormentata. Aveva sempre amato Simon per la sua capacità di prendere alla leggera le situazioni difficili. Per il modo in cui faceva da paciere quando era necessario. A dire il vero, erano molto simili loro due.

Così simili che nessuno dei due aveva provato ad avere di più, anche quando entrambi lo desideravano disperatamente. Anche se si desideravano l'un l'altra.

Si alzò in piedi e gli sorrise. «Vieni.»

Simon corrugò la fronte. «Non vuoi mangiare?»

«Dopo.»

«Dopo cosa?» chiese con tono diffidente mentre si alzava in piedi.

Lei rise. «È uno degli ultimi giorni caldi d'autunno e quel lago sarà presto troppo freddo per nuotare. Ho sempre voluto farlo, ma mi scoraggiarono una volta da ragazza. Non sta bene, mi dissero.»

Simon spalancò gli occhi. «Vuoi nuotare nel lago con me.»

Lei annuì, poi gli voltò le spalle. «Mi slacci, per favore?»

Ci fu un attimo di esitazione, poi sentì le sue mani scivolarle sulle spalle, fino ai bottoni lungo la parte posteriore del suo abito. Dopo che le allentò il vestito, lei lo lasciò cadere ai suoi piedi, insieme alla semplice sottoveste sotto, e restò solo con la camiciola. Quando si voltò, lui si era già tolto la camicia e si era slacciato i pantaloni, che gli cadevano lenti sui fianchi ben definiti.

Le sorrise. «Ci stai ripensando?»

Meg rifletté su quella domanda. Sembrava racchiudere più potere di una semplice provocazione sul fatto di tuffarsi nel lago. Gli tese la mano e scosse la testa. «No.»

Simon rise e si sfilò i pantaloni con un calcio. Meg trattenne il fiato alla vista di lui, nudo. Erano passati diversi giorni dall'ultima volta che lo aveva visto così. Dall'ultima volta che avevano fatto l'amore. Ora non poteva fare a meno di fissarlo e di meravigliarsi della sua perfezione fisica. Tutti quei muscoli, tutta quella pelle tesa che li ricopriva. Dio, era perfetto.

Quando Meg si morse il labbro, gli si indurì il sesso e lei spostò lo sguardo sul suo viso. La stava fissando, fremente. «Nuotiamo o facciamo qualcos'altro?» le chiese con tono provocante e seducente allo stesso tempo.

Meg si tolse la camiciola per essere nuda come lui, e gioì del modo in cui a Simon si dilatarono le pupille dal desiderio. Con il fiato corto, si avvicinò e gli sfiorò il collo con le labbra. «Tutte e due le cose.»

Lui ridacchiò, poi la sorprese prendendola tra le braccia e portandola in acqua. La gettò dentro e Meg strillò per il piacere quando finì nell'acqua fresca e si immerse. Quando riemerse in superficie, lui la stava aspettando, già bagnato, con i capelli tirati indietro dopo essersi inzuppato.

Lo schizzò tra le risate e lui si tuffò nella sua direzione. Meg si allontanò altrettanto rapidamente, scalciando e ridendo in un modo che non si era permessa di fare da anni.

«Piccola sfacciata» farfugliò Simon quando Meg lo colpì in pieno viso con uno spruzzo d'acqua. Si lanciò e le afferrò la caviglia, trascinandola verso di sé.

Meg gli avvolse le braccia intorno al collo mentre lui se la stringeva contro il petto, e improvvisamente le svanì la risata. Anche lui smise di ridere. Rimasero a galleggiare insieme, i seni bagnati premuti contro il suo petto, il suo membro che si faceva sentire nello spazio tra i loro corpi.

«Mi sei mancata» sussurrò Simon.

Meg sorrise. «Sono sempre stata qui.»

Lui scosse la testa. «Ma io no. Lo ammetto. In tutti questi anni siamo diventati ottimi amici e mi è piaciuto molto. Ma ti ho anche spinto sempre più lontano perché sapevo che mi saresti stata portata via. Era diventata un'abitudine prendere le distanze.»

«Per proteggerti» suggerì lei dolcemente.

«Sì, suppongo di sì. E da quando ci siamo sposati, l'ho fatto ancora di più. Per un qualche senso di colpa e perché ero deluso di me stesso. Ma anche per paura che tu smettessi di amarmi. Avevo paura di deluderti se ti fossi avvicinata troppo. E ho perso un'amicizia.»

«Graham?» mormorò Meg mentre il cuore le batteva forte per tutte le cose che diceva e ammetteva suo marito.

Simon le prese il mento. «Tu. Il mio migliore amico sei sempre stata tu.»

La baciò, le labbra bagnate di Simon reclamarono le sue, affondando la lingua in profondità. Lei rabbrividì contro di lui, affondò le unghie nelle sue ampie spalle mentre lui le afferrava le gambe e poi se le avvolgeva intorno alla vita sott'acqua.

«E ora voglio farti cose che non fanno gli amici» mormorò con voce roca.

Meg si mosse e sentì il suo membro premere contro la sua apertura. «Così?» gli chiese mentre scivolava più in basso e lo prendeva dentro di sé con un'unica spinta.

Simon appoggiò la fronte sulla sua. «Oh sì, proprio così.»

I loro ansimi si fusero mentre facevano oscillare i fianchi. Le agili spinte di Simon, l'acqua che si frangeva intorno a loro, il modo in cui i fianchi di lui sfregavano contro il suo bacino stimolandole il clitoride, era tutto perfetto. Si sollevò contro Simon, baciandolo a fondo mentre il piacere cresceva sempre di più e alla fine raggiunse il picco tra gli spasmi.

Simon la seguì subito dopo, gemendo il suo nome mentre le pompava dentro fino al rilascio finale. La tenne tra le braccia, continuò a baciarla mentre la portava fuori dall'acqua con i corpi sempre intrecciati. Meg gli stringeva ancora le gambe intorno quando uscì dal lago.

La mise sulla coperta facendo attenzione e poi spostò il cibo in modo che non si rovesciasse prima di prendere posto accanto a lei, sdraiato di schiena, entrambi ancora completamente nudi. Il sole pomeridiano le riscaldava la carne bagnata mentre lo fissava.

«Posso solo immaginare che reazione avremmo scatenato se lo avessimo fatto a quel picnic tanti anni fa.» disse Meg con una risata.

Simon rimase serio. «Di sicuro la vita sarebbe stata molto diversa se avessi colto quell'occasione.» Volse lo sguardo verso il lago. «Be', forse non *quella* occasione. Ma la possibilità di dire qualcosa allora.»

Meg si tirò su a sedere e lo baciò. «Dai, ho fame. Mangiamo, ti va?»

Lui annuì e si tuffarono sul cibo davanti a loro, ma Meg capì che Simon era ancora turbato da tutti i discorsi sul passato. E a essere sinceri, anche lei. Perché dovevano parlare ancora di molto altro prima che potessero voltare pagina e passare a ciò che il futuro aveva in serbo per loro.

. . .

Meg stava sorridendo mentre si avvicinavano insieme al cottage del custode ore dopo il loro appassionato amplesso nel lago. Sorrideva anche lui, anche se sapeva di avere ancora molta strada da fare per riconquistarla. Naturalmente aveva fatto progressi. Si era aperta a lui, gli aveva permesso di avvicinarsi quando avevano parlato così come quando avevano fatto l'amore, ma lui sapeva che la sua esitazione era rimasta.

Aprì la porta e furono accolti dal calore della casa e da profumi deliziosi. I servitori avevano fatto quel che aveva chiesto: nel focolare ora ardeva un fuoco e sulla tavola era stato messo un cesto di cibo fresco. Meg rise e lo guardò. «Hai assunto dei folletti?»

Simon scrollò le spalle. «Se ti dicessi tutti i miei segreti, non sarei più misterioso e ti verrei a noia. Allora, perché non vai in camera da letto? Se i miei folletti hanno fatto quello che avevo chiesto, ci dovrebbe essere un bagno che ti aspetta.»

Meg spalancò gli occhi. «Mi hai fatto approntare un bagno?»

Lui annuì. «Non mi aspettavo che avremmo fatto una nuotata insieme nel lago, ma ho pensato che sarebbe stato bello dopo una giornata in giro nei boschi.»

Meg si avvicinò, fissandolo con quegli occhi scuri in cui si era perso per sempre. «E vi unirete a me, Vostra Grazia?»

Deglutì a fatica. «Non c'è niente che mi piacerebbe di più, ma ho alcune cose da preparare.»

Meg mantenne lo sguardo su di lui per un lungo istante e lui poté vederle frullare la mente. Lo stava giudicando, stava analizzando ogni sua mossa. Non poteva fare a meno di chiedersi quali decisioni stesse prendendo.

«Molto bene» disse lei alla fine, poi si alzò in punta di piedi per baciarlo e scivolò in camera da letto.

Quando la porta si chiuse, Simon fece un bel respiro. Il solo fatto di essere vicino a Meg lo metteva a dura prova. Gli dava le vertigini. Come sempre. Come avrebbe sempre fatto a quanto pareva. E oggi aveva riparato alcuni dei danni che aveva causato tra loro. Oggi erano stati amici, oltre che amanti. Quando avevano parlato non avevano discusso solo del loro matrimonio o del loro passato, era stato immediato e piacevole.

Tutto ciò gli dava speranza, ma non abbastanza. C'era ancora molto lavoro da fare per dimostrare che non sarebbe ricaduto nelle vecchie abitudini, che non l'avrebbe respinta per un qualche senso di paura, onore o auto-punizione.

Cominciò ad andare in giro per la stanza, ad accendere candele e lampade, ad alimentare il fuoco, e poi preparò con cura il cibo per la sera. Quando tutto fu tutto a posto, si avvicinò alla porta della camera da letto e bussò piano.

«Avanti» rispose Meg ad alta voce.

Simon entrò e rimase senza fiato. Il fuoco ardeva anche in quella stanza e anche Meg aveva acceso le candele. La grande vasca era stata disposta proprio davanti al fuoco e la luce si riversava su di lei. Si era tirata su i capelli umidi in una crocchia morbida in cima alla testa, e il suo collo lungo e gli zigomi alti ne erano magnificamente accentuati.

L'acqua era torbida per il sapone, ma Simon intravide lo stesso la carne rosacea che lo faceva impazzire. «Sei la tentazione in persona» mormorò mentre si inginocchiava accanto alla vasca, appoggiando le braccia sul bordo.

Meg sorrise, ma aveva gli occhi infuocati. Quel fuoco da cui era sempre stato attratto come una falena. «Ti tento abbastanza da farti venire qui con me?» sussurrò, sporgendosi in avanti. La parte superiore dei seni balzò fuori dall'acqua, concedendogli uno scorcio di capezzoli inturgiditi, al punto da farlo gemere.

«La prossima volta» promise. «La prossima volta entro in vasca con te.»

Lei sorrise e si sporse in avanti, bagnandogli la camicia mentre lo baciava. «Se lo dici tu.» Sospirò e si appoggiò allo schienale. «È stato meraviglioso, grazie.»

«Te lo meritavi» commentò lui piano, rimboccandosi le maniche mentre parlava. «Ti meriti molto di più di quanto ti ho dato.»

L'espressione di Meg si addolcì, anche quando lui immerse la mano sott'acqua e la accarezzò avanti e indietro con le dita sul ginocchio.

«Simon, sei troppo severo nei tuoi confronti. Sono stati fatti degli errori? Sì. Ma è umano. Aspettarsi di passare la vita senza mai fare una mossa sbagliata significa ambire a standard elevati del tutto irraggiungibili.»

Simon incontrò lo sguardo di Meg, e smise di accarezzarla. «Ma ti ho ferito.»

Lei annuì. «Sì. Ma non ho mai pensato che lo avessi fatto con malizia, o apposta o con premeditazione.»

«Non importa» disse lui, con il cuore straziato.

«Sì invece» sussurrò Meg. «Se avessi pensato che avevi intenzione di ferirmi o che tu avessi provato piacere nel farlo, ti avrei chiesto di andartene invece di restare con te oggi. Sono cresciuta con un uomo a cui piaceva fare del male a chi gli stava intorno, che faceva le cose apposta per umiliarci. Qualunque cosa tu abbia fatto, so che non sei quell'uomo.»

Simon chiuse gli occhi e si lasciò sfuggire un lungo sospiro mentre veniva sopraffatto dal dolore. «Hai affrontato e superato le mie stesse difficoltà da giovane, ma sei molto meglio di me, Meg. Molto più forte.»

Lei si sporse di nuovo in avanti e gli prese delicatamente le guance tra le mani. «Io potevo contare sull'appoggio di James» gli ricordò. «Tu sei stato da solo finché non hai incontrato Graham e James quando avevi, quanto, tredici anni? E anche allora, non è che li avessi sempre avuti al tuo fianco. Sei esattamente quello che sei, Simon. Non vorrei nessun altro.»

Simon la guardò negli occhi, vi vide riflessa la verità delle sue parole e l'amore che provava per lei lo travolse. Si chinò e la baciò, attirandola quasi fuori dalla vasca mentre la stritolava contro di sé e si crogiolava nel suo calore e nella sua accettazione, cose da cui si era tenuto lontano da quando si erano sposati perché, a essere onesto, non aveva creduto di meritarli. O che fossero reali. O che potessero durare.

Adesso cominciava a crederci. Cominciava a vedere il futuro che Meg aveva descritto tante volte. Quello che aveva quasi distrutto per paura e diffidenza che l'amore potesse essere vero.

Si ritrasse, tremando sotto il potere delle sue emozioni. «Scusami.»

Meg rise e si alzò in piedi, una dea vestita solo di rivoli d'acqua. «Non scusarti mai di aver baciato tua moglie come si deve, Simon.»

Lui afferrò uno degli asciugamani che la servitù aveva portato al cottage poco prima. Meg ci si avvolse, asciugandosi lentamente mentre gli sorrideva, ben consapevole dello spettacolo che stava dando. E ogni parte del suo corpo era in massima allerta mentre la guardava.

In qualche modo, però, resistette alle sue tentazioni e prese la vestaglia che era stata messa sul letto. «Vostra Grazia.»

Lei la indossò scrollando le spalle e lo seguì nella stanza principale del cottage. Simon le offrì un posto a tavola. Quando la vide sorridere fissando il coperto che le aveva preparato, inclinò la testa. «Che c'è?»

Meg rise e cominciò a scambiare i coltelli con le forchette. «Hai messo tutto al contrario.»

Gli venne da sorridere. «E io come faccio a saperlo?»

«Non ci fai caso quando ti siedi a mangiare?» ridacchiò lei.

Simon scrollò le spalle. «Sembra di no. Forse sono troppo preso dalla compagnia per fare attenzione a dove sono coltelli e forchette.»

«Ovviamente. È l'unica spiegazione.»

Le mise il cibo nel piatto e si servì a sua volta, poi si sedette di fronte a lei. Il tavolo era così piccolo che era un ambiente intimo e per un po' mangiarono in un silenzio cordiale.

Ma col passare del tempo, Simon sapeva di non poter rimandare a lungo l'inevitabile. Alla fine, posò il tovagliolo sul tavolo e la guardò negli occhi.

«Ho evitato le tue domande e le tue preoccupazioni in queste ultime settimane» cominciò. «E stasera voglio affrontarle. Quindi, se hai qualcosa da chiedere, se c'è qualcosa che vuoi sapere... sono qui per rispondere.»

Meg trattenne il respiro, tanto da fargli capire che era sorpresa dalla sua schiettezza. Posò il tovagliolo e si appoggiò allo schienale della sedia. «Ce la stai mettendo davvero tutta, vero?» sussurrò.

Simon annuì. «Sì. Appena James mi ha detto che te ne eri andata, ho capito che era come se mi venisse strappato il cuore dal petto. Mi sono reso conto tardi che perderti sarebbe stato come morire, ma ora l'ho capito e farò di tutto per impedire che accada.»

Meg strinse le labbra per un momento. «Molto bene, allora do il via con la stessa schiettezza da parte mia. Se hai domande da farmi, risponderò con lo stesso spirito di onestà che mi hai dimostrato.»

Simon si ritrasse leggermente, perché non pensava che fosse possibile. Si rese conto di avere in effetti delle domande per Meg. Ma voleva fugarle ogni dubbio prima di affrontare i suoi. «Prima tu.»

Meg abbassò la testa e avvampò in viso. La reazione inaspettata lo sorprese.

«Che c'è?»

«Sto cercando di trovare un modo per formulare la mia domanda» ammise Meg. «Ehm, la mattina in cui James e Graham ci hanno trovati qui, la mattina in cui tutto... è cambiato, ho sentito per caso tu e mio fratello parlare.»

Simon ripensò a quella mattina che sembrava una vita fa. «Vai avanti.»

«Ha detto che tu... che tu e Roseford avevate...»

Si interruppe, le sue guance diventarono ancora più paonazze. Simon sussultò quando ricordò la sua conversazione con James quella mattina. Si schiarì la gola. «Hai sentito James dire che Roseford e io avevamo condiviso delle donne in passato. E che per anni sono andato a donne in giro per Londra.»

«Sì» sussurrò lei. «In effetti, a volte mi sono chiesta se era per questo che eri restio riguardo a... *noi*. Sebbene mi sia piaciuto moltissimo quello che mi hai insegnato dal nostro fidanzamento, so di essere un'innocente quando si tratta di piaceri della carne. Forse non sono abbastanza per te.»

Simon spalancò gli occhi a quell'idea. «No!» gridò. «No, Meg, non è affatto così.» Si alzò in piedi e si allontanò, passandosi una mano tra i capelli. Non aveva idea di come spiegarle cosa le aveva fatto. Come farle capire. Alla fine, si decise a dirle la verità. «Me la sono spassata, come molti giovani» ammise. «Il piacere è... be', il piacere aiuta a dimenticare il dolore, anche se solo per un momento.»

Meg annuì come se lo capisse, e forse era così, considerando la loro volatile relazione in quelle ultime settimane e le passioni che avevano esplorato insieme. «E le donne con cui andavate insieme?»

Simon deglutì. «Dopo che ti sei fidanzata con Graham, ero perso. Sì, sono caduto in una spirale di dissolutezza per un po', sperando che una donna o cinque donne o dieci mi facessero dimenticare l'unica che volevo veramente. Roseford e io abbiamo condiviso una donna alcune volte e non nego che sia stato piacevole. Ma era vuoto. Nessuna era te. E tu eri tutto ciò che volevo. A dire il vero, negli ultimi anni non ho quasi toccato un'altra donna. Non me la sentivo più.»

Meg aveva gli occhi spalancati quando osò guardarla di nuovo. «Allora... aspetta, stai dicendo che stavi cercando di...»

«Dimenticare che volevo te» rispose lui con un cenno del capo. «Sì.»

L'espressione di Meg si addolcì. «E non vuoi quel genere di cose adesso?»

Lui scosse la testa. «Tutto ciò che voglio sei tu e il pensiero di un altro uomo che ti tocca, anche se fossi nella stanza con te ad aiutarti a trovare piacere, mi fa venire voglia di dare pugni nel muro.»

Meg fu visibilmente sollevata. «Sono così felice. L'idea che non fossi abbastanza per te...»

«Meg, voglio che sia chiara una cosa» la fermò. «Che tu mi accetti di nuovo nella tua vita come tuo marito o no. Qualunque cosa ci accada in futuro, non toccherò mai più un'altra donna finché vivrò. Sei più che sufficiente per me, e lo sei sempre stata.»

Lei sbatté le palpebre. «Non toccheresti un'altra donna anche se ti rifiutassi?»

«Ammetto che non sembro aver preso molto sul serio i nostri voti, ma intendo mantenerli. Sei mia moglie e il mio amore e non ti tradirò mai.»

«Grazie» sussurrò Meg con la voce carica di lacrime ed emozione. Si alzò e gli si avvicinò. «E ora penso che sia il tuo turno di farmi una domanda.»

Simon esitò a lungo, poi disse: «Hai pianto la notte in cui tu e Graham avete annunciato la data del vostro matrimonio. E mi hai detto molte volte che non volevi sposarlo. Abbiamo discusso perché non sono mai intervenuto, ma perché...» Si interruppe, non volendo rivolgerle un'accusa.

Meg si sporse in avanti. «Perché?» lo incoraggiò.

Simon fece un profondo respiro e incontrò i suoi occhi. «Perché non hai fermato tutto? Se non volevi sposare Graham, perché non hai detto di no a James?»

CAPITOLO VENTUNO

Meg trattenne il respiro a sentire quella domanda diretta. Simon non lo chiedeva con cattiveria o con toni accusatori, ma non distolse lo sguardo dal suo. E sapeva perché. Si era preso la colpa per tutto questo tempo per la situazione in cui si erano trovati.

Finalmente era giunto il momento che anche lei accettasse la propria parte.

«James ne aveva passate tante per colpa di nostro padre» iniziò scuotendo la testa.

«Ne avete passate entrambi.»

La gentile difesa di Simon la fece sorridere. «Sì, ma non avevo il peso dell'eredità sulle spalle al contrario di mio fratello. Il peso di quello che pensava sarebbe stato un fallimento. Era difficile da portare per lui.»

Simon annuì. «Ricordo quei giorni bui.»

«Quando James annunciò che avrei sposato Graham, era molto felice. Pensava di fare la cosa giusta, che il suo primo atto da duca fosse il migliore possibile. Non avevo idea di come rispondere. Mi ronzavano le orecchie, mi tremavano le mani. Ho guardato verso di te dall'altra parte della stanza, perché ho pensato che forse ti piacevo tanto quanto tu piacevi a me.»

Simon sbiancò. «E io non ho opposto resistenza da quanto ero sconvolto da quello che stava accadendo.»

Fu travolta dal dolore al ricordo, ma ora capiva molto di più. Di lui. Di se stessa. «Ero molto giovane, sai. Non avevo esperienza, pensavo di aver interpretato male la situazione. Che davvero volevi essermi solo amico. Se le cose stavano così, non aveva senso distruggere le speranze di James. Così mi sono convinta che non mi volevi e che avrei potuto smettere di volere te.»

«Ma non l'hai fatto» disse lui dolcemente.

«No» concordò Meg. «Non l'ho mai fatto, per quanto ci abbia provato. E non ho mai amato Graham, per quanto avrei voluto. Forse avrei dovuto dire qualcosa con il passare degli anni. Ci sono state volte in cui ho pensato di poterlo fare. Ma mi sembrava sempre più impossibile farlo mentre in società cresceva l'interesse per le mie nozze con Graham. Lo scandalo se avessi rotto il fidanzamento...»

«Sì, capisco» la interruppe Simon, lasciandosi sfuggire un lungo sospiro di rimpianto. «Sono restato zitto per la stessa ragione.»

Lei scosse lentamente la testa. «In un certo senso, Simon, siamo così simili. Entrambi vogliamo accontentare chi ci circonda, non vogliamo mai deluderli o ferirli. E alla fine, questo desiderio di compiacere ci ha resi entrambi codardi. Ci ha fatto voltare entrambi le spalle al futuro che volevamo.»

«Suppongo di sì. Per un po'. Ma ora siamo qui. E spero che possiamo superare gli errori del passato. Voglio superarli.»

Gli credeva. Era impossibile non farlo quando era così sincero e così onesto riguardo al loro passato. Ma lei non era ancora del tutto pronta a cedere a ciò che le offriva. A ridonargli il cuore che le aveva spezzato pochi giorni prima.

Simon la esaminò attentamente. «Non sei ancora sicura. Significa che hai un'altra domanda da farmi?»

«Sì...» Sentì il nodo in gola, il dolore che la attanagliava mentre fissava quell'uomo, suo marito, il suo amore. C'era solo un'altra cosa che la tormentava adesso. Ma era la più grande angoscia della sua vita. L'unica cosa che le impediva di fidarsi completamente di quest'uomo.

«Saresti davvero andato via con Roseford? Te ne saresti andato e mi avresti lasciato sposare un altro?»

Simon fece una smorfia, un'espressione di dolore gli attraversò il volto. Il momento sembrò durare all'infinito, un'eternità di conflitto per entrambi mentre cercava le parole che stava per pronunciare. «Perché pensi che ti abbia seguito quel pomeriggio quando siamo finiti intrappolati insieme?»

Meg scrollò le spalle. «Eravamo amici e mi hai visto turbata. Hai...»

«No» la interruppe.

Meg sbatté le palpebre alla forza del suo tono. «No?»

«No» ripeté, con tono più dolce questa volta. «Sapevo che non avrei dovuto, Meg. Sapevo che avrei dovuto convincere James o Graham a seguirti. Ti ho seguito perché... sapevo da qualche parte dentro di me che così facendo avrei segnato il mio destino. Ho detto a Roseford che volevo andarmene, mi sono detto che mi sarei fatto da parte come avevo sempre fatto e avrei permesso al tuo futuro di proseguire senza di me. Ma ti ho seguito qui, Meg. E ho *lasciato* che finissimo in mezzo a un temporale.»

«Che cosa vuoi dire?» sussurrò Meg.

«Ti stavo seguendo già da un'ora prima di fermarti. Non credi che avessi notato le nuvole che si addensavano? Non credi che sapessi esattamente cosa sarebbe potuto succedere se non ti avessi portato a casa prima che cominciasse un acquazzone?» Fece avanti e indietro per un attimo. «Dopo che siamo rimasti intrappolati, avevo ancora delle opzioni che avrebbero ridotto lo scandalo al minimo. Ma sono rimasto in questo cottage con te. E alla fine ti ho baciato. E ho fatto tutto affinché la decisione non fosse più nelle mie mani. Ho fatto tutto per portarti via da Graham senza dover essere abbastanza uomo da ammettere che era quello che volevo da sempre.»

Gli brillava il volto per l'emozione adesso, i suoi occhi azzurri erano tempestosi e pieni di molti sentimenti, ma non di rimpianto.

«Stai dicendo che hai manipolato la situazione?»

«Forse non mi permettevo di riconoscerlo in quel momento, ma...

sì» sussurrò. «Il fatto è, Meg, che posso dire che non me ne sarei andato, perché non l'ho fatto. Non me ne sono andato. E so che è difficile credermi considerato il mio passato, considerato ciò che ho fatto prima e dopo che ci siamo sposati, ma ti sto dicendo in questo momento che non me ne andrò *mai* più. Non ti darò *mai* un'altra ragione per credere che *tu* debba lasciarmi. Combatterò per te, Meg. Da adesso fino al giorno in cui esalerò il mio ultimo respiro. Combatterò per te perché sei tutto ciò che ho sempre desiderato, tutto ciò di cui ho mai avuto bisogno e tutto ciò che desidero, ora e sempre.»

Lo fissò, sbalordita sia dalle sue parole che dalla forza con cui le diceva. Per la prima volta da anni, la guardava con occhi limpidi, le sue intenzioni stampate in volto, mettendo a nudo tutto il suo amore perché lei potesse vederlo, farlo suo e amarlo a sua volta.

E in quel momento le bastò. Era più che sufficiente. Era tutto.

Andò verso di lui, le lacrime iniziarono a bruciarle gli occhi, e gli prese le mani. «Ti amo, Simon. Ti amo.»

Lui non le rispose a parole, ma la attirò contro di sé, coprendole la bocca con la sua. Per la prima volta non c'era disperazione in quel bacio. Nessun presentimento che potesse essere l'ultimo. C'era solo tenerezza, desiderio e amore. Meg si sciolse contro di lui, e quasi non si accorse che la portava in camera da letto, slacciandole la vestaglia mentre barcollavano insieme.

Simon le sfilò la veste e la gettò da parte. Quando Meg si accorse che gli tremavano le mani, sorrise. «Non è che non mi hai mai visto così prima d'ora.»

Lui annuì. «È vero. Ma fino a questo momento, non avevo accettato del tutto che fossi mia.»

Meg restò senza fiato. «Bene, *sono* tua. E tu sei mio.»

«Per sempre» disse Simon, sussurrandole quella parola come un voto che significava più di qualsiasi cosa avessero detto nella cappella. Quella notte era una capitolazione, un dono di fede, una promessa di futuro.

Meg gli intrecciò le braccia intorno al collo, gli portò la bocca alla sua e ricambiò quella promessa con il corpo. Con tutta se stessa.

Simon la aiutò a salire sul letto e si spogliò in fretta dei suoi vestiti. Meg gli aprì le braccia quando la raggiunse sul letto e la marchiò con il suo sguardo acceso come non aveva mai fatto prima. Questa era una resa totale e lei si gloriò nel suo bagliore.

Simon si tuffò sulla sua gola con la bocca, e iniziò a baciarla e ad accarezzarla lentamente giù lungo tutto il corpo. La fece trasalire quando le stimolò i capezzoli tesi, succhiando forte e umettando ciascuno con la lingua finché le si annebbiò la vista e l'interno delle cosce divenne madido di caldi effluvi.

Poi Simon trascinò la bocca più in basso, leccandole lo stomaco, i fianchi, e infine si sistemò tra le sue gambe, aprendola in modo da poterle gratificare il sesso con lunghe leccate. Meg si sollevò contro di lui, sbattendo la testa contro i cuscini mentre il piacere ardeva e si diffondeva attraverso ogni nervo del suo corpo. Strinse il pugno sul copriletto, ansimando il suo nome mentre cercava di raggiungere l'orgasmo.

Simon la guardò da sotto in su sorridendo, accarezzandola con lo sguardo, e poi Meg sentì le sue dita scivolare dentro il suo canale bagnato. Le piegò leggermente e trovò un punto dentro di lei che rispose entusiasta al suo tocco. Le stimolò il clitoride con la lingua e il suo intero corpo esplose in un piacere diverso da qualsiasi cosa avesse mai conosciuto.

Gli sobbalzò contro, con gemiti incontrollabili, il corpo scosso dall'orgasmo quasi al punto di cadere dal letto. Simon continuò ad accarezzarla durante l'estasi, prolungando il piacere fino a sfiorare il dolore mentre lei lo supplicava di darle di più e lo supplicava di fermarsi, tutto in un unico fiato affannoso.

Alla fine, Meg sentì il proprio corpo rilassarsi, i tremori si attenuarono, e solo allora lui le scivolò di nuovo addosso, aprendole le gambe con le cosce e penetrandola mentre la soffocava con un bacio. Meg sentì il sapore della propria essenza sulla lingua di Simon, il dolce sapore del suo orgasmo, e questo risvegliò ancora di più il piacere.

Le spinte di Simon erano profonde e intense e Meg si sollevò per agevolarle a ogni colpo, godendosi l'unione dei loro corpi, l'unione che non poteva essere definita o vista da nessuno tranne che da loro stessi. Lo sentì irrigidirsi mentre si avvicinava al climax, e gli premette contro i fianchi per agevolarlo.

Naturalmente, questo movimento la eccitò un'altra volta, e mentre veniva travolta di nuovo dall'orgasmo, lui gridò il suo nome e insieme trovarono il rilascio alla tensione accumulata. Quando tutto fu finito, Simon le crollò addosso ansimando, mentre lei gli passava le mani sulle spalle, sulla schiena. Il peso di lui addosso era tutto quello che aveva sempre voluto e quando si staccò da lei, mugolò per il dispiacere.

Simon ridacchiò. «Non voglio schiacciarti, tutto qua.»

Meg gli si raggomitolò contro il fianco, avvolgendolo con un braccio mentre gli poggiava la testa sulla spalla. «Sarebbe un bel modo per andarmene da questo mondo.»

Simon scosse la testa mentre le dava un bacio sulla tempia. «No, devi restare per sempre. Ho troppi piani in mente per noi, per il nostro futuro. Se sarai d'accordo.»

Lo guardò, sorpresa che suo marito avesse ancora un'espressione tesa per la preoccupazione. Gli prese il mento con la mano e sussurrò: «Non sono stata chiara? Ti amo, Simon. E ho visto fino a che punto ti sei spinto per farmi capire che mi ami. Che hai scelto me. Ti amo e il mio futuro è legato al tuo, come sempre. Ma è un futuro di cui non abbiamo parlato molto, impegnati com'eravamo a districare il nostro passato ingarbugliato.»

«Vuoi sapere cosa ci riserva il futuro?» le chiese Simon.

«Sì.»

«Torniamo a Londra» disse. «E viviamo la nostra vita. Non nasconderò mai più che ti amo e che sono orgoglioso di essere tuo marito.»

Meg chiuse gli occhi, il cuore le si riempì di gioia a quell'affermazione. «E che mi dici di Graham? O di quelli che ci giudicano per come siamo arrivati a questo punto?»

Simon sospirò. «Non posso fingere di non aver tradito Graham, e devo affrontarne le conseguenze. Ma la mia vita con te non ha niente a che fare con tutto questo. Un giorno magari non sarà così arrabbiato; un giorno magari sarà in grado di perdonarmi. Ma se quel giorno non arrivasse mai...» Si strinse nelle spalle. «Amen. Ti amo. E non rimpiango che tu sia mia.»

Meg si girò e lo coprì con il proprio corpo, sentendo i suoi muscoli irrigidirsi mentre la circondava con le braccia. Lo guardò in faccia, invasa da tutta la gioia e da tutta la speranza che non si era permessa di provare fino a quel momento.

«Sarò tua per sempre, Simon» sussurrò, ridendo mentre lui la posizionava diversamente e le scivolava dentro. «E non vedo l'ora di vivere il nostro futuro.»

«Anch'io» giurò Simon mentre la prendeva ancora una volta.

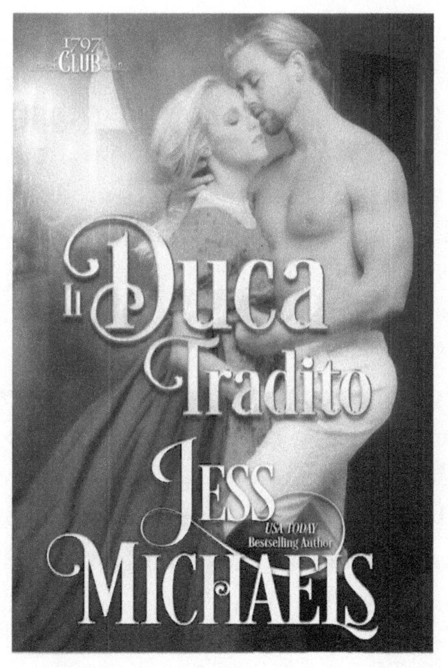

Ottobre 1810

Graham Everly, Duca di Northfield, se ne stava seduto in un angolo di una squallida taverna, con un boccale di birra inacidita in pugno. Aveva bevuto, ma non era ubriaco. Non ancora. E voleva porvi rimedio il più rapidamente possibile.

Ma prima che potesse bere un altro sorso, due uomini emersero tra la folla e si diressero verso di lui. Ewan Hoffstead, Duca di Donburrow, e suo cugino Matthew Cornwallis, Duca di Tyndale, avevano entrambi un bicchiere in mano e si scambiarono uno sguardo non molto discreto prima di riprendere posto al suo tavolo. Graham sospirò, perché sperava che i due se ne fossero già andati. Invece no, a quanto pareva.

Ma nessuno dei due aveva lasciato il suo fianco molto spesso negli ultimi due mesi. Aveva cercato di evitarli, come aveva evitato tutti i suoi amici fin "dall'incidente", come gli piaceva chiamarlo. Ma Ewan e Tyndale erano implacabili.

Come se volesse darne dimostrazione, Ewan frugò nella tasca del cappotto e ne estrasse un piccolo taccuino e una tozza matita di carboncino. Scarabocchiò per un momento mentre Graham lo osservava. Ewan era muto dalla nascita e scrivere era la sua principale forma di comunicazione con amici e familiari.

Spinse il taccuino dalla sua parte e Graham lesse le righe pulite e regolari che vi erano scritte. *«Non stare qui tutta la notte. Non rintronarti di alcol.»*

Graham spinse indietro il taccuino e lo fissò. «Grazie amico. Sai, è possibile che non sia l'alcol a rintronarmi. Potrei essere rintronato di mio senza bisogno di alcun aiuto.»

Ewan scosse la testa con un accenno di sorriso davanti a quell'autoironia, ma non c'erano dubbi sulla preoccupazione che regnava nei suoi occhi scuri.

Tyndale non sembrava meno allarmato quando si sporse in avanti e disse: «Dai, non puoi negarlo anche se la prendi alla leggera. Sono due mesi che bazzichi i pub di Londra, evitando tutti quelli che ti amano. Riconosco i segni, sai.»

Graham sussultò. Tyndale era di sicuro in grado di riconoscere i segni del dolore. Dopotutto, la donna che aveva amato era morta anni prima, e Tyndale ne era stato devastato. Un fatto che faceva sembrare molto piccoli i problemi di Graham. Ma non aveva davvero nessuna voglia di discutere di questo argomento. Era esattamente il motivo per cui aveva evitato il suo gruppo di amici per tutto questo tempo. Non voleva commiserarsi. Voleva dimenticare.

«Sono con voi due, no?» ringhiò, prendendo alla leggera l'argomento che gli altri due erano decisi ad affrontare.

Ewan scrisse qualcosa e glielo porse malamente. «*Be', noi non ti amiamo.*»

Suo malgrado, Graham iniziò a ridere e Matthew lo imitò. Per un momento, i suoi guai svanirono, ma poi tornarono a gravargli sulle spalle. E questa volta non sembrava che potesse evitare l'argomento con la stessa facilità con cui era stato in grado di evitarlo prima.

«Sentite» disse, spingendo da parte il suo boccale. «So che dovrei farmela passare. Ma Crestwood era uno dei miei migliori amici e mi ha tradito con quello che è successo con Margaret.»

L'espressione di Matthew si addolcì. «Era la tua fidanzata, Northfield. Ed è una situazione complicata visto quello che provavano l'uno per l'altra, ma a parte le circostanze, Simon non avrebbe dovuto... *prenderla* come ha fatto. Ha sbagliato.»

«*Nessuno ti biasima per il dolore che devi provare*» aggiunse Ewan. «*Ci preoccupiamo solo di come scegli di esprimerlo.*»

Graham fissò le parole sul taccuino di Ewan e sospirò. Era stato fidanzato con Margaret Rylon, la sorella di un altro del loro gruppo, per sette lunghi anni. Non l'aveva mai amata, anche se aveva cercato disperatamente di far crescere quel sentimento nel suo cuore.

Ma l'idea che Simon lo avesse tradito... Simon, che aveva considerato un fratello da quando avevano tredici anni... be', il solo pensiero lo teneva sveglio di notte. «Non si tratta di lei, sapete.»

Matthew annuì e c'era di nuovo quel barlume di tristezza nella sua espressione. «Lo so.»

«*Dobbiamo riportarti nel mondo reale*» scrisse Ewan, poi gli diede una pacca sulla spalla. «*È ora, non credi?*»

Graham si agitò. Avevano ragione, ovviamente. Si era nascosto abbastanza a lungo, era rimasto a macerare imbronciato in un angolo mentre il resto del mondo andava avanti senza di lui. Ad un certo punto, doveva pur rimettersi in sesto. Doveva affrontare la società e gli amici che aveva evitato e il futuro che ora sembrava aperto e completamente diverso da come lo aveva immaginato negli anni in cui si era rassegnato a un matrimonio combinato senza amore.

«Cos'avete in mente?» chiese, lento e incerto.

Ewan e Matthew si scambiarono un sorriso prima che Ewan scarabocchiasse: *«C'è uno spettacolo che devi vedere stasera. Ne parlano tutti. Vieni con noi.»*

Graham fece un lungo sospiro. «Non so. A teatro? È un bel salto rispetto a nascondersi nei pub.»

«Ci intrufoleremo dopo gli altri» lo rassicurò Tyndale. «Nessuno verrà a sapere che sei lì a meno che tu non lo voglia. Dai. È meglio che collassare dietro una taverna e costringere me ed Ewan a portarti a casa, no?»

Graham lanciò un'occhiata a Ewan. Era un uomo massiccio, ben più di un metro e ottanta di muscoli. «Non hai mai portato niente a casa in vita tua, Tyndale, non se tuo cugino è con te.»

Mentre Ewan sorrideva, Matthew gli diede una gomitata e lanciò un'occhiata a Graham. «Significa che verrai, anche se non sarai di gran compagnia?»

Graham annuì. «Sì. Vengo.» Poi sospirò. «Almeno mi distrarrà un po'.»

Gli altri due uomini sembravano felici della sua decisione quando si alzarono tutti per lasciare la taverna, ma Graham non era dello stesso avviso. L'ultima cosa che voleva era trascinarsi a un evento pubblico dove tutti potessero giudicarlo. Per tacere di sprecare un paio d'ore a guardare uno spettacolo che probabilmente sarebbe stato terribile.

Ma dopo tutto quello che avevano fatto per sostenerlo, era in debito con i suoi amici. E dopotutto, si trattava di una sola serata.

Graham occupava il suo posto in un loggione con vista sul palcoscenico ancora buio. Sebbene lui, Ewan e Tyndale fossero entrati poco prima che si alzasse il sipario, lo stratagemma non aveva diminuito l'interesse per la sua presenza. Anche adesso sentiva su di lui gli occhi della folla in platea, li aveva sentiti sussurrare il suo nome quando si era seduto.

Le guance e il petto gli bruciavano di umiliazione e di rinnovata rabbia. Grazie a Simon, il suo *amico*, il mondo lo compativa, lo giudicava e parlava di lui. Aveva passato una vita a cercare di evitare tutto ciò che avrebbe indotto gli altri a fare proprio quelle cose, ed eccolo lì. Esattamente dove non voleva essere. Lanciò un'occhiata all'uscita dietro di lui.

«*Non scappare*» scrisse Ewan, dandogli una gomitata per costringerlo a leggere il messaggio nella luce fioca.

Graham incrociò le braccia. Apparentemente stava diventando prevedibile. «Non vado da nessuna parte» grugnì mentre si accendevano le luci sul palco e si alzava il sipario.

Si appoggiò allo schienale preparandosi ad assistere quella che sarebbe stata sicuramente una rappresentazione orribile, come lo erano molte di queste commedie. Il teatro era più un luogo per coloro che desideravano essere visti, piuttosto che per qualcosa che valesse la pena vedere. Ma con sua sorpresa, il solito frastuono del chiacchiericcio tra gli astanti svanì e tutti sembrarono prestare veramente attenzione quando una donna salì sul palco.

Graham si sporse in avanti quando l'attrice iniziò a parlare. Era bellissima, con capelli ondulati biondo miele che le ricadevano morbidi sulle spalle. Aveva una bella voce limpida che arrivava fino al soffitto. Ma quello che spiccava di più era la sua sicurezza. Mentre calcava il palco, era impossibile non guardarla in ogni sua mossa.

«Invoco la morte» disse la donna con una voce tremante che sembrava esprimere vera emozione. «Per liberarmi da questo dolore. Annientami, ti prego. Poni fine a questa farsa di vita.»

Graham la fissò. Era davvero brava.

Rimase a guardare per un po', affascinato, poi entrò in scena un altro attore e la donna si voltò verso di lui, il viso contorto dall'emozione. L'uomo era oscurato dalla luce della sua stella. Alla fine, Graham si chinò verso Ewan e sussurrò: «Chi è lei?»

Ewan gli lanciò uno sguardo di sbieco e poi per qualche istante scrisse sul suo blocco. Quando lo consegnò a Graham, c'era scritto: «*Lydia Ford. Al momento è l'idolo del teatro londinese. Il motivo per cui tutti vogliono vedere questo spettacolo.*»

«Lydia» ripeté restituendo il taccuino al suo amico. Fissò di nuovo la donna. Aveva voltato il viso e stava guardando il loro loggione, lui in particolare, anche se poteva essere solo un gioco di luci a ingannarlo. Sapeva che lei non poteva davvero vederlo nell'ombra.

«Bellissima» sussurrò.

Accanto a lui, sapeva che Ewan e Tyndale si erano scambiati uno sguardo, ma non gli importava. Per la prima volta da quella che sembrava un'eternità, gli si era acceso in petto un vivo interesse. Il bisogno di una donna. Di *questa* donna. Lydia Ford.

E voleva incontrarla, per vedere se quel desiderio sarebbe durato più a lungo dello spettacolo.

Lydia Ford si era seduta sul divano nel camerino dietro il palco, e si era messa a rammendare un buco in uno dei suoi costumi, ridendo con la sua sostituta, Melinda Cross.

«Accidenti, Robin deve smetterla di pugnalarmi così forte in quella scena» disse Lydia scuotendo la testa. «Anche una spada di legno fa un male cane, e continua a rovinarmi l'abito. Lo fa anche con te le serate in cui interpreti tu il mio ruolo?»

«È un imbranato ma no, non mi ha mai bucato il vestito.» Melinda alzò gli occhi al cielo. «Penso che sia solo geloso che tutti vengano a teatro a vedere te, non lui.»

A Lydia si gonfiò il petto di orgoglio ai complimenti della sua amica, perché era gratificata dalle sue serate a teatro. Più precisamente, si rendeva conto di quanto fosse fortunata a essere in grado di svolgere quel lavoro, considerato da dove veniva. I suoi due mondi non potevano essere più diversi.

Qualcuno bussò leggermente alla porta e quando entrambe si voltarono, videro il loro direttore di scena, Toby Westin, che entrava. Era un uomo alto e magro, dal carattere nervoso, con un foglio di carta coperto da una lista infinita di cose da fare. «Lydia, c'è qualcuno che desidera incontrarti.»

Lydia scosse l'abito che stava riparando prima di alzarsi in piedi. «Davvero?» chiese mentre appendeva l'indumento. Cercò di sembrare disinvolta ma fu assalita dal terrore.

Una cosa che aveva imparato nei suoi pochi mesi da stella del palcoscenico era che gli uomini accorrevano in massa dietro alle attrici. Oh, nessuno di loro avrebbe osato uscire in pubblico con una di loro, dal momento che qualsiasi signora che calcava il palcoscenico era considerata poco più di una prostituta, ma in privato erano attratti come falene a una fiamma.

Anche durante la sua breve vita da attrice aveva ricevuto diverse offerte impertinenti da commercianti e gentiluomini e le aveva rifiutate tutte nel modo più gentile possibile anche se le si stava rivoltando lo stomaco.

«Per favore, dicci che non è quell'orribile Sir Archibald» intervenne Melinda rabbrividendo. «Si rifiuta di lasciarmi in pace, per quanto respinga le sue avance disgustose.»

Lydia lanciò alla sua amica uno sguardo di sostegno. A nessuno piaceva quello schifoso di Sir Archibald. Era un appuntamento fisso a teatro e si spingeva dove non doveva tutte le volte che ci riusciva. Tastava il didietro delle attrici e si rendeva una seccatura per tutti ogni volta che veniva dietro le quinte dopo uno spettacolo.

«No» disse Toby con uno sguardo preoccupato per Melinda. «Sicuramente non è Sir Archibald. Hai attirato l'attenzione di un duca, Lydia.»

La giovane deglutì e la stanza iniziò a girarle intorno e le orecchie a ronzare. Usò tutto il talento che aveva e si sforzò strenuamente di non dare a vedere la sua reazione rivolgendo a Toby il sorriso che sapeva aspettarsi da lei.

«Un duca, *davvero*? Interessante.»

«Interessante?» cinguettò Melinda. «Vuoi dire redditizio.»

«Dipende dal duca» la corresse dolcemente Lydia. «Chi è quest'uomo?»

«Northfield» disse Toby, alzando entrambe le sopracciglia.

Melinda si voltò di scatto verso di lei, il suo bel viso illuminato da puro entusiasmo. «Il duca di Northfield, Lydia, mio Dio! Sai chi è, vero?» Non aspettò la risposta prima di continuare: «Prima di tutto è bello da svenire, ed è giovane. E ricco. Era fidanzato con una tipa e il suo migliore amico gli ha fregato la donna da sotto il naso. Da allora se n'è rimasto in disparte.»

Lydia deglutì a fatica. Sapeva tutte quelle cose. Anche se da fonti molto diverse da quelle che aveva sentito Melinda. «Da dove ti arrivano queste voci?» chiese, sforzandosi di ridere nonostante la gola inaridita.

Melinda sorrise. «A differenza di te, mi interesso di quello che succede in società, Lydia. Una donna nella mia posizione deve farlo. Ci sono molte strade da intraprendere per garantirsi la sicurezza finanziaria.»

Toby sbuffò e Lydia si allontanò quando i due iniziarono la stessa discussione che avevano almeno una volta alla settimana sulle attrici che diventavano amanti. Nonostante la sua avversione per Sir Archibald, Melinda non era contraria all'idea di diventare l'amante di un uomo importante. Incoraggiava sempre Lydia a considerare la stessa soluzione.

Ma Melinda parlava così solo perché non sapeva la verità. La verità che Lydia proteggeva gelosamente e teneva nascosta a tutti i costi. Ma ora che il Duca di Northfield desiderava incontrare Lydia, tutti i suoi sforzi sembravano sospesi sull'orlo di un precipizio. Il duca poteva distruggere non solo questo mondo, ma anche l'altro che lei frequentava regolarmente perché se fosse stato in una stanza con lei avrebbe potuto *vederla*. Una cosa era vederla sul palco, da lontano, con luci intense che la facevano sembrare qualcosa che non era.

Ma da più vicino, Northfield avrebbe potuto vedere il segreto che cercava di preservare ogni volta che scendeva dal palcoscenico.

Quel segreto era che lei non era Lydia Ford. Era Lady Adelaide, la timida figlia nubile del conte di Longford, da tempo deceduto. Una donna che non notava nessuno, nemmeno abbastanza da rendersi conto che tre volte alla settimana se ne sgattaiolava da casa di nascosto per diventare l'attrice più celebre della città.

«Allora, accetti di incontrarlo?» insistette Toby.

Adelaide fissò le mani che aveva stretto davanti a sé. Tremavano. Come poteva uscirne? «Non sono sicura che sia saggio. Perché non fargli incontrare Melinda?»

Toby scosse subito la testa e si acciglò ancora di più. «È stato chiaro su quello che voleva e non sembra il tipo di uomo cui opporre un rifiuto. Vuole incontrare te, Lydia, non si riterrà soddisfatto altrimenti. Ho la sensazione che avrebbe fatto direttamente irruzione qui dentro se gli avessi detto di no.»

Adelaide sospirò. Era probabile che Toby avesse ragione. Era stata in società tutta la vita, aveva conosciuto molti uomini di potere e rango. E aveva avuto tutto il tempo per osservare anche Northfield, perché era difficile ignorarlo. In una stanza piena di uomini nella media, lui era... una spanna sopra. Forse erano i suoi penetranti occhi azzurri o la severità della sua espressione o il fatto che ballava raramente, anche con la dama che una volta era stata la sua fidanzata.

Qualunque cosa fosse, Toby aveva ragione a dire che Northfield non era tipo da accettare rifiuti.

Si guardò allo specchio. Si era cambiata e ora indossava un abito semplice, ma non si era ancora tolta il trucco da palcoscenico e aveva i capelli sciolti. Sembrava ancora Lydia piuttosto che l'insignificante, timida Adelaide. Forse Northfield non l'avrebbe riconosciuta.

Comunque, il duca non le aveva quasi mai rivolto la parola in società. Là, *lei* era un moscerino e *lui* era un dio.

«È un bene che io abbia ancora un aspetto presentabile» disse con un sospiro. «Sì, certo, fallo entrare.»

Toby andò a chiamare il nobile e Melinda balzò in piedi. «Oh, Lydia! Che serata. Pensa, potresti dare una svolta alla tua vita con poche parole ben piazzate.»

Adelaide strinse le labbra. «Sono perfettamente soddisfatta della mia vita così come sono, Melinda» disse. «Non sono in cerca di una scalata sociale.»

Melinda la fissò come se avesse parlato in greco o le fosse spuntata una seconda testa. «Non cerchi una scalata sociale?»

Adelaide rise della confusione della sua amica. «Santo cielo, Melinda, non ti è mai venuto in mente che forse mi piace calcare il palcoscenico? Che non sto cercando di fare altro che di godermi il tempo a mia disposizione per recitare?»

«Oh be', contenta tu.» Melinda scosse la testa. «Ma continuo a dire che se non provi almeno a flirtare con quest'uomo, stai sprecando il tuo tempo, e un'occasione d'oro.»

Adelaide sospirò. «Facciamo così. Appena si rende conto che non sono altro che una timidina noiosa, lo mando da te.»

«Oh, d'accordo!» disse Melinda con una risata quando sentirono bussare di nuovo alla porta. Questa volta era un suono più duro, più sicuro di sé e Adelaide ebbe un tonfo al cuore. Era *lui*.

Melinda le lanciò un'ultima occhiata e poi aprì la porta, rivelando il Duca di Northfield. E mentre Adelaide lo fissava, cercando di non rivelare troppo, cercando di non svenire dal nervoso, il cuore le si fermò del tutto.

Jess Michaels è un'autrice bestseller di USA Today a cui piacciono robe da secchioni come Guerre Stellari, giocare ai videogiochi (ha una MEGA cotta per Cullen di *Dragon Age*), guardare la serie tv *Bob's Burgers* e collezionare Funko POP! Beve anche MOLTA Diet Coke. Probabilmente una quantità esagerata e poco salutare, ma è il suo unico vizio. Mangia (quasi) tutti i piatti a base di cocco, qualsiasi piatto al formaggio e nessun piatto piccante (sì, in questo è uno stereotipo ambulante). Le piacciono i gatti, il suo cane Elton e le persone che hanno a cuore il benessere dei loro simili.

Sebbene abbia iniziato come autrice tradizionale pubblicata da Avon/HarperCollins, Pocket, Hachette e Samhain Publishing, e anche da Mondadori in Italia, nel 2015 è passata al self publishing e non si è mai guardata indietro! Ha la fortuna di essere sposata con la persona che ammira di più al mondo e di vivere nel cuore di Dallas.

Quando non controlla ossessivamente quanti passi ha fatto su Fitbit, o quando non prova tutti i nuovi gusti di yogurt greco, scrive romanzi d'amore storici con eroi super sexy ed eroine irriverenti che fanno di tutto per ottenere quello che vogliono senza stare ad aspettare.

Jess è sempre molto felice di avere notizie dai suoi fan. Potete contattarla sul suo sito, tramite mail, e sui suoi social (o con piccione viaggiatore):

www.AuthorJessMichaels.com
Email: Jess@AuthorJessMichaels.com
OGNI mese Jess Michaels mette in palio un buono acquisto

Amazon GRATUITO riservato agli iscritti della newsletter. Registratevi al sito: http://www.authorjessmichaels.com/

Se vi è piaciuta questa storia, lasciate una recensione per favore. Aiuterete altri lettori a conoscerla.

Trovate la lista completa dei libri di Jess Michaels in lingua originale sul sito:

http://www.authorjessmichaels.com/books